THE QUEEN OF CRIME
繁體中文版
20週年
紀念珍藏

死亡之犬

著——阿嘉莎・克莉絲蒂
譯——梁源

The Hound of Death

Agatha Christie

策畫者的話

通俗是一種功力

吳念真（導演、作家）

通俗是一種功力。絕對自覺的通俗更是一種絕對的功力。

這樣的話從我這種俗氣的人的嘴巴說出來，大概很多人要笑破褲底了。不過，笑完之後請容我稍稍申訴。這申訴說得或許會比較長一點，以及，通俗一點。

小時候身材很爛，各種遊戲競爭完全任人宰割，唯一隱遁逃避的方法是躲起來看書或聽大人瞎掰。那年頭窮鄉僻壤的小孩能看的書不多，小學二年級時最喜歡的是超大本的《文壇》，老師借的。看著看著，某天老師發現我的造句竟出現：「捧著：朝陽捧著一臉笑顏為群山剪綵」這樣亂七八糟的文字，就拒絕再讓我看那些超齡的東西了。

老師的書不給看，我開始抓大人的書看。一種是厚得跟磚塊一樣的日文書，對我來說那完全是天書，但插圖好看，經常有限制級的素描。另一種書是比較薄的，通常藏得很嚴密，只是裡面有太多專有名詞、重複的單字和毫無限制的標點，比如「啊啊啊」、「……！！！」

老讓我百思不解。有一天，充滿求知欲地詢問大人竟然換來一巴掌後，那種閱讀的機會和樂趣也隨著消失了。

所幸這些閱讀的失落感，很快從大人的龍門陣中重新得到養分。講到這裡，我似乎先得跟一個村中長輩游條春先生致敬，並願他在天之靈安息。

我所成長的礦區，幾乎全是為著黃金而從四面八方擁至的冒險型人物，每人幾乎都有一段異於常人的傳奇故事。這些故事當事人說來未必精采，但一透過游條春先生的嘴巴重現，有時連當事人都聽得忘我，甚至涕泗縱橫，彷彿聽的是別人的故事。

條春伯沒當過日本兵，可是他可以綜合一堆台籍日本兵的遭遇，一如連續劇般從入伍、受訓、逃亡荒島，面對同鄉同袍的死亡，並取下他們的骨骸寄望帶回故鄉，乃至骨骸過多搞不清哪是誰的等等，讓聽的人完全隨他的敘述或悲或笑，彷彿跟他一起打了一場太平洋戰爭。此外他也可以把新聞事件說得讓一個三、四年級的小孩，到現在仍記得當時腦中被觸動的畫面。例如當年瑠公圳分屍案的凶手做案之後帶著小孩到安東街吃麵（這讓我一直以為台北的安東街是條專門賣麵的街道），還有甘迺迪總統被暗殺、賈桂琳抱住她先生、安全人員跳上飛快的車子保護賈桂琳……當然，這記憶全來自條春伯的嘴巴而不是報紙。我的記憶全是畫面，有畫面，是因為條春伯說得精采，說得有如親臨他至死都還搞不清地理位置的達拉斯命案現場。

於是這小孩長大後無條件地相信：通俗是一種功力，絕對自覺的通俗更是一種絕對的功力。透過那樣自覺的通俗傳播，即使連大字都不識一個的人，都能得到和高階閱讀者一樣的感動、快樂、共鳴，和所謂的知識、文化自然順暢的接軌。也許就是因為這些活生生的例子，俗氣的自己始終相信：講理念容易講故事難，講人人皆懂、皆能入迷的故事更難，而能隨時把這樣的故事講個不停的人，絕對值得立碑立傳。

條春伯嚴格地說是有自覺的轉述者，至於創作者，我的心目中有兩個。一個是日本導演山田洋次，一個是推理小說家阿嘉莎．克莉絲蒂。

山田洋次創造了寅次郎這個集合所有男人優點跟缺點的角色，在以《男人真命苦》為名的系列下，總共完成百部左右的電影。它們的敘述風格、開頭、結尾的方法不變，唯一改變的是故事，是時代，是遍歷日本小鄉小鎮的場景。數十年來，看《男人真命苦》幾已成為日本人每年的一種儀式，一如新春的神社參拜。

數十年前訪問過山田導演，他說，當他發現電影已然有它被期待的性格時，電影已經不是導演自己的。他說：當所有人都感動於美人魚的歌聲時，你願意為了讓她擁有跟你一樣的腳，而讓她失去人間少有的嗓音嗎？

人間少有的嗓音與動人的歌聲，都來自山田導演絕對自覺的通俗創造。

再如阿嘉莎．克莉絲蒂，如果我們光拿出她說過的故事和聽過她故事的人口數字，就足以嚇死你。五十多年的寫作生涯，她總共寫出六十六本長篇推理小說，外加一百多篇短篇小說和劇本。其中有二十六本推理小說被改編，拍了四十多部電影和電視劇集。作品被翻譯成一百零三種文字的版本，銷量超過二十億本。

夠了。你還想知道什麼？知道二十億本的意義是什麼嗎？二十億本的意義是全世界平均三個人就有一個人讀過她的書，聽過她說的故事。

說來巧合，她和山田洋次一樣，創造出個性鮮明的固定主角（當然，前前後後她弄出來好幾個），然後由他（或是她）帶引我們走進一個犯罪現場，追尋真正的罪犯。

故事就這樣？沒錯，應該說這是通常的架構。那你要我看什麼？不急，真的不急，克莉絲蒂會慢慢冒出一堆足夠讓你疑惑、驚嚇、意外，甚至滿足你的想像力、考驗你的耐心和智商的事件來。

推理小說不都是這樣嗎？你說得沒錯，大部分是這樣，不一樣的是……對了，她像條春伯，像山田洋次，她真會說，而且她用文字說。

文字的敘述可以讓全世界幾代的人「聽」得過癮、「聽」個不停，除了聖經，也許就是克莉絲蒂。她不是神，但她真的夠神。

數十年前，台灣剛剛出現她的推理系列中譯本，那時是我結婚前，常有同齡的文藝青年來我租住的地方借宿，瞄到我在看克莉絲蒂，表情詭異地說：「啊？你在看三毛促銷的這個喔？」

我只記得他抓了一本進廁所，清晨四點多，他敲開我的房門說：「幹，我實在很討厭那個白羅……再拿一本來看看，我跟你說真的，要不是你的書，我真的很想把那個矮儸壓到馬桶吃屎！」

我知道他毀了，愛吃又假客氣，撐著尊嚴騙自己。克莉絲蒂再度優雅地撕破一個高貴的知識份子的假面具，她的手法簡單，那手法叫通俗，絕對自覺的通俗，無與倫比、無法招架的功力。

昔日的文藝青年如今跟我一樣，已然老去，但不時還會看到他寫一些充滿理念和使命感極重的文章，在報紙和雜誌上出現。我知道他要說什麼，只是常常疑惑他想跟誰說；同樣，我記得他說過什麼，但轉眼間忘記他說了什麼。但請原諒我，幾十年前那個晚上，他在我家看完的那兩本克莉絲蒂的小說內容，我可還記得清清楚楚。

也許有一天再遇到他的時候，我會問他之後是否還看過克莉絲蒂其他的書，如果沒有，我會跟他說，想讀要趁早，因為你會老、會來不及。至於白羅那個矮儸，大概永遠不會消失。哦，對了，還有一個叫瑪波，你說不定會來不及認識……

從他種視角到跨界嘗試的閱讀體驗

路那（推理評論家）

說到阿嘉莎．克莉絲蒂，即使是不太常閱讀推理小說的讀者，也很難不聯想到有個完美鬍子的偵探白羅、老小姐瑪波，又或者是她享譽國際的《東方快車謀殺案》、《一個都不留》等名著吧。

克莉絲蒂的廣受歡迎，還在於台灣近乎出版了她的全集。儘管台灣的出版能量相當驚人，但放眼國內外作家，有此殊榮者也在少數。這些作品中，除了廣受歡迎的系列作外，另有數量相對較少的獨立作品。這些作品或受累於知名度不高，或受累於缺乏讀者熟悉的偵探角色，而較少進入讀者的視野之中，然而，這不表示它們本身不值得一讀。

在這裡，我要先岔出去談一下柯南．道爾（Conan Doyle）與莫里斯．盧布朗（Maurice Leblanc）。這兩位除了同樣大受歡迎之外，他們其實也同受被角色綁架之苦——柯南．道爾一心想當個嚴肅作者，為此不惜「殺害」福爾摩斯，卻又在大眾壓力之下不得不讓他神奇地死而復生的事件，相信大家都耳熟能詳。然而，或許不是很多人知道，創造了亞森．羅蘋此一大受歡迎怪盜角色的盧布朗，最終也因羅蘋大受歡迎，且擅長易容的形象深植人心，導致他不得不將新偵探角色吉姆．巴內特（Jim Barnett）降級為羅蘋的分身。與道爾交好的克莉絲蒂，自然理解箇中艱辛，或許也因此早早意識到她不能再重蹈覆轍，是以她不僅致力於故事的創造，同樣致力於角色性格的劃分。但此事並非一蹴可幾。舉例而言，短篇小說〈情牽波倫沙〉的偵探，發表時由帕克．潘擔任偵探角色，稍後又更替為白羅一事，即讓人意識到帕克．潘與白羅之間的共性：相同的公務員退休身分、同樣與偵探小說家奧利薇夫人為好友，帕克．潘的祕書萊蒙小姐日後成為白羅的祕書等，種種線索都暗示著帕克．潘與白羅可能享有的共同根源。然而，是什麼讓帕克．潘沒有被白羅「吸收」，一如巴內特與羅蘋？閱讀《帕克潘調查簿》與收錄於《情牽波倫沙》的兩個短篇時，不妨仔細考察白羅與帕克．潘的不同之處。

除了角色外，故事情節的他種視角乃至於跨界嘗試，也是非系列作品的一大看點。《李斯特岱奇案》、《死亡之犬》、《殘光夜影》等短篇小說集中收錄的作品，有之後遭改頭換面的靈感之作，也有溢出推理小說規制，蔓延至靈異、恐怖、言情等領域之作。它們的開頭，與我們習慣的克莉絲蒂推理小說似無甚差異，然則在一個十字岔路的輕巧滑脫，卻足以造就全然不同的類型閱讀體驗。

同樣的體驗，在非系列長篇小說中亦可一見。不用系列角色，意味著不須遵守類型既定的規範，或受限於角色既有的設定，遂得以更加無拘無束的形式自在揮灑。眾所周知，克莉絲蒂絕非信奉范・達因（S. S. Van Dine）「故事中不能摻有戀愛成分」戒律的一人，相反地，她頗擅長於小說中加入情感元素。她筆下的系列偵探，無論白羅或瑪波，自身均不涉浪漫情感，而多以神仙教父／教母的姿態從旁協助，從而使小說中的推理情節與羅曼史主次分明，僅為點綴。但她筆下這些聰慧的男女，是否始終只能作為系列偵探的配角存在？對此，克莉絲蒂的回答是，許多時候，擺脫了神仙教父／教母的他們，會顯現出更令人矚目的風采。

另一方面，推理小說的大體布局，從謎團初現、偵查過程到真相大白，與羅曼史主角們從陌生到相知到決定是否相守，也自有其契合之處。是以，在克莉絲蒂的非系列作品中，有不少長篇故事均以處於曖昧狀態的男女作為偵查或敘事主體，如《西塔佛祕案》、《為什麼不找伊文斯？》、《死亡終有時》與《白馬酒館》等。其中的情感除了經典的兩情相悅外，亦存在著無私的奉獻，與狡獪的以情感作為武器等多種樣態。

克莉絲蒂同樣擅長以三角關係作為障眼法，從角色間的誤會到敘事手法的誤導等，在在能使讀者以為掌握了十之八九的關係圖，瞬間翻出別樣花色。《無盡的夜》保留了克莉絲蒂時常描繪的羅曼關係，卻撤去了推理小說的型態，改以令人聯想到達芬・杜莫里哀（Daphne du Maurier）的奇情（sensation）風格，確實令人耳目一新，難怪克莉絲蒂會將之選為十大最愛之七。而其自選最愛第八的《畸屋》，則巧妙地擺脫了傳統推理小說家族敘事中以惡意為基底的設定，別出心裁地講述了謀殺如何發生在一個充滿善意的家族之中。《畸屋》之「畸」，既源於同樣具備扼殺力量的善意，也源於天生之惡——克莉絲蒂對善與惡之觀點，由是鋪陳出了一個頗為耐人尋味的視角。

一般而言，以克莉絲蒂為首的黃金時期推理小說家的作品，不太會令人聯想到國際政治、社會情勢等，感覺起來就「硬邦邦」，一點也不「舒逸」（cozy）的事物。它應該是以鄉村、大飯店、（前）殖民地為核心，間或夾雜一兩句讀者也不甚在意的時局觀察以加固背景的狀態。但克莉絲蒂出生於一八九〇年，生平歷經奧匈帝國與俄羅斯帝國的崩潰、兩次世界大戰、經濟大恐慌等，樁樁件件都是近代歷史難以抹滅的大事件，她可能當真無動於衷嗎？是以，早在一九二七年，克莉絲蒂便以白羅為主角，寫出諜報小說《四大天王》，其後更塑造出湯米與陶品絲這對橫跨二次世界大戰的夫妻檔業餘情報員。然而這對歡喜鴛鴦的氛圍，或許終究難以展現克莉絲蒂對戰後國際形勢演變之思慮。職是之故，她持續創作鴛鴦神探的系列之餘，在他們力所未逮之處，再度啟用了非系列角色，《巴格達風雲》、《未知的旅途》、《法蘭克福機場怪客》均是此類作品，試圖傳遞她在《四大天王》中即已反覆論及的「幕後的力量」。

這個「幕後的力量」又是什麼呢？見識過帝國的崩潰，對於早年的克莉絲蒂來說，共產主義無疑是危險的。在她第二部出版品《隱身魔鬼》中，克莉絲蒂將幕後黑手設定為布爾什維克的信徒。然而，伴隨著一九二四年工黨政府首次執政，克莉絲蒂對相關思潮的憂慮似有緩和態勢，此後，她的小說中偶爾會出現被眾人視為嫌疑犯的左翼同情者最終卻得證清白的情節。

伴隨著二戰結束與冷戰的開啟，許多涉及諜報的故事紛紛以蘇俄作為陰謀主腦。但克莉絲蒂頗具深意地將《巴格達風雲》與《未知的旅途》背後的陰謀組織者拐了彎，不以冷戰雙方作為主使者，而是更廣泛地指向「無政府主義者」、「理想主義者」。這樣的觀點，在以新納粹為主軸的《法蘭克福機場怪客》中亦曾多次表述——但這不是說她就放棄了一些既存觀點。不意外地，赫伯特．馬庫色（Herbert Marcuse）、法蘭茲．法農（Frantz Fanon）這些思想家仍舊不討克莉絲蒂的喜歡。

克莉絲蒂對法農等人的抗拒，與她對大英帝國的忠誠，以及對中東（特別是埃及）的偏愛或許不無關聯。眾所周知，克莉絲蒂於一九三〇年結婚的第二任丈夫是考古學家，她因此與中東和考古結緣。當時，方於一九二二年在名義上脫離英國管治的埃及，是個年輕的新興國家，尚未能擺脫殖民宗主國的影響，克莉絲蒂對埃及乃至於中東的描繪，是以多半本於殖民者的視線而開展。她的背景與經驗，決定了她理解的視角。然則，這並不表示她無意了解該地的歷史淵源——以古埃及為背景的《死亡終有時》正是最好的例證。這部入選英國犯罪作家協會「史上百大犯罪小說」第八十三名的精采作品，向讀者講述的不只是一個關於謀殺的故事，更是千年前定居於此的埃及人究竟如何生活的故事。

在《巴格達風雲》中，有一段主角與主謀對峙時的敘述：「人命無關緊要……這是愛德華的信條。那個用瀝青黏補起來、三千年前的粗陶碗突然無來由地閃現在維多莉亞心頭。那些東西當然要緊。小小的日常用品、待養的家人、構築成一個住家的牆壁，還有一兩件被當作寶貝的財產。」顯而易見，對克莉絲蒂而言，考古文物的珍貴，不在於它們悠久歷史或蘊藏的知識，而在於當代人得以透過它們深刻感受過往人們的生活。正是這樣的感受，構築出對人與生命的尊重。這樣的尊重，正是克莉絲蒂推理小說的基石所在吧！

在娛樂之外，還有許許多多閱讀克莉絲蒂的方式，正如同在知名的偵探系列之外，仍存在著許許多多精采的非系列作品一般。你所看到的克莉絲蒂，又是什麼樣子呢？

獻詞

阿嘉莎．克莉絲蒂是世界讀者最眾，也最廣受喜愛的女作家。
身為克莉絲蒂的孫兒，我相信奶奶會非常樂見這次出版，
因為她極以自己作品中的趣味與娛樂為豪。
歡迎所有喜歡本系列的台灣新讀者參與這場饗宴！

——馬修．培察（Mathew Prichard）

死亡之犬

目錄

01

死亡之犬

The Hound of Death

我第一次知道這件事，是從美國報社的通訊記者威廉．P．萊恩那兒聽來的。當他準備要回紐約的前夕，我和他在倫敦一起吃飯，碰巧我告訴他次日我要到福爾布里奇去。

他抬起頭來，尖叫一聲。

「福爾布里奇？康沃爾的福爾布里奇？」

如今很少有人知道康沃爾有個福爾布里奇。人們都以為福爾布里奇是在漢普郡。所以萊恩的話引起了我的好奇。

「是的，」我說道，「你也知道那個地方？」

他只回答說他討厭那個地方。接著就問我知不知道那裡有一棟叫作特雷納的房子。

我的興趣被勾起來了。

「真巧。事實上，我要去的地方正是特雷納。我姐姐住在那兒。」

「好吧，」威廉．P．萊恩說道，「如果那裡沒有那麼特別的話。」

我請他停止這種令人費解的言論，並且好好給我解釋一番。

「好吧，」他說道，「要解釋這件事，得先回述戰爭剛開始時我自己的一段經歷。」

我嘆了一口氣。他要描述的這件事是發生在一九二一年。回憶當時的戰爭幾乎是每個人都不願面對的事。感謝上帝，我們正要開始遺忘那場戰爭……不過，據我所知，威廉．P．萊恩的戰爭經歷一旦敘述起來，是叫人無法置信地冗長。

但是在這個節骨眼上，任何理由都不能阻止他了。

「戰爭一開始，我敢說你應該知道，那時我在比利時採訪，因此要到處走動。嗯，那兒有個小村莊……我就稱呼它X好了。在X村莊裡似乎有一間馬廄，但我可以確定那兒有一間很大的修道院。你們怎麼稱呼那些穿白衣的修女……我不太清楚她們職稱的名字。不管怎樣，這些都不是重點。這個小村莊正好位於德軍入侵的路上。那些德國槍騎兵來了……」

我不舒服地挪動了一下。威廉．P．萊恩舉手叫我放心。

「沒關係，」他說道，「這不是一個關於德軍暴行的故事，也許它有可能是，但結果的確不是。事實上，這可以說是靴子穿錯腳的故事。那夥野蠻人朝著修道院前進，他們到達那兒後，故事就開始了。」

「噢！」我有點驚訝地說道。

「很奇怪，對吧？當然啦，那夥野蠻人一直在那裡慶祝，並且拿著他們的炸藥到處耀武揚威。不過呢，他們似乎對炸藥一無所知。它們並非那種爆破力強大的傢伙。我問你，一幫修女對於爆破力強大的東西是怎麼想的？啊，一群修女，我應該這樣說才對。」

「確實會覺得古怪。」我同意道。

「我帶著好奇心聽著農民們講述整個事件。他們已經把故事給濃縮了。在他們看來，這是一個百分之百的一流現代奇蹟。其中有個修女似乎有點名氣——一個正要嶄露頭角的聖徒——她曾進入恍惚狀態並且看到了幻影。聽他們說她具有特異功能，她召來閃電轟炸一個不虔誠的野蠻人——閃電把那個野蠻人劈個正著——而且還沒殃及周圍的事物。那真是個了不起的奇蹟！

「我一直沒有真正了解這件事情的真相……因為沒時間。但是，當時關於奇蹟的說法甚囂塵上——有一說是蒙斯[1]的天使幹的。我把那個故事記下來，並添加一些感傷的材料，故事結尾還回歸到宗教主題。就這樣，我把文章寄到報社，結果在美國反應非常熱烈。在那個時候，讀者很喜歡這一類的故事。

「但是在寫作過程中（我不知道你是否能理解），我內心產生了更強烈的興趣。我很想知道事實的真相。在現場是看不到什麼異樣，只有兩面牆還立在那兒，其中一面牆上面有個燒焦的黑印，那黑印形狀正好像是一隻巨犬。

「附近的農民被那個黑印嚇得半死。他們稱呼它死亡之犬，而且天黑之後，他們不敢從那兒經過。

「迷信這種東西很有趣。我想我最好去見識一下那位具有特異功能的女士。她似乎沒死，帶著一大群難民逃到英國去了，我費了好大的力氣去追查她的行蹤，最後發現她去了康沃爾福爾布里奇的特雷納。」

我點點頭。

「戰爭剛開始，我姐姐收留了一大群比利時難民，大約有二十人。」

「嗯，如果有時間，我一直想要拜訪那位女士。我希望她可以親自跟我敘述那個可怕的故事。但是我一直忙得抽不開身，於是這個願望就在我腦海裡慢慢地淡忘了。總之，我差不多把康沃爾這地方忘得一乾二淨。事實上，我連那個故事都幾乎忘光了，直到你剛才提起福爾布里奇時，我才又回憶起來。」

「我得去問問我姐姐，」我說道，「關於那個故事，她可能聽到了什麼傳聞。當然了，那些比利時難民早就被遣送回國了。」

「那是當然。不管怎樣，如果你姐姐知道些什麼內幕，我很高興你能轉告給我聽。」

「我會的。」我誠懇地說道。

事情就那樣說定了。

§

我到達特雷納的第二天，故事就再次發生在我身上。當時我和姐姐正在陽台上喝茶。

「吉蒂，」我問道，「你收留的比利時人當中，有沒有一個修女？」

「你指的是不是瑪麗·安吉莉修女？」

「或許吧，」我小心地答道，「告訴我她的事。」

1 蒙斯（Mons），比利時西南部埃諾省（Hainaut）的省會。

「噢，親愛的，她這個人非常不聰明。你知道她還在這兒嗎？」

「什麼？在這棟房子？」

「不，不是，她在這個村子裡。羅斯醫生……你還記得羅斯醫生嗎？」

我搖搖頭。

「我只記得他是個八十三歲左右的老頭。」

「那是萊爾德醫生。噢！羅斯醫生來到這裡只有幾年而已，他還很年輕，而且熱中於新的思想。他對瑪麗．安吉莉修女產生了極大的興趣。她有些幻覺和能力，你知道的，從醫學角度來看，這顯然是非常吸引人的議題。可憐啊，她沒有地方可去——在我看來，她真是非常瘋狂——但是讓人印象深刻，如果你明白我的意思。嗯，剛才我講到……她沒有地方可去，所以羅斯醫生非常好心地在村子裡照顧她。我相信他正在寫專題論文或是醫生要寫的某種文章，想當然耳，主題和她絕對有關。」

她停了一會兒，接著說道：「你是怎麼知道她的？」

「我聽到一個非常奇特的故事。」

我把從萊恩那兒聽來的故事又講給姐姐聽，她非常感興趣。

「她看起來，就是那種可以詛咒你的人……如果你明白我的意思。」她說。

「我一直在想，」我的興趣更加強烈了。「我必須去拜訪那位思想先進的女士。」

「好哇。我也想知道你是如何看待她的。我們先去拜訪羅斯醫生。喝完茶後，我們就到村子裡去，怎麼樣？」

我接受了這個建議。

我在羅斯醫生的家裡找到他，並且向他自我介紹。他好像是個開朗的年輕人，但是他性格上的某些特質讓我很反感。看來想要全盤接受他這個人似乎不太可能。

我提及瑪麗．安吉莉修女時，他的注意力突然集中起來，顯然他對這個話題很感興趣。我把萊恩的故事告訴他。

「啊！」他若有所思地說道，「這樣就能解釋很多事情。」

他迅速地抬起頭來，看了我一眼，接著說道：「這確實是一個很有意思的病例。那位女士剛到這裡時，可以明顯看出她曾遭受過某種嚴重的精神創傷。再者，她同時還處於一種高度的精神亢奮狀態中，由於受到某個奇異事情的極度驚嚇，因而產生了幻覺。她的性格可以說是異於常人。或許你會同意和我一起去拜訪她，她這個人確實很值得研究。」

我馬上答應了。

我們一起出發。目的地是一棟位於村子近郊的小房子。福爾布里奇是個風景如畫的地方，這裡大部分地區都位於東岸的福拉河口，而西岸太陡峭了，不適宜蓋房子，不過那裡還是有一些小村舍緊緊依附在峭壁旁邊。醫生的小房子正好位於西岸峭壁的最邊緣處。從那兒往下望去，你可以看到福拉河的巨浪拍打著黝黑的岩石。

我們正要去拜訪的那棟小房子，正被包圍在一望無際的大海中間。

「這一區的護士住在這裡，」羅斯醫生解釋道，「我已經安排她和瑪麗．安吉莉修女一起住。這樣一來，瑪麗修女就可以受到很好的照料了。」

「她的舉止是否正常？」我好奇地問道。

「待會兒你可以自己去判斷。」他一邊回答，一邊微笑著。

護士是個開朗的矮胖女人。我們到達的時候，她正騎在一輛自行車上準備要外出。

「晚安，護士，你的病人怎麼樣了？」醫生喊道。

「老樣子。她正坐在那裡，雙手交疊茫然出神。雖然她會的英語並不多，但已足夠聽得懂我跟她講的話，但她仍然時常對我不理不睬。」

羅斯點點頭，目送護士的自行車走遠後，他走上房子門口的台階，用力敲了敲房門，然後走了進去。

瑪麗．安吉莉修女正躺在一張靠近窗戶的長椅上。我們進來時，她轉過頭來。

這是一張奇怪的臉——蒼白卻又晶瑩剔透的容貌，大眼睛裡似乎蘊含著無限的悲哀。

「晚安，修女。」醫生用法語說道。

「晚安，醫生。」

「容我為你介紹一位朋友，這位是安楚瑟先生。」

我鞠了一躬。她微微一笑，點了點頭。

「今天你感覺怎麼樣？」醫生詢問道，並在她身邊坐下來。

「和平常一樣。」她停了一會兒，接著說道：「任何事情在我看來都不是真實的。日子一天一天過去——是月——還是年？我都搞不清楚了。只有我的夢在我看來是真實的。」

「你還常常作夢嗎？」

「我的夢從沒停過……一直都沒停過，你懂嗎？夢看起來比生活還真實。」

「你夢到自己的國家——比利時？」

她搖搖頭。

「不，我夢到一個永遠不會存在的國家……永遠不會。但是，你知道它的，醫生，我已經跟你說了好多次。」她停了下來後突然說道：「或許這位先生也是一位醫生……是一位腦科醫生嗎？」

「不，他不是。」

羅斯的語氣中有安撫之意。但是當他微笑時，我注意到他的犬牙異常突出，這讓我覺得他很像一頭狼。他繼續說道：「我想，你可能有興趣認識安楚瑟先生。他知道一些關於比利時的事情，最近他還聽說了你們修道院的事。」

她的眼睛轉向了我。淡淡的紅暈慢慢染紅了她的臉頰。

「沒什麼特別的，真的，」我猶豫著要不要解釋。「只是有一天晚上，我和一位朋友吃飯，他向我描述了你們修道院受損的牆面。」

「這麼說來，它們真的遭到毀壞了！」

這是一個無力的回答。與其說她是在給我回應，倒不如說是她在和自己講話。接著她又看了我一眼，猶豫地問道：「告訴我，先生，你的朋友有沒有說過——那些牆被毀壞成——什麼樣子？」

「它們都被炸毀了，」我回答道，然後又補充說：「每到晚上，農民們都很害怕從那兒經過。」

「他們為什麼害怕？」

「因為那面受損的牆上有一個黑印。他們對它有一種迷信的恐懼。」

她向前傾身。

「先生，告訴我——趕快——趕快告訴我！那塊黑印是什麼樣子？」

「它的樣子就像是一隻巨犬，」我回答道，「農民們都叫它死亡之犬。」

「啊！」

她發出一聲顫抖的尖叫。

「那麼，它是真的……它是真的發生了。我記憶中的東西都是真的。它們不是一些可怕的噩夢。發生了！它真的發生了！」

「什麼事發生了，修女？」醫生用低沉的聲音問道。

她熱切地轉向他。

「我還記得。就在那些台階上，我真的還記得。我記得它是怎麼造成的。我按照我們以往使用的方法施展了那種力量。我站在祭壇的台階上，命令他們不要再前進，我要求他們和平地離開，他們卻不聽從，儘管我警告了他們，但是他們仍然繼續前進。所以……」她向前傾身，並且做了一個古怪的手勢。「所以，我向他們釋放出死亡之犬……」

她躺回到椅子上，不停地顫抖著，眼睛也閉上了。

醫生站了起來，從壁櫥裡拿出一只玻璃杯，倒了半杯水，並從口袋裡拿出一罐小瓶子，往水裡倒了一兩滴東西，然後把杯子遞給她。

「喝下去。」他威嚴地命令道。

她服從了命令，動作看起來很呆滯。她的眼睛似乎很深邃，彷彿在注視著自己內心裡的幻覺。

「難道這些都是真的，」她說道，「所有的事情。環形城市、水晶人……所有的事情統統都是真的。」

「看來似乎是這樣。」羅斯醫生說道。

他的聲音低沉而平和，顯然是為了鼓勵她說下去，卻又不會打亂她的思緒。

「告訴我那個城市的事情，」他說道，「那個環形城市，你是這麼說的吧？」

她心不在焉地呆滯答道：「好的……那兒有三個圓環。第一個圓環給神的選民，第二個給女祭司，最外面的那個給神父。」

「裡面是什麼呢？」

她深深地吸了口氣，聲音轉為低沉，並流露出難以言喻的敬畏意味。

「是水晶的房子……」

當她說出這些話時，右手放到前額上，手指頭在那裡描繪一些圖形。

她的手指似乎愈來愈僵硬，眼睛也閉上了，身體輕輕搖擺了起來。突然之間，她猛地坐直，好像是驚醒過來似的。

「怎麼回事？」她疑惑地問道，「我說了些什麼？」

「沒什麼，」羅斯說道，「你累了，需要休息，我們要跟你告辭了。」

我們離開時，她看起來似乎有點恍惚。

「嗯，」我們走到外面，這時羅斯說道，「你有何看法？」

他尖銳地斜視著我。

「我猜想，她的心智一定完全瘋了。」我慢慢說道。

「你非常震驚？」

「不，事實上，她……嗯，令人非常信服。聽她說話時我有一種感覺，她確實做過她宣稱要做的事——製造了一個巨大的奇蹟。她似乎非常相信自己真的做過那些事。這就是為什麼……」

「這就是為什麼你說她的心智一定瘋了。的確是這樣沒錯。但是若從另一個角度來考慮這個問題：假如她真的製造了那個奇蹟……假設她以個人的力量毀壞了一棟建築物，並且殺了好幾百個人。」

「僅僅用她的意志力？」我微笑著問道。

「我並不希望歸納出這樣的答案。將來你會同意有人確實可以透過某種機制而殺害我們大家的。」

「是的，不過那種機制會是機械。」

「對，那是機械，但在本質上，它也是一種利用並控制自然的力量。雷電……暴風雨和發電廠，在本質上都是一樣的。」

「是的，但要控制雷電和暴風雨，我們不得不利用機械工具。」

羅斯笑了。

「我暫時離題一下。有一種東西叫作冬青樹，它在自然狀態下是一種蔬菜，但是它又可以在實驗室裡透過合成和化學方法製造出來。」

「你說什麼？」

「我的觀點是：要達到同一個目的，常常會有兩種途徑。不可否認地，我們的途徑是人工方式。不過還有另一種途徑。例如印度托缽僧人可以達成的驚人事蹟，便是無法用現行任何簡單方法來解釋。我們稱之為超自然的東西，其實只是還沒被了解的自然法則而已。」

「這是你的想法？」我驚訝地問道。

「我不能完全否認這種可能性，說不定有人真的可以放出某種巨大的毀滅性力量，並利用它去達到某些目的。在我們看來，這種力量似乎非常不可思議……但是在現實中，也許並非如此。」

我瞪著他。

他大笑道：「這只是推測，僅此而已。」他輕鬆地說道，「告訴我，你有沒有注意到當她提及水晶房子時，做了什麼樣的手勢？」

「她把手放到前額上。」

「非常正確，而且她還在那兒畫圓圈，非常類似天主教徒在畫十字架。現在我要告訴你一些有趣的事情，安楚瑟先生。在我病人凌亂的思緒中，經常會出現『水晶』這個字眼。我做過一個試驗：我從別人那兒借來一個水晶，某天我出其不意地把它擺出來，藉此測試我病人對它的反應。」

「是嗎？」

「嗯，結果非常古怪，而且富有啟發性。看到水晶，她整個身體都變僵了。她似乎無法相信自己的眼睛，只能死盯著那個水晶看。後來，她在它前面跌落於地，嘴裡還唸唸有詞，接著就昏迷過去。」

「她說了些什麼？」

「非常奇怪的話。她說：『水晶！這麼說來，誓約仍然有效！』」

「真奇怪！」

「頗能引發各種聯想，不是嗎？接下來還有更奇怪的事情呢。當她從昏迷中醒過來後，整件事居然都忘光了。我向她展示了水晶，並問她知不知道那是什麼。她回答說，那應該是預言家使用的水晶。我問她以前有沒有見過水晶？她回答道：『從來沒有，醫生。』但是我在她眼中看到疑惑。『什麼事讓你感到困擾嗎，修女？』我問道。她回答說：『它看起來非常陌生，以前我從未見過水晶，但是——我覺得它很熟悉，有些事情——如果我能想起來的話……』努力回憶過去顯然讓她心力交瘁，所以我就不讓她再多想了。那是兩個星期以前的事。我在等待時機。明天我要做一個更深入的試驗。」

「用水晶嗎？」

「是的，會用到水晶。我會要求她凝視水晶。我想結果一定非常有趣。」

「你打算怎麼做？」我好奇地問道。

我只是隨口問問，沒想到卻引發出乎意料的結果：羅斯整個人似乎都僵硬了，臉脹得通紅，而且說話的態度也慢慢改變了……變得更為正式而專業。

「有些精神失常方面的知識，目前還沒有正確的解釋，因此瑪麗・安吉莉修女是個很值得研究的課題。」

照這麼說來，羅斯的興趣純粹是專業上的研究了？這點我很懷疑。

「我可以參與嗎？」我問道。

或許是我的幻想吧，我覺得他回答之前猶豫了一下。突然間我有一種直覺，覺得他並不希望我參與。

「當然可以。沒什麼問題。」他補充道：「我想，你不會在這裡逗留很久吧？」

「只待到後天。」

這個答案好像讓他很高興。他的眉毛舒展開了，並且講起一些最近在幾內亞豬身上所做的試驗。

§

第二天下午，我依約和醫生見面，然後我們一起去見瑪麗·安吉莉修女。醫生今天的態度非常和藹。我想，他大概希望消除昨天他留給我的印象。

「你不必把我講的話當真，」他笑著說道，「我不希望你把我看作是一個神祕科學的研究者。最糟糕的是，我有個非常不好的缺點，喜歡去證明事情的真相。」

「真的？」

「是的，愈是奇怪的東西，我愈是喜歡。」

他的笑聲聽起來，像在嘲笑別人有個好笑的缺點似的。

我們到達那棟小房子之後，護士有些事情要請教羅斯醫生，所以他們走到一旁去，把我和瑪麗·安吉莉修女留在一起。

我注意到她在仔細地審視我。這時她突然說道：「這裡的護士人很好。她告訴我你是那位好心女士的弟弟。當年我從比利時來的時候，被送到你姐姐的那棟大房宅。」

「是的。」我說道。

「她對我非常好。她是個好心人。」

她靜靜地發呆了一會兒，似乎在琢磨腦海裡的某個思緒，然後說道：「那位醫生，他也是個好人嗎？」

我有點尷尬。

「嗯，是的。我的意思是說……我覺得他可能是個好人。」

「啊！」她停了一會兒，然後說道：「那是當然，他對我非常好。」

「我相信是這樣沒錯。」

她突然抬起頭來，目光銳利地盯著我。

「先生……你……你告訴我……你相不相信我是個瘋子？」

「呃，修女，我沒想過……」

她慢慢地搖搖頭，打斷了我的話。

「我瘋了嗎？我不知道——我記得一些事情——我忘記了某些事情……」

她嘆了口氣，這時羅斯走進房間。他愉快地問候她，並說明他希望她做些什麼事。

「你們知道的，有些人具有一種從水晶裡頭看出東西的能力。我猜想，你或許具有這樣的能力，修女。」

她看起來似乎很痛苦。

「不，不，我不能這樣做。試圖看到未來……那是一種罪惡。」

羅斯嚇了一跳。他忘了考慮到修女的信仰，但是他巧妙地改變話題。

「人類是不應該看到未來。你說得很對。但是看到過去……那就不一樣了。」

「過去？」

「是的……過去發生過許多奇怪的事情。像火光是怎麼出現的——在片刻之間被人們看見——然後又再度消失。既然你不該探望水晶裡頭的世界，那就這樣吧，用你的手拿著它……就這樣。看著它……專心地看著它。是的……專心……再更專心。你記起來了，對吧？你記起來了。你聽到我對你說的話。你可以回答我的問題。你聽到我說的話嗎？」

瑪麗．安吉莉修女按照醫生的吩咐，帶著奇特的敬意用手捧住水晶。隨後當她凝視著水晶時，她的眼睛漸漸變得茫然而朦朧，頭也垂了下去，她似乎睡著了。

醫生輕輕地把水晶從她手裡拿出來，放到桌子上。他翻動她的眼皮，然後坐回我身邊。

「我們必須等她醒過來。我想，不需要很久。」

他說對了。五分鐘之後，瑪麗．安吉莉修女突然醒了過來。她的眼睛夢遊般地睜開來。

「我是誰？」

「你在這裡……在家裡。你已經小睡了一會兒。你還作了夢，不是嗎？」

她點點頭。

「是的，我作了個夢。」

「你夢到水晶了嗎？」

「是的。」

「告訴我水晶的事。」

「你們覺得我是個瘋子，醫生。在我的夢裡，水晶是神聖的象徵，我甚至把它當成第二個上帝，為信仰而死的水晶之師，他的門徒被追捕……遭到殘害……但是信仰依然存在。」

「是的，存在了一萬五千個滿月……我是說，存在了一萬五千年。」

「一個滿月有多久？」

「十三個正常的月份那麼久。是的，就在這一萬五千個滿月當中……當然，我是水晶房子裡面第五個神蹟的女祭司。就在第六個神蹟到來的第一天……」

她的眉毛皺在一起，臉上閃過一絲恐懼。

「太快了，」她呢喃道，「太快了。這樣不對……啊！是的，我想起來了！第六個神蹟……」

她跳起身來，但是半途又坐了回去，用手在臉上比畫著，同時呢喃道：「我在說些什麼？我在胡說八道。這些事情從未發生過。」

「別再逼自己難過了。」

但她用一種痛苦而困惑的神情望著他。

「醫生，我不明白。為什麼我會作這些夢……產生這些幻覺？我皈依上帝時只有十六歲。我從未旅行過。卻夢到了城市、奇怪的人們，以及奇怪的習俗。這是為什麼？」她雙手都壓在額頭上。

「你有沒有被施過催眠術，修女？或是進入過恍惚狀態？」

「我從未被施過催眠術，醫生。但是從另一方面來說，在禮拜堂祈禱時，我的靈魂經常從軀體裡掙脫出來，我可以連續好幾個小時都像是死去一樣。毫無疑問地，這是一種神聖的狀態……院長修女說：『這是一種神賜狀態。』」她喘著氣。「啊！是的。我想起來了，我們都叫它神賜狀態。」

「我打算做個試驗，修女。」羅斯以誠懇的口氣說道，「這個試驗可能會抹殺掉那些令你痛苦不堪的模糊記憶。我要求你再次凝視這個水晶，然後我會對你說一些話，你就回答別的事情。我們用這種方法繼續下去，直到你疲憊為止。把你的注意力集中在水晶上，而不是我所講的話。」

當我再次拿起水晶，並把它放在瑪麗修女的手上時，注意到她的手在觸摸水晶時的虔誠態度。水晶就躺在她那纖弱的手掌中間，安置在那黑色的天鵝絨上。她美麗的眼睛凝視著它。短暫的沉默後，醫生說道：「犬。」

瑪麗修女立刻回答道：「死亡。」

§

我不打算全盤詳述這次的試驗。醫生在引導中故意攙雜了許多無關緊要又毫無意義的話。有的字眼他重複了很多遍，有時得到同一個答案，有時卻得到不同的回覆。

那天晚上在醫生峭壁上的小住宅裡，我們對這次試驗的結果進行了一場討論。

醫生清了清嗓子，把筆記本拿近了些。

「這些結果很有意思……非常古怪。當問了『第六個神蹟』時，我們得到好幾個不同的答案：毀滅、紫色、犬、力量，然後又是毀滅，最後是力量。後來你也注意到，當我倒過來問時就得到以下結果：問了毀滅，得到的答案是犬；問了紫色，答案是力量；問了犬，答案是死亡；再問了力量，答案是犬。就這樣了，不過在第二次重複問到毀滅時，得到的答案是海，這個答案似乎非常突兀。問了『第五個神蹟』時，得到的答案是藍色、思想和鳥，然後又是藍色，最後是非常富有啟發性的一句：通往心靈的入口。『第四個神蹟』得到的答案是黃色，後來是光，而『第一個神蹟』的回答是血。我推論每個神蹟都對應一種特定的顏色，並且很有可能是一個特定的象徵物，例如第五個神蹟的象徵是鳥，第六個神蹟的象徵是犬。不過我想，第五個神蹟所代表的可能是通常所說的精神感應，亦即通往心靈的入口。第六個神蹟毫無疑問代表了毀滅的力量。」

「那麼海是代表什麼？」

「這個嘛，我必須承認自己也無法解釋。後來我再引入這個字眼時，得到的就是很一般的答案——船。對於第七個神蹟，我先得到的答案是生命，第二次得到的是愛。對於第八個神蹟，我得到的答案是無。因此我認為，七就是那些神蹟的數目和總額。」

「但是，第七個神蹟還沒有引導出來。」我突然靈光一閃，說道：「因為第六個神蹟已經是毀滅了！」

「啊！你是這麼認為？我們非常認真地在思考這些……這些瘋狂而凌亂的思緒。只有從醫學角度來看，它們才會真的有意義。」

「想當然耳，研究靈魂學的人會對它們產生興趣。」

醫生的眼睛瞇了起來。

「親愛的先生，我無意把它們公諸於世。」

「那你的興趣是什麼？」

「純粹是個人的興趣。當然了，我會對這個病例做記錄。」

「我明白了。」

然而，這是我首度感覺到自己像個瞎子似的完全不明白。我站了起來。

「晚安，醫生。我明天就要離開這兒回鎮上去了。」

「噢！」

我感覺到在這聲感嘆的背後除了滿意之外，或許還有放鬆。

「但願你的研究順利成功，」我愉快地繼續說道，「下次我們見面時，請不要向我放出那隻死亡之犬！」

說這些話時，他正和我握著手，我感覺到那隻手顫抖了一下，但很快就恢復了正常。他的嘴唇往上一咧笑開了，並露出了長長的尖牙。

「對於一個喜歡力量的人，力量意味著什麼呢？」他說道，「就是要把所有人的生命都掌握在他的掌心裡！」

然後他就大笑起來。

§

這就是我和這件事情直接有關的部分了。

後來，醫生的筆記本和日記都落到我手中。我要在這裡補充一些細節，你們會明白這些事都是到了後來我才真的曉得是怎麼回事。

八月五日。透過「上帝選上的子民」，我發現瑪麗．安吉莉修女指的是那些繁殖人種的人們。顯然他們受到最尊貴的敬意，並且擁有比神父還崇高的職位。可以拿早期的天主教來做比較。

八月七日。說服瑪麗．安吉莉修女讓我幫她做催眠。成功進入催眠和恍惚狀態，但是沒有建立任何聯繫。

八月九日。過去真的存在著某些文明。當時我們什麼都不是嗎？若是那樣，這確實太奇怪了，而我是唯一知道這件事的人……

八月十二日。催眠的時候，瑪麗．安吉莉修女非常難以駕馭，但是又很容易進入恍惚狀態。對此很不能理解。

八月十三日。今天瑪麗．安吉莉修女提到在「神賜狀態」中「大門必須關閉，以防別人進來控制軀體」。有意思……但令人費解。

八月十八日。這麼說來，第一個神蹟只是……（這裡的字被擦掉了）……那麼，需要多少個世紀才能達到第六個神蹟呢？但是，這裡應該有一條通往力量的捷徑……

八月二十日。在瑪麗．安吉莉修女身邊安排一名護士。吩咐她若有必要，用嗎啡讓瑪麗．安吉莉修女保持鎮靜。我發瘋了嗎？當死亡的力量掌握在我手中時，我將會成為超人？

（記載到此停止）

§

我想，我是在八月二十九日收到下面這封信的。信是寄給我的，卻透過我姐姐轉交，字體歪斜是外國人的筆跡。我帶著某種好奇心撕開了信封。信的內容如下：

親愛的先生……我只見過你兩面，但是我覺得我可以相信你。不管我的夢是否為真，到後來它們變得愈來愈清晰了……而且，先生，所有夢境中有個夢是真的，亦即死亡之犬，這絕對不是在作夢……當時我告訴過你（它們是不是真的，我也不知道）。水晶守衛太快向人揭示第六個神蹟……罪惡侵蝕了他們的心靈。他們擁有隨意殘害別人的力量——而且他們用不正當的手段——殘暴地殺害別人。他們沉醉於貪婪的力量中。看到這種情況，我們這些仍然純真善良的人知道，再這樣下去我們將不能完成圓環，並回到永生的神蹟中。擔任水晶守衛的其中一人被迫採取了行動。老年人將要死去，年輕人經過輪迴之後將會得到重生，他對著大海鬆開了死亡之犬（小心不要關上圓環），大海翻起犬一樣的波浪把陸地全吞沒了……

以前我曾想起這件事……在比利時的祭壇台階上……

這位羅斯醫生，他是我們的弟兄。他知道了第一個神蹟，也知道了第二個神蹟的外形，雖然神蹟的意義只有少數「上帝的選民」知道。他要向我學習第六個神蹟。我至今一直在拒絕他……但我愈來愈虛弱了，先生，一個人不該在適當的時機來臨前得到力量。世界要被死亡的力量摧毀前，必須經過許多個世紀……我求求你，先生，你是個善良和熱愛真理的人，幫幫我……在時候已晚之前。

瑪麗・安吉莉修女

我任由信紙滑落下去。我腳下的地面似乎沒有往常那麼堅硬了。然後我開始振作起來。那個可憐女人的信仰真的很虔誠，幾乎把我也感化了！有件事很清楚，就是羅斯醫生對這個病例非常熱中研究，不過濫用了他的職業道德。我要再去拜訪他，並且……

突然之間，我在其他來信中看到一封吉蒂寫來的信。我撕開信封。

「發生了好可怕的事情，」我讀到，「你還記得羅斯醫生在峭壁上的那棟小房子嗎？昨天晚上它被一場山崩壓平了，醫生和可憐的瑪麗．安吉莉修女都遇害了。沙灘上的殘骸也非常可怕——全都堆成一團奇怪的東西——從遠處看就像是一隻巨犬……」

信紙從我手中滑落。

還有一件巧合。有一位羅斯先生——據我了解，他是醫生的一個有錢親戚——在同一天晚上也突然去世了，據說是遭到雷劈。但是又聽說附近並沒有發生大雷雨，只有一兩個人宣稱他們曾聽到了一陣雷鳴。死者身上有一處「形狀奇特」的電燒烙印，而且他的遺囑是把所有財產都留給他的姪子，亦即羅斯醫生。

假設羅斯醫生成功地從瑪麗．安吉莉修女那兒掌握了第六個神蹟的祕密好了。我老覺得他是個無恥之徒……如果他確信那筆財產不能名正言順地留給他，他會毫不客氣地要了他叔叔的命。但是瑪麗．安吉莉修女信中的一句話閃過我的腦海——「小心不要關上圓環……」或許羅斯醫生執行時不夠仔細，或者是沒意識到要完成某些步驟，甚至不知道執行它們需要注意什麼。所以他利用的力量就回過頭來，關上它的圓環……

不過，這當然都是胡說八道！所有的事情都有合理的解釋。醫生相信了瑪麗．安吉莉修女的幻覺，這只不過是說明了他的精神也有點不正常。

然而有些時候，我會夢到大海下面有一片陸地，人們曾經生活在那裡，而且他們的文明遠遠超過我們現在……

或許，瑪麗．安吉莉修女可能還記得以前的事情——她的說法說不定是真的——環形城市存在於未來而不是過去？

胡說八道……當然啦，這整個故事僅僅是幻覺罷了！

02

紅色信號

The Hound of Death

「不，這實在太恐怖了，」漂亮的艾弗利太太說道，並把她那雙美麗但有點無神的眼睛睜得大大的。「他們老是認為女人具有第六感。你覺得這是真的嗎，艾林頓爵士？」

那位著名的精神學家只是嘲諷地笑著。對於這種外貌漂亮但心智愚蠢的人，他總是完全不放在眼裡，就像他現在的這位客人。艾林頓．韋斯特是精神病方面的權威，而且非常在意自己的地位和重要性。他是一個在各方面都相當自負的人。

「我只知道你們說了一大堆廢話，艾弗利太太。第六感——這個術語是什麼意思？」

「你們這些搞科學的人總是這麼認真。事實上，第六感是指一種非凡的能力，也就是說，有些人在某些時候似乎可以明確知道某些事物的存在……但僅僅是知道並感覺到它們而已。我的意思是說，這非常不可思議，實際上就是這樣。克萊兒，你知道我在說什麼吧？」

她噘起了嘴，並斜著肩膀向女主人求助。

克萊兒．崔倫特並沒有馬上回答。這是一個小型宴會，出席的有克萊兒和她的丈夫、薇歐蕾．艾弗利、艾林頓．韋斯特爵士，以及艾林頓爵士的姪子德莫特．韋斯特。德莫特是傑克．崔倫特的一位老友。傑克是一位臉色紅潤、身體有點臃腫的男人，他這時候正心情愉快地微笑著，笑容可以說是開朗而且慵懶。他把話題接過去。

「真是胡說八道，薇歐蕾！你最好的朋友在一次鐵路事故中遇害，所以你就毫不遲疑地想起你上星期二非常不可思議地……夢到一隻黑貓，就這樣，你就覺得一定會發生什麼不吉利的事情！」

「噢，不，傑克，你把預感和直覺弄混了。艾林頓爵士，你總得同意預感是真的吧？」

「或許在某種程度上是這樣沒錯，」醫生小心翼翼地說道，「但是，巧合可以解釋大部分故事的成因，況且，所有的故事差不多都有相同的發展脈絡……你不得不把這些因素也考慮進去。」

「我認為，所謂的預感根本就不存在，」克萊兒．崔倫特非常突兀地說道，「什麼直覺啦、第六感啦，以及其他一些被我們不著邊際所談論的東西。我們生命的進程，就像是一列火車在穿過黑暗奔向未知的遠方。」

「這個比喻不能說是很好，崔倫特太太。」德莫特．韋斯特說道。

這是他第一次加入這場論戰。他灰色而清澈的眼睛在曬得黝黑的臉龐上顯得相當耀眼，並散發出一種相當特別的光芒。

「你難道已經忘記那些信號了嗎？你是知道的。」

「哪些信號？」

「噢，綠色代表安全，紅色——代表危險！」

「紅色——代表危險——多麼恐怖啊！」薇歐蕾．艾弗利喘著氣說道。

德莫特非常不耐煩地轉過身背對著她。

「當然啦，那只是一種敘述方式。前面有危險！紅色信號！小心！」

崔倫特好奇地盯著他。

「德莫特，你似乎在說一場親身經歷，老兄。」
「的確是這樣……我的意思是，曾經發生過這樣的事。」
「說給我們聽聽吧。」
「我可以舉個例子給你們聽。在美索不達米亞那邊……在休戰紀念日之後，某天晚上當我走進帳篷時，馬上就產生一種強烈的感覺。危險！小心！這個想法就像幽靈一樣在我心中飄蕩著。我忐忑不安地繞著營地檢查一圈，接著為了防止那些深懷敵意的阿拉伯人突然侵襲，我還採取一切預防措施。然後我就轉回帳篷。但是只要一走進帳篷，那種感覺卻又出現了，甚至比原本還要強烈。危險！最後我抱著一條毛毯走出去，就在外面我裹在毛毯裡頭睡了一夜。」
「後來呢？」
「第二天早上我走進帳篷，首先映入眼簾的是一道巨大的刀痕，大約有半呎那麼長，就往我躺下睡覺的那個地方直劈下來，並穿透我的床鋪。不久後我查明了事情的真相……那是一個阿拉伯僕人幹的。他的兒子因為當間諜而被槍決了。艾林頓叔叔，你怎麼看待這個我稱之為『紅色信號』的例子呢？」
那位專家毫無表情地微笑著。
「這是個很有意思的故事，親愛的德莫特。」
「但是它無法讓你全然信服？」

「是的，我毫不懷疑你的確對危險有某種強烈的直覺，就像你講的那樣。然而，我要否決的是這種直覺的根源。就你而言它是來自外界，是因你的精神受到外界的某些刺激，才得到那樣的印象。但是現在，我們發現幾乎一切事物都來自內心……來自我們的潛意識。」

「好一個古老的潛意識，」傑克．崔倫特大聲叫道，「現在它變得無所不能了。」

艾林頓爵士不理會他的插嘴，繼續說道：「我覺得事實可能是這樣的：偶爾瞥到那位即將殺害你的阿拉伯人時，你的自我意識並沒有注意到，或者把這個人記起來，但你的潛意識卻不然。潛意識永遠不會遺忘。同時我們相信在某種程度上，潛意識可以不依賴更高階的意識層面，而自行分析和推論。這麼說來，你的潛意識可能意識到有人企圖要暗殺你，並且把恐懼感強加在你的意識中。」

「我同意，你的理論聽起來確實令人信服。」德莫特微笑地說道。

「但是一點也不令人感到有趣。」艾弗利太太噘著嘴說道。

「同樣也有可能是你下意識感覺到有人在仇視你和厭惡你。過去被稱為『精神感應』的那種東西絕對是存在的，儘管我們還不太了解控制它的機制是什麼東西。」

「還有別的例子嗎？」克萊兒向德莫特問道。

「噢，還有啊，但都沒那麼有趣，而且都可以用『巧合』這個字眼來解釋。有一次，我拒絕受邀去一棟鄉村別墅，沒什麼理由，只是因為感覺到『紅色信號』。不到一個禮拜，那個地方就遭到祝融之災。對了，艾林頓叔叔，就這一點來說，潛意識又是如何運作的呢？」

「恐怕它沒有理由會運作吧。」艾林頓微笑著說道。

「但是，你已經有一個非常好的解釋了。好啦，別那麼客氣了，我們是近親，關係應該和別人不一樣。」

「那好吧，姪子，我就冒昧地猜一下，你拒絕邀請是基於一個很平常的理由，也就是說，你不是很想參加那個邀約，但是火災之後，你自然而然地在心裡暗示自己你是在火災前就已經得到一個危險的警告，而這個解釋到了現在你更是深信不疑。」

「沒指望了，」德莫特笑道，「開頭你就贏了，到最後我還是輸。」

「沒關係，韋斯特先生，」薇歐蕾・艾弗利叫道，「我完全相信你的紅色信號。在美索不達米亞時，是你最後一次感覺到這種信號嗎？」

「是的……直到……」

「直到什麼？可以再說一遍嗎？」

「沒什麼。」

德莫特靜靜地坐著。差點從他嘴裡吐出來的話是：「是的，直到今天晚上。」這些話非常自然就來到他的嘴邊，它隱含著一個至今還不是很清楚的感覺，但是很快他就意識到這個感覺非常非常真實。紅色信號在黑暗中已經隱約可見了。危險！即將來臨的危險！

但是，這是為什麼呢？在這裡會有什麼樣的危險？就在他朋友的房子裡？至少……嗯，是的，有一種危險。他看著克萊兒・崔倫特……看著她那雪白的肌膚、苗條的身材和優雅晃動的滿頭金髮。但是過了好一會兒，危險的感覺仍停留在她那兒……似乎一直不怎麼強烈。傑克．崔倫特是他的好友，而且是比最好的朋友還要好的朋友，傑克曾在法蘭德斯[2]救過他一命，還因此被推薦擔任了副領事。傑克是個好人，一個非常優秀的人。但不幸的是，他愛上傑克的妻子。有段日子以來，他以為自己已經獲得解脫，再也不能任由那種事情繼續傷害自己。感情是可以硬生生地割捨……就那樣放棄它隨之淡化。她似乎一直沒有猜到……如果她猜得到，就算她反對也沒什麼危險性。她是個雕像，一個漂亮的雕像，一個用黃金和象牙做成、略帶粉紅和珊瑚色的精品……一個國王的寵物，一個不真實的女人……

克萊兒……每次想起她，每次無聲地呼喊她的名字時，都會不斷地傷害他……他必須超脫出來。以前他也愛過女人……「但是這次不一樣！」他常常說，「這次真的不一樣。」好吧，它就在那裡了。但那裡沒有危險……只有心疼，是的，沒有危險。那不是紅色信號所表示的危險。那是別的東西。

他看了看桌子四周。他頭一次驚訝地發現，那張桌子竟是一個很不尋常的小收藏品。他的叔叔很少使用這種窄小而不正式的桌子進餐。崔倫特夫婦看起來似乎也不是他的老朋友，直到今天晚上德莫特才意識到他對他們一點也不了解。

2　法蘭德斯（Flanders），包括比利時、荷蘭南部和法國北部一古國，臨北海。

但是可以肯定其中必有理由。晚飯後，一位非常有名的靈媒將要來這裡進行一場降靈會。而艾林頓爵士曾宣稱自己對降靈術有點興趣。當然了，一定就是這個理由。

理由。這個字眼閃過他的腦海。一個理由。難道降靈會就是促使這位精神病專家出席宴會的理由？如果不是這樣，他出現在這裡的真正目的是什麼？千頭萬緒迅速塞滿了德莫特的腦袋，包括當時沒注意到的細節，或者按照他叔叔的說法，就是沒被自我意識注意到的細節。

那位傑出醫生不只一次以奇怪的眼神盯著克萊兒，他似乎是在審視她。在那種仔細的打量下，她也感到很不舒服。她輕輕交纏著雙手，非常緊張，那可以說是一種恐懼嗎？她為什麼會恐懼呢？

他的意識突然回到桌旁的談話。艾弗利太太正要那位傑出的醫生給大家介紹一下他的專業範疇。

「親愛的女士，」他說道，「什麼是瘋狂？我可以向你保證，我們發現對這個課題研究得愈深入，就愈難對它做出定義。我們所有人在一定程度上都具有自我欺騙的傾向，當這些自我欺騙傾向離譜到相信自己是俄國沙皇時，我們就會自我封閉或自我克制。不過，要達到那種地步還差得遠呢。我們應該在某個特殊地點豎起一根像標竿的木樁，並且宣稱：『在木樁這一邊是心智健全，在那一邊是腦袋瘋狂。』你們都知道這是辦不到的。而且我還要告訴你們，如果有人產生了幻覺，但是他對此保持緘默，那麼不管在任何情況下，我們都沒辦法把他和正常人區分開來。瘋子的極端正常現象，是最有意思的研究課題。」

艾林頓爵士饒有深意地喝了口酒，接著對他的同伴笑了一下。

「我聽說他們非常狡猾。」艾弗利太太發言道，「我是在說瘋子。」

「確實是這樣沒錯。一個人如果經常自我欺騙並壓抑自己，就會招致悲慘的結果。如同精神分析法教導我們的那樣，所有的壓抑都很危險。如果一個人的古怪行為不會造成危害，那麼他是可以用那種古怪方式來放縱自己。這種人很少會越界。但有的男人……」他停了一會兒。「或是女人，外表看來非常正常，實際上卻可能是對大眾有極度危險性的禍源。」

他的視線輕輕掃過桌子，瞄了克萊兒一眼，接著收了回來。他又喝了口酒。

一陣恐懼感襲上德莫特的心頭。這就是他的暗示嗎？他說了這麼一番話，難道就是為了導出這個暗示？莫非這就是他打算要說的事情？不可能，但是……

「一切都緣於自我壓抑，」艾弗利太太嘆了口氣。「我明白有的人應該小心翼翼地……表達自我。給別人帶來危險，這真是令人恐懼。」

「親愛的艾弗利太太，」醫生告誡道，「你對我的誤解已經很深了。造成這種危害的原因，從醫學角度來看，關鍵在於大腦……有時候是透過外界的媒介，例如精神上的打擊而產生。唉，有時候則是天生的。」

「遺傳是多麼可悲啊，」這位太太漠然地嘆息著。「肺病和其他什麼的症狀就是如此。」

「肺結核不遺傳。」艾林頓爵士冷冷地諷刺道。

「不是嗎？我一直以為它是。但精神病屬於遺傳病。多恐怖啊。還有別的什麼病嗎？」

「痛風，」艾林頓爵士微笑著說道，「還有色盲……色盲非常有意思，它直接遺傳給男性，卻潛伏在女性身上。所以很多色盲都是男性，但是當某個女性是色盲時，她的母親身上一定也潛伏著色盲的基因，而她的父親絕對是色盲……這是非比尋常的一種狀況。也就是所謂的受性別限制的遺傳。」

「真有意思。但是，瘋狂不會這樣吧？」

「瘋狂一樣可以遺傳給男人或女人。」醫生嚴肅地說道。

克萊兒突然站了起來，非常粗魯地把椅子往後一推，椅子翻倒在地上。她的臉色極為蒼白，手指頭顯然緊張地糾結在一起。

「你……你不會再往下說了吧？」她乞求著。「湯普森太太馬上就來了。」

「再來一杯波爾多酒。為了同一個目的，我會和你作伴的，」艾林頓爵士聲明道，「可以目睹那位奇特的湯普森太太的表演，就是我來這兒的目的，不是嗎？哈哈，哈哈！我不需要她來做任何解說。」他鞠了一躬。

克萊兒微弱地笑了一下作揖還禮，她把手放到艾弗利太太的肩上，穿過房間走了出去。

「恐怕我說太多話了。」醫生坐回椅子上，繼續說道：「請原諒我，各位。」

「沒關係。」崔倫特敷衍地說道。

他看起來既緊張又憂慮。德莫特頭一次感覺到，自己已成了這份友誼的局外人。在他們之間，存在一個即使是老朋友也不能分享的祕密。但整件事看起來既充滿想像空間又難以置信。他有什麼根據這樣想呢？這裡除了偷瞥的眼光和女人的緊張兮兮之外，什麼也沒有啊。

他們繼續喝酒。一會兒後，就在通報湯普森太太已經到達之際，他們也來到客廳。

靈媒是個身材豐滿的中年女人，穿著一身嚇人的紫紅色天鵝絨禮服，嗓門非常響亮。

「希望我來得不算晚，崔倫特太太，」她精力充沛地說道，「你說九點過來，對吧？」

「你非常準時，湯普森太太，」克萊兒用她那甜美但略微沙啞的聲音說道，「這是我們的小聚會。」

沒有進一步的客套介紹了。靈媒用伶俐而敏銳的眼光把他們掃視了一遍。

「希望我們的降靈會能圓滿成功，」她興致勃勃地說道，「我實在無法向你們描述我多麼憎惡我的靈魂飄離了軀體，卻沒能讓別人感到滿意。可以這麼說吧，這種情況只會令我抓狂。但我想，今天晚上希羅馬科（你們知道的，這是我的日本靈魂）將會很順利地穿透我的軀體。我的感覺從來沒有那麼敏銳，儘管我喜歡烤奶酪，但我拒絕塗有奶酪的吐司。」

德莫特覺得既有趣又厭煩。整件事看起來多麼無聊！但他的直覺判斷不也是很愚蠢嗎？畢竟所有的事情都是自然的……靈媒召喚的力量也是自然的力量，只不過還沒被人們了解而已。出色的外科醫生在進行一項精密手術之前，很容易罹患消化不良。所以，這種比喻也可以用在湯普森太太身上吧？

椅子都擺成了一個圓圈，燈光調成可以讓他們站起或坐下的亮度。德莫特發現幾乎沒人要對此降靈會進行檢查，難道連艾林頓爵士也對這樣的環境表示滿意？不，湯普森太太來這裡進行表演只不過是個藉口。艾林頓爵士來這裡是為了別的目的。德莫特想起來了，克萊兒的母親是在國外去世的。她一定隱藏了些祕密……遺傳……

他猛然把自己的思緒拉回到當前的環境下。

大家都坐好了，燈也熄滅了，只有遠處的桌上留下一個被罩起來的紅色小物體。

好一會兒，除了靈媒低沉的呼吸聲之外，什麼也聽不到。漸漸地，出現了愈來愈響亮的打鼾聲。然後從房間遠遠的一個角落，突然傳來一陣巨大的拍打聲，嚇得德莫特跳了起來。拍打聲又在房間的另一邊響了幾下。接著拍打聲變得愈來愈清楚而響亮，隨後又慢慢消失了。突然間，傳來一陣響亮的笑聲。接著又是緘默，但是有個和湯普森太太完全不同的聲音打破了寂靜，那是一個高八度且怪腔怪調的聲音。

「各位，我在這裡，」那個聲音說道，「是的，我在這裡。你們要問我什麼事？」

「你是誰？是希羅馬科嗎？」

「是的，我是希羅馬科。我已經死很久了。我工作，而且我非常快樂。」

希羅馬科開始講自己的生活瑣事，內容非常平順而且無趣乏味，這些事情德莫特以前就已經聽過很多遍了。每個人都過得很快樂，非常快樂。還隱隱約約透露了一些親人的消息，但是那些描述都非常稀鬆平常，可以適用在任何人身上。一位年老的女士，亦即某位在世者的母親，一直喋喋不休地說了很長一段時間，並引用古書上的各類格言，重新幫它們詮釋。

然而，她所詮釋的新內容和她講述的東西幾乎全扯不上邊。

「現在又有別的靈魂要進來了，」希羅馬科宣稱，「它要帶一個非常重要的消息給在座的某位先生。」

然後是一陣沉默。過了一會兒，另一個陌生的聲音開始說話，一發聲就是那種惡魔般的邪惡咯咯笑聲。

「哈哈！哈哈，哈！最好不要回家。最好不要回家。聽我的忠告啊。」

「你這句話是對誰說的？」崔倫特問道。

「你們三人之中的一位。如果我是他，我一定不回家。危險！血！血不是很多……但是已經足夠了。不要，不要回家。」聲音愈來愈微弱了。「不要回家！」

聲音終於完全消失了。德莫特覺得自己的血直往上湧。他確信這個警告是針對他來的。不管怎樣，今天晚上這裡瀰漫了危險的氣氛。

靈媒嘆了口氣，接著又呻吟了一聲。她清醒過來了。燈打開，她很快站了起來，並且眨了眨眼。

「親愛的，事情進行得順利嗎？我希望是這樣。」

「確實非常順利，謝謝你，湯普森太太。」

「我想，是希羅馬科吧？」

「是的，還要感謝另外一位。」

湯普森太太打了個呵欠。

「我累得要命，像是才剛被撕心裂肺似的。鬼魂把消息都帶給你們了。那就好，我很高興，事情進行得如此順利。剛才我還有點擔心它不會……擔心有一些不愉快的事情會發生。今天晚上，這個房間給我一種怪怪的感覺。」

她依序看了每個人一眼，然後聳了聳肩膀。

「我不喜歡這種感覺，」她說道，「最近你們當中有沒有人突然和死亡沾上邊？」

「你指的是誰……我們當中某個人？」

「近親……或者是親密的朋友？沒有？那就好，如果說得更誇張一點，我會說今天晚上這裡的空氣中瀰漫著一股死亡的味道。罷了，就當我在一派胡言好了。再見，崔倫特太太，很高興你能覺得滿意。」

湯普森太太穿著她那件紫紅色的天鵝絨禮服走了出去。

「我希望你覺得有意思，艾林頓爵士。」克萊兒喃喃說道。

「非常有趣的一個晚上，親愛的女士。非常感謝你能給我這樣的機會。祝你晚安。你們都要去參加舞會嗎？你不去嗎？」

「你願意和我們一起去嗎？」

「不，不。我的習慣是十一點半就上床睡覺。晚安。晚安，艾弗利太太。啊！德莫特，我還有幾句話要跟你說。你可以和我一起走走嗎？你可以在格拉夫頓藝廊和他們會合。」

「當然可以，叔叔。我在那裡和你們會面，崔倫特。」

坐車去哈利大街的短暫路途中，叔姪倆幾乎沒什麼交談。艾林頓爵士對耽誤德莫特的時間表示了歉意，然後保證只要占用他幾分鐘時間。

「需要我留車子給你嗎，孩子？」當他們下車時，他問道。

「噢，不用麻煩了，叔叔。我可以搭計程車。」

「很好。我也不想讓查爾森那麼晚睡。晚安，查爾森。嗯，我把那該死的鑰匙放在哪兒了？」

車駛遠了，而艾林頓爵士還站在台階上翻弄口袋。

「一定是把它放在另一件大衣裡了，」最後他說道，「按門鈴吧？約翰遜絕對還沒睡。」

沉著的約翰遜果然在一分鐘內打開了門。

「我的鑰匙丟了，約翰遜。」艾林頓爵士解釋道，「拿兩杯威士忌蘇打到書房來給我，好嗎？」

「好的，艾林頓爵士。」

醫生邁步走進了書房，打開了燈。他示意德莫特進來後，便把身後的門關上。

「我不會耽誤你很久的，德莫特，但是有些事情我要告訴你。那可能只是我的猜想，或者你是否真的有點……這麼說吧，你愛上了傑克・崔倫特太太？」

德莫特的臉一下子脹紅了。

「傑克是我最好的朋友。」

「請原諒我，但是要你回答我的問題確實很強人所難。我相信對於我提出的問題，你曾經很嚴肅地考慮過離婚之事，但我必須提醒你，你是我唯一的親戚，還是我的繼承人。」

「我根本就沒有考慮過什麼離婚的事情。」德莫特生氣地說道。

「當然沒有，只是我有個可能更有說服力的原因。而這個特殊的原因我現在還不能告訴你，但我真的希望可以提醒你一下：克萊兒．崔倫特不適合你。」

年輕人堅定地面對他叔叔的凝視。

「我理解……請允許我也聲明一下，我的立場或許比你想像中更有道理。我知道今天晚上你出席這個宴會的原因。」

「呃？」醫生顯然是吃了一驚。「你怎麼知道的？」

「算是猜測吧，爵士。我若說你是以你的……專業身分來出席，我想我應該說得沒錯，不是嗎？」

艾林頓爵士來回踱步。

「沒錯，德莫特。當然了，我不能那樣直截了當地告訴你，儘管這件事恐怕很快就要公諸於世了。」

德莫特的心臟緊縮了起來。

「你是說，你已經……打定主意？」

「是的，那個家族有精神病遺傳——在母親那一方。一個令人悲傷的病例……非常令人悲傷。」

「我無法置信，爵士。」

「但確實如此。對於外行人而言，即使所有的跡象都很明顯，也看不出什麼徵兆。」

「但是對於內行人來說呢？」

「證據是確切無疑的。在那樣的病例中，病人必須盡快受到管束。」

「我的天啊！」德莫特吸了一口氣。「但是，不能什麼事情都還沒發生，你就要把人關起來。」

「親愛的德莫特！病人必須受到管束，一旦他們自由了，只會對公眾構成危險，而且這是非常嚴重的危險，很可能會造成一種特殊的殺人方式。病因在母親那方的就是這種情況。」

德莫特呻吟一聲，轉過身把臉埋到手心裡。克萊兒……肌膚勝雪、金髮燦爛的克萊兒！

「在這種情況下，」醫生繼續悠哉地說道，「我認為我有義務警告你。」

「克萊兒，」德莫特喃喃道，「我可憐的克萊兒。」

「是的，事實上，我們都應該同情她。」

德莫特突然抬起頭來。

「我不相信這件事。」

「什麼？」

「我不相信這件事。醫生也會出錯，這一點大家都知道。而且他們總是那樣熱中於自己的專業。」

「親愛的德莫特。」艾林頓爵士生氣地喊道。

「我告訴你，我不相信這件事……無論如何，縱使是那樣，我也不在乎。我愛克萊兒。如果她願意和我在一起，我就把她帶走——走得遠遠的——走到那些愛管閒事的醫生都管不到的地方。我會保護她，照顧她，用我的愛去呵護她。」

「這種事情你是無能為力的。難道你瘋了嗎？」

德莫特輕蔑地大笑起來。

「你當然會這樣說。」

「你要把我的話聽進去啊，德莫特。」艾林頓爵士因忍著怒氣而脹紅了臉。「如果你做了這種事——這種丟人現眼的事——那結局只有一種。我要收回我給你的所有權利，而且我會再立一個新的遺囑，把我所有財產都留給幾家醫院。」

「你那些該死的臭錢，你愛怎樣處置就怎樣處置吧。」德莫特壓低聲音說道，「我要擁有我愛的女人。」

「那個女人她……」

「再說一句對她不利的話，我對上帝發誓，我會殺了你！」德莫特喊道。

輕微的玻璃破碎聲讓他們倆都住嘴。在剛才爭吵的火爆時刻，他們都沒注意到約翰遜已經用托盤捧著玻璃杯走進來。身為訓練有素的僕人，他的臉還保持著相當的冷靜，但是德莫特懷疑不知道他聽到了多少。

「就這樣了，約翰遜，」艾林頓爵士簡短地吩咐道，「你可以去睡覺了。」

「謝謝，爵士。晚安，爵士。」

約翰遜退了下去。

兩個人相互對視著。約翰遜的出現打斷了這場風暴。

「叔叔，」德莫特說道，「我不該用剛才那樣的態度對你說話。我非常明白從你的角度來看，你所做的一切都是為了我好。但是很久以來，我一直深深愛著克萊兒。傑克是我最好的朋友，這個事實阻止了我向克萊兒表達自己的愛意。但是在現在這樣的情況下，這個事實不再那麼重要了。想要用金錢條件來阻止我是不可能的。我想，我們兩個已經把想要說的話都說完了。晚安。」

「德莫特……」

「再爭吵下去真的沒什麼好處。晚安，艾林頓叔叔。我很抱歉，但是，就只能這樣了。」

他很快地走了出去，用力關上身後的房門。大廳裡一片漆黑。他穿過大廳，打開大門走到街上，並「砰」地一聲把身後的大門關上。

一輛計程車正好在街邊不遠處的一棟房子前放下客人，德莫特大聲叫住它，並搭乘它前往格拉夫頓藝廊。

站在舞廳門口，他猶豫了一會兒，他的腦袋脹得發暈。裡面是嘈雜的爵士樂聲、微笑的女人……他要走進去的地方，真像是另一個世界。

難道一切都是在作夢嗎？和叔叔之間那場可怕的爭吵，不可能真的發生過吧？那是克萊兒，她輕飄飄地走過去，雪白的絲綢禮服襯托著優雅的舉止，就像一朵百合花那樣美麗。她朝他微笑了一下，她的笑容既冷靜又沉著。真的，這一切都是在作夢。

樂曲停止了。她很快來到他身邊，微笑浮上了他的臉龐。就像在夢中一樣，他邀請她跳舞。現在她正在他的臂彎裡，嘈雜的樂聲旋律再次揚起。

他感覺到她有點累了。

「累了嗎？需要停下來嗎？」

「如果你不介意，我們可不可以找個地方談談？有些事情我想告訴你。」

這不是在作夢。他猛然從天堂掉回到地面上來。他真的認為她的臉色既冷靜又沉著嗎？而現在，焦慮和恐懼困擾著他。她到底知道多少？

他找到一個安靜的角落。他們並肩坐了下來。

「好吧，」他說道，口氣中帶著一種自己也沒意識到的興奮。「你說有事要告訴我？」

「是的，」她的眼簾垂了下來，緊張地玩弄著衣服的飾帶。「我不知道該怎麼開口……真的。」

「告訴我吧，克萊兒。」

「是這樣的，我希望你可以……離開這裡一段時間。」

他吃了一驚。他希望聽到的答案，無論如何也不會是這句話。

「你希望我離開這裡？為什麼？」

「我最好還是開門見山把話說明白，對吧？我……我知道你是……是一位紳士，而且是我的朋友。我希望你能離開這裡，是因為我……我已經不知不覺地喜歡上你了。」

「克萊兒。」

她的話讓他呆住了，舌頭也打了結。

「請不要認為我有足夠的把握也相信你……相信你可能會愛上我。這只是……我過得很不快樂……而且……噢！我希望你離開這裡。」

「克萊兒，難道你不知道我愛你嗎？自從我遇見你以後，便無可救藥地愛著你。」

她抬起眼睛，驚訝地瞪著他。

「你愛我？很久以來你都在愛著我？」

「從一開始就這樣了。」

「噢！」她喊道，「為什麼不早點告訴我？為什麼？那個時候我還可以和你在一起的！為什麼現在才告訴我？現在已經太晚了。不，我快瘋了……我不知道我剛才說了什麼。我永遠也不會和你在一起。」

「克萊兒，你說『現在已經太晚了』是什麼意思？是不是……是不是因為我的叔叔？他知道了什麼？他是怎麼想的？」

她呆滯地點了點頭，淚珠從她臉上滑落下來。

「聽著，克萊兒，你不要相信這一切，也不要管這些事情。相反地，你要和我一起走。我們可以一起去南海，到那綠色珠寶似的海島上面去。在那裡你會過得很快樂，而且我會照顧你……讓你永遠安全無虞。」

他的手臂伸向她，把她拉入自己懷中。他感覺到她不停地顫抖。然而突然之間，她從他懷中掙脫出來。

「噢，不，請不要這樣。你還不懂嗎？現在我已經身不由己了。這真是邪惡……很邪惡。我一直希望自己能好好活著——而現在——會變得很邪惡。」

他猶豫了一下，她的話讓他感到迷惑。她哀求地望著他。

「別這樣，」她說道，「我希望能好聚好散……」

德莫特一聲不吭地站起來離開她。這時候的他，已經被她的話嚴重傷害而不想和她再談論下去。他朝著放帽子和大衣的地方走去，走到一半時卻撞到崔倫特。

「喂，德莫特，你是怎麼了？這麼快就要走了。」

「是的，今天晚上我沒心情跳舞。」

「今晚很無聊，」崔倫特沮喪地說道，「但是，你的憂愁還比不上我啊。」

崔倫特似乎也有事要告訴他。德莫特突然感到一陣心痛。不會是那件事吧……哪件事都行，但千萬不要是那一件！

「好了，再見，」他迅速地說道，「我要回家了。」

「回家？靈媒警告我們什麼事來著？」

「我得冒這個險。晚安，傑克。」

德莫特的公寓離這裡不遠。他覺得有必要讓晚上的冷空氣冷靜一下自己發熱的腦袋，所以他步行回家。

他用鑰匙打開門走了進去，隨即打開臥室的燈。

他馬上又一次意識到自己面臨著紅色信號的危險，這是今天晚上第二次了。這一次感覺更為強烈，而且尖銳地震撼著他的頭腦，使得他甚至把克萊兒也拋之腦後。

危險！他四周都是危險。就在這個時候、這個房間裡，他的四周瀰漫著危險。

他突然開始嘲弄自己，試圖讓自己從恐懼的感覺中解脫出來。他這麼做有一半程度是出於真心。至今為止，那種紅色信號已經給他準確的警告，而這些警告使他避開多次的災難。他嘲笑一下自己的迷信，然後對公寓進行仔細的巡視，因為很有可能是罪犯闖進來並藏在屋子裡面。但他什麼也沒發現。他的僕人米爾森已經走了，公寓空蕩蕩的，什麼人也沒有。

他回到自己的臥室，慢慢脫掉衣服，他的眉毛緊鎖著。危險的感覺還是像剛才那樣讓他忐忑不安。他拉開抽屜，正要拿出一條手帕，突然間他像木頭似的呆住了。抽屜的中央隆起一塊奇怪而陌生的東西，而且似乎還很堅硬。

他雙手緊張地迅速揭開了手帕，把藏在裡面的東西拿出來。那是一把左輪手槍。

帶著極度的驚訝，德莫特小心地檢查了這把手槍。它的形狀有點古怪，不久前好像有從槍膛裡發射過一發子彈。除此之外，他檢查不出什麼了。絕對是在今晚被人放到這個抽屜裡面的。他穿好衣服出去參加晚宴時，手槍還沒在那裡呢……這件事他可以確定。

當他準備把手槍放回抽屜時，一陣門鈴聲讓他嚇了一跳。門鈴響了一遍又一遍，在這寂靜而空曠的公寓裡顯得更加刺耳。

都這個時候了，還會有誰來敲門？只有一個答案，一個從直覺衍生而別無選擇的答案。

「危險——危險——危險……」

在一種無法形容的直覺引導下，德莫特關上了燈，匆匆穿上放在椅子上面的外衣，然後打開前廳的大門。

兩個男人站在外面。在他們身後，德莫特看到一個身穿藍色制服的人。是警察！

「是韋斯特先生嗎？」站在前面的那個人問道。

在德莫特自己的感覺中，好像是過了好久他才反應過來。實際上只是幾秒鐘的光景，他就唯妙唯肖地模仿僕人說話的口吻來回答。

「韋斯特先生還沒回來。都這麼晚了，你們找他有什麼事嗎？」

「他還沒回來？這樣吧，我們進去等他好了。」

「不行，你們不能這樣做。」

「看看這個，小夥子，我是蘇格蘭警場的維拉爾警官，而且我手上有逮捕你主人的拘捕令。如果需要的話，你可以看一下。」

對於這類文件，德莫特是再熟悉不過了，但他還是假裝閱讀了一會兒，接著用疑惑的口吻問道：「為什麼？他做了什麼？」

「殺人。殺了住在哈利大街的艾林頓．韋斯特爵士。」

德莫特的腦袋轟地亂成一團，在這些可怕的客人面前，他不由自主地後退了幾步。他走進起居室，打開了燈。警官跟在他的後面進去。

「把周圍都檢查一下。」他吩咐其他人，然後轉向德莫特。

「小夥子，你留在這裡，不要偷偷溜去通報你的主人。對了，你叫什麼名字？」

「米爾森，警官。」

「你的主人什麼時候會回來，米爾森？」

「我不知道，先生，我相信他是去參加舞會了。在格拉夫頓藝廊那兒。」

「一小時前他已經離開那裡了。你確定他沒有回來過嗎？」

「我不敢確定，先生，我好像有聽到他進來過。」

就在這時候，第二個人從旁邊的房間走出來，手裡拿著一把左輪手槍。他有點興奮地把手槍遞給警官。警官臉上掠過一絲滿意的表情。

「這就好辦了，」他斷言道，「他絕對是偷偷溜進房間又溜了出去。他一定是逃跑了。

我最好馬上就離開。柯里，你留在這裡，以防他又跑回來。你順便留意一下這個傢伙。他主人的事情他知道的絕對不只這些。」

警官匆匆忙忙走了。德莫特試圖從柯里那裡獲得更多的案情資訊，而柯里也很願意發表意見。

「這個案子很明顯，」他滔滔不絕地說道，「命案一發生就曝光了。約翰遜，就是那位男僕，他剛剛上床睡覺的時候，覺得似乎聽到一聲槍響，因此又走下樓來。然後就發現艾林頓爵士已經死了，子彈射中他的心臟。約翰遜馬上打電話給我們，我們到達以後，他告訴我們他發現屍體的經過。」

「這個案子明顯的原因是什麼？」德莫特試探地問道。

「當然是小韋斯特和他叔叔一起回到這裡來。當約翰遜拿著飲料進去時，他們兩人正在大聲爭吵。老傢伙威脅要重立一份新遺囑，而你的主人回話說要殺死他。不到五分鐘，槍聲就響了。噢，是的，這太明顯了。真是蠢到極點的笨蛋。」

確實是夠明顯了。所有證據的確對他非常不利，德莫特的心沉了下去。確實很危險……可怕的危險！看來是插翅難飛了。他得運用他的聰明才智。他馬上建議去弄杯茶來喝。柯里很樂意地答應。他已經把整個公寓都檢查過了，他知道這裡沒有後門。

德莫特獲准離開起居室去廚房。進了廚房後，他先把水壺放到盤子上，接著把杯子碟子弄得叮噹響。然後偷偷走到窗戶前，用力抬起窗框。他的公寓在三樓，窗戶外面豎著一根細細的鐵線，那是給技工用來當鋼索爬上爬下的。

德莫特迅如閃電似的爬到窗外，再搖搖擺擺地順著電線鋼索往下爬。電線勒入他手中而出血，但是他繼續堅決地往下爬。

幾分鐘後，他小心翼翼地出現在街口。轉過拐角時，他撞到站在街邊的某人。那個傢伙驚呼了一聲，德莫特聽出那是傑克．崔倫特的聲音。崔倫特非常敏感地意識到他正面臨著危險。

「我的天！德莫特！快點，不要在這裡遊蕩了。」

崔倫特伸出手臂拉著他沿街往下走，來到另一條街上。他們看到一輛孤零零的計程車，便叫住它，然後跳了上去。崔倫特把自己家的地址告訴了司機。

「這時候我家應該是最安全的地方了。到那裡之後，我們再來決定下一步應該怎麼辦，好讓那些笨蛋抓不到你。我原本希望在警察來到之前給你警告，但是我來晚了。」

「你也聽說這件事了。傑克，你不會相信吧……」

「當然不會，老弟，我永遠也不會相信。我非常了解你。不管怎樣，你根本不會做出這種卑鄙的行為。他們來問了我們好多問題──你什麼時候到達格拉夫頓藝廊、什麼時候離開，諸如此類的。德莫特，你認為是誰把那個老傢伙幹掉的？」

「我想不出來。我猜絕對是那個把左輪手槍放到我抽屜裡的人。而且，他一定是密切地在觀察我們。」

「那個降靈會上講的話非常有趣。『不要回家。』看來指的就是可憐的老韋斯特了。他確實回了家，而且也因此中槍。」

「那句話也適合用到我身上，」德莫特說道，「我也回了家，面對的是早已設計好的左輪手槍和一位警官。」

「嗯，希望它不會發生在我身上。」崔倫特說道，「我們到了。」

他付了車資，用鑰匙打開大門，在黑暗中帶著德莫特上了樓梯，走進他的密室，那是二樓的一個小房間。

他匆忙地打開門，德莫特走了進去，崔倫特把燈打開後，也跟著走了進來。

「目前這裡非常安全，」他說道，「現在我們可以一起想辦法，再決定該怎麼辦。」

「我已經錯了一回，」德莫特突然說道，「我應該面對到底。現在我明白了，整件事就是一個陰謀。該死的，你在笑什麼？」

崔倫特斜靠在椅子上，毫不抑制地笑得東倒西歪。他的聲音裡有種非常恐怖的東西……甚至他整個人身上也散發出非常恐怖的氣息。他的眼睛閃爍著奇異的光芒。

「一個無比聰明的陰謀，」他喘著氣說道，「德莫特，小子，你這叫作活該。」

他把電話拉了過來。

「你要幹什麼？」德莫特問道。

「打電話給蘇格蘭警場，跟他們說他們在找的小鳥正在我這裡呢……安全地待在門鎖和鑰匙的後面。是的，進來的時候，我把門鎖上了，鑰匙正在我的口袋裡。別看我身後的門，沒用的。它通向克萊兒的房間，但是她一直在另一邊把門反鎖起來。你知道的，她怕我，一直都非常怕我。她自己很明白，當我想起那把刀時……那把長長的刀。不行，你不要……」

德莫特正要向他撲去，但是他突然拿出一把形狀醜陋的左輪手槍。

「這是第二把，」崔倫特咯咯笑道，「第一把被我放到你的抽屜裡──在射死老韋斯特之後──你為什麼盯著我的頭上看？看那扇門啊？沒用的，即使克萊兒把它打開了──即使她一心向著你──我也會在你到達那扇門前一槍打中你。我不會朝你的心臟開槍……我不要殺死你。只要稍稍弄傷你的手腳，讓你無法逃走就行了。我是個出色的神槍手，這你是知道的。我還曾經救過你的命，我真是愚蠢無比。不，不。我希望你被捉起來……是的，被捉進監獄裡頭。對於你，我不打算用我的刀。那是用在克萊兒身上的……迷人的克萊兒，雪白柔軟的克萊兒。這一切老韋斯特都知道。這就是今天晚上他來這裡的原因。他要來看看我是否真的發瘋了。他希望可以阻止我……希望這麼一來，我再也不會用刀來對付克萊兒。但我非常聰明。我拿走他的大門鑰匙，而且也拿走你的鑰匙。我一到達舞會現場，就馬上偷偷從那兒溜出來。一看見你走出他家大門，我就立刻進去了。把他殺死之後，我迅速離開。然後去你的公寓，將那把左輪手槍留在你的抽屜裡。我和你是差不多同時回到格拉夫頓藝廊的。我向你說晚安時，又把大門鑰匙偷偷放回你的大衣口袋。我不介意把這些真相都告訴你。這裡沒有別人會聽見，而且你很快就要被捉起來了，我希望你知道我所做的一切……天啊，我真的會笑得嘴巴都合不攏！你在想什麼？你在看什麼該死的東西？」

「我在想你剛才引用的一些話。你已經做得很漂亮了，崔倫特，如果你不要回家的話。」

「你這是什麼意思？」

「看看你的後面！」

崔倫特轉過身。在通往克萊兒房間的門口，克萊兒正站著那兒，還有維拉爾警官……崔倫特的動作非常迅速。左輪手槍只響了一下就命中目標。他朝前摔倒在桌子旁邊。警官撲了過去，而德莫特像作夢似的盯著克萊兒。片段的回憶掠過他的腦海。他叔叔——他們的爭吵——天大的誤會——英國的離婚法永遠不會允許克萊兒離開這個瘋狂的丈夫——「我們必須同情她」——她和艾林頓爵士之間的密談已經被狡猾的崔倫特察覺——她向他哭訴：「真是邪惡……邪惡……邪惡！」是的，然而現在……警官站了起來。

「已經死了。」他氣急敗壞地說道。

「是的，」德莫特聽到自己在說，「他一直是一位出色的神槍手。」

03

第四個男人

The Hound of Death

卡農・帕菲特稍微喘了口氣，追趕火車已經不是他這種年紀的人可以做的事情了。原因之一是他的體能已經大不如前。在喪失了優雅苗條的身材之後，他很快就出現上氣不接下氣的衰老傾向。對於這種傾向，他總是威嚴地說道：「瞧瞧我的心臟！」

坐到頭等車廂的一個角落後，他鬆了口氣。車廂裡的溫暖氣氛使他倍感舒適。外面正下著雪呢。在一個漫長的夜間旅行中，可以搶到這麼一個座位真是幸運，否則旅途將會非常難熬。在這樣的火車上是應該睡一覺。

另外三個角落都有人坐了，卡農・帕菲特只覺得坐在較遠角落的那個人似乎認得他，這時正衝著他和藹地微笑。那是一個鬍子刮得乾乾淨淨的男人，長著一張奇怪的臉，兩鬢的頭髮剛開始發白。乍看之下，絕對不會有人把他的律師身段給認錯。那是杜蘭德爵士，而且老實說，他是一位非常有名的律師。

「嗨，帕菲特，」他親切地說道，「你也在趕火車，是嗎？」

「恐怕這對我的心臟非常不利，」卡農說道，「遇到你真巧啊，喬治爵士。你要到北端去嗎？」

「去紐卡斯爾[3]。」喬治爵士簡明地回答。「對了，」他補充道，「你認識坎貝爾・克拉克醫生嗎？」

坎貝爾・克拉克醫生正坐在和卡農同側的另一個角落裡，聽到喬治爵士的介紹時，他很有禮貌地朝卡農點點頭。

「我們是在月台上碰到的，」律師繼續說道，「另一個巧合。」

卡農．帕菲特饒有興致地看了坎貝爾．克拉克兩眼。他對這個名字一點也不陌生。在醫學界和精神學界，坎貝爾．克拉克醫生的研究成果均處於先驅地位。他最近還寫了一本專門著作《無意識精神的問題》，這本書已經成為本年度最具有爭議性的專著。

在卡農．帕菲特看來，坎貝爾．克拉克醫生有個方正的下巴，一雙非常堅毅的藍眼睛，頭髮是紅色的，沒攙雜任何一絲白髮，但是已經明顯脫落了很多。看得出來，他的性格非常堅毅。

卡農非常自然地看了坐在他對面座位上的人，心裡有點希望能看到另一個熟人，然而坐在這個車廂第四個座位上的是個陌生人……而且還是個外國人，卡農猜想。那個男人長得有點黝黑，外表不太顯眼。他蜷曲在一件大衣外套裡頭，似乎很快就睡著了。

「您就是布萊契斯特的卡農．帕菲特？」坎貝爾．克拉克醫生用愉快的聲音問道。

卡農看起來一副得意洋洋的模樣。他的那些「科學講道」似乎確實取得非常大的成功，尤其是被新聞界接納之後。對了，這就是教堂所需要的東西——出色而且符合現代潮流的材料。

3 紐卡斯爾（Newcastle），以出口煤炭聞名的英格蘭北部海港。

「我抱著極大的興趣拜讀了你的著作，坎貝爾．克拉克醫生，」他說道，「儘管書中不時出現許多專業知識，所以我還得去充實自己。」

杜蘭德插嘴進來。

「你要聊天還是睡個覺，卡農？」他問道。「他有失眠的毛病……所以我選擇聊天。」

「噢！當然好囉。大致上來說，」卡農說道，「在這樣的夜間旅行中，我一向很少睡覺，而且我帶來讀的書又非常無聊。」

「無論從哪個角度來看，我們每個人都各具特色，」醫生微笑著說道，「教會、法律以及醫學。」

「我們之間幾乎無法得出一個共同的觀點，對吧？」杜蘭德笑道，「教會代表精神觀點，我自己是純粹世俗和法律的觀點。而你呢，醫生，擁有的領域最廣泛了，從純粹的病理學到超心理學！我們三人幾乎涵蓋了所有領域。」

「好像還沒有你想像的那麼完美，」克拉克醫生說道，「你知道的，還有一種觀點你遺漏了，而且那種觀點非常重要。」

「什麼意思？」律師問道。

「就是普通人的觀點。」

「有那麼重要嗎？普通人所代表的意味，通常不就是錯誤的含義嗎？」

「噢，你說得沒錯。但他們所擁有的東西偏偏是所有專家剛好缺乏的……那就是普通人的觀點。你知道的，你畢竟不可能從人際關係中脫離出來。在我的研究中，我發現來找我的人幾乎都有病，但其中至少有五個人沒有任何毛病，他們的問題只是無法和屋子裡的人愉快相處。這種病症的說法什麼都有，從女傭的膝蓋腫脹到書寫性痙攣，但其實指的都是同一件事，就是由思想之間的摩擦所造成的相處困難。」

「我想，你的病人大都『神經過敏』了。」卡農輕蔑地說道，他認為自己的神經非常健全。

「哦，你這是什麼意思？」對方立刻轉向他，速度快得像一道火焰。「神經過敏！人們說出這個字眼並且帶著恥笑意味，就像你剛才那樣。『某某人根本沒事，』他們會這樣說，『只不過是神經過敏罷了。』但是，老天啊，你已經抓到所有事情的關鍵！身體患了疾病時，你可以治好它。但是今天，我們對於這種變化無常、病因不明的精神疾病的了解，不會比我們在……嗯，在伊莉莎白女王統治的時代多到哪兒去。」

「老天，」卡農．帕菲特說道。在遭受對方突然的攻擊後，他顯得有點不知所措。「是這樣嗎？」

「請你想想看，這是一種神賜現象。」坎貝爾．克拉克醫生繼續說道：「在過去，我們認為人是一種簡單的動物，由軀幹和靈魂組成……而我們只重視前者。」

「軀幹、靈魂和精神。」牧師謹慎地糾正道。

「精神？」醫生陰陽怪氣地笑了。「你們這些牧師認為精神的確切含義是什麼？在這方面，你們一向都是糊里糊塗。從古至今，你們都怯於幫它下個確切的定義。」

卡農清了清嗓子，準備反唇迎戰，但是令他深感遺憾的是，他還沒來得及開口，醫生就繼續說了。

「甚至用精神這個字眼是否正確，我們可以這麼篤定嗎？」

「精神？」杜蘭德爵士問道，他不明所以地揚起眉毛。

「是的。」坎貝爾・克拉克轉過來凝視著他。他略微向前傾身，輕輕拍了對方胸膛。

「你可以那麼篤定嗎？」他嚴肅地說道，「篤定這裡面只有一個占有者，而且這個占有者就是全部一切，你知道的——這個神奇誘人的空間裡頭，可以任由其他東西來填補了七年、二十一年、四十一年、七十一年——不管有多少年頭。到了最終，東西一樣一樣搬出去，最後整個空間也就廢棄了、倒塌了，於是變成一堆廢墟和殘骸。而你就是這個空間的主人……我們必須承認這一點。但是你有沒有想過其他人的存在……那些卑微的僕人，你幾乎沒有注意過他們，他們只有不停地工作，重複那些你們不會意識到而且已經做過的工作。或者是朋友……這要看你當下的心情來決定，心情不一樣時，說法也會跟著不同。你是這座城堡的國王，此定義下得太棒了，但是同時，說你是個『下流的惡棍』也絕不為過。」

「親愛的克拉克，」律師懶洋洋地說道，「你的話真令我不舒服，難道我的思想真的成為各種人格衝突的戰場？這是科學的最新觀點嗎？」

這次輪到醫生聳了聳肩。

「你的軀體是個戰場，」他冷漠地說道，「既然軀體可以是戰場，為何思想不是呢？」

「非常有趣，」卡農．帕菲特說道，「啊，科學真是奇妙……真是奇妙。」

但在內心裡，他這樣對自己說：「從這種觀點出發，我可以得到一場更有趣的講道。」

坎貝爾．克拉克醫生靠回到自己的座位上，他一時的興奮結束了。

「事實上，」他用一種索然無趣的專業口吻說道，「今天晚上，我就是為了一個雙重人格的病例而要到紐卡斯爾去。那是一個非常有趣的病例，當然也是一種神經過敏的病例，而且非常真實。」

「雙重人格，」杜蘭德爵士若有所思地說道，「我相信這非常罕見。這種病例通常會伴隨記憶喪失吧？我知道前幾天在遺囑檢驗法庭的一個案件中，也出現過這樣的案例。」

坎貝爾．克拉克醫生點了點頭。

「非常典型的病例，」他說道，「就是費莉希．鮑爾特之案。你或許還記得它吧？」

「那當然，」卡農．帕菲特說道，「我記得在報紙上讀過它——但那已經是很久以前的事了——至少七年前。」

坎貝爾．克拉克醫生點了點頭。

「那個小姐成了法國最有名的人，全世界的科學家都去觀察她，她身上具有的賭徒性格絕不少於四種，它們分別叫作費莉希一號、費莉希二號和費莉希三號，以此類推。」

「這裡面會不會有哪個人格是偽裝出來的？」喬治爵士精明地問道。

「費莉希三號和費莉希四號有點值得懷疑，」醫生承認道，「然而主要的事實是不容置疑。費莉希．鮑爾特是一個布列塔尼的農村小姐。她家裡有五個孩子，她排行老三，父親是個酒鬼，母親有點精神病。父親在一次酒後把她母親掐死了，如果我沒記錯，他因此被判了終生流放，當時費莉希只有五歲。某些善心人士對孩子們伸出援手，因此費莉希被一個英國老處女撫養和教育成人，那位英國女士有一棟房子，專門用來撫養貧困孩子。然而，她能為費莉希做的事情也不多。她形容這位小姐是個遲鈍而愚蠢的非正常人，她只學會了讀書和寫字，而且還非常笨拙地難以融會貫通。那位史萊特小姐曾試圖訓練她做家務，並且在她已具備數個人格時，確實發現了她在其他方面的天賦。但由於愚蠢懶惰，費莉希從未在任何方面投入很多精力和時間。」

醫生停了好一會兒。卡農交疊起雙腿，用旅行毛毯把自己裹得更緊。他突然發現坐在對面的那個男人輕微地動了起來。此人的眼睛本來是閉著，現在卻睜開了，眼裡閃爍著一種似是嘲弄而又變幻莫測的光芒，這讓卡農吃了一驚。看來那個人一直在專心聆聽他們的談話，私底下的心態還有點幸災樂禍。

「這裡有張費莉希．鮑爾特十七歲時拍的照片，」醫生繼續說道，「從照片上看到的是一個粗野的鄉下姑娘，體型粗獷。照片上沒有任何跡象可以顯示出她將來會快速成為法國最出名的人物之一。

「五年之後，在她二十二歲時，費莉希．鮑爾特罹患了嚴重的精神疾病，在治療期間，奇怪的現象開始出現。接下來發生的故事曾被許多科學家檢視過。叫作費莉希一號的人格在過去的二十二年中，和費莉希．鮑爾特一直緊密相連。費莉希一號的法文寫得很差又不流利，她不會講外語也不會彈鋼琴。相反的，費莉希二號的義大利語可以說得非常流利，德語水平也中等，她的筆跡和費莉希一號很不相同，不但可以寫出一手流利且意味深長的法文，甚至還能談論政治和藝術，而且非常熱中於彈鋼琴。費莉希三號和費莉希二號有許多相似之處，她很聰明，顯然受過很好的教育，但是在道德方面完全相反。事實上，她表現出一個完全墮落的人格，然而她的墮落是巴黎人的那種墮落，而不是鄉下人的墮落。她知道所有的巴黎黑話，對妓女用的語言運用自如。她說的語言骯髒無比，她會用最惡毒的話來謾罵宗教和那些所謂的『好人』。最後是費莉希四號，一個夢幻般的正邪參半之人，她非常虔誠，立誓修道，還具有卓越的洞察力。但第四種人格非常不平衡，而且難以捕捉，有時候讓人覺得這簡直就是費莉希三號蓄意裝出來的假面角色——這是她對輕信傳媒的公眾所要的把戲。我覺得（費莉希四號可能要除外），她身上的每一種人格都互不相同地獨立存在，而且互不溝通。毫無疑問，費莉希二號是最引人注目，而且有時她一次可以持續存在兩個星期，接著費莉希一號就會突然出現，並持續一到兩天。之後出現的是費莉希三號或是四號，但通常這兩種人格都很難控制，持續存在的時間也不會超過幾個小時。人格的轉換每次都要伴隨著強烈的頭痛和昏睡，同時在某種人格之下，其他人格的特徵會全部遺忘，當下出現的人格會延續上次消失的地方，因此她對於時間的流逝毫無意識。」

「真是不可思議，」卡農喃喃道，「非常不可思議。我們對於宇宙的奇妙幾乎還是一無所知。」

「但是，我們知道宇宙間有些狡猾無比的騙子。」

「費莉希．鮑爾特的病例經過了律師、醫生及科學家的各種檢查，」坎貝爾．克拉克醫生迅速說道，「你還記得梅特．昆貝利嗎？他對此做了最詳細的調查，並從科學角度提出證明。但是歸根究抵起來，為什麼我們會覺得這個案例如此不可思議呢？我們偶爾會碰到雙黃蛋，不是嗎？還有雙胞胎呀？為什麼就沒有雙重靈魂在同一個軀體裡呢？」

「什麼雙重靈魂？」卡農抗議道。

坎貝爾．克拉克醫生的藍眼睛銳利地盯著他。

「那我們該叫它什麼？如果說……人格就是靈魂的話？」

「比較明智的看法是應該把這種病例看成和畸形人一樣的事情，」喬治爵士說道，「如果這種病例是正常，它會嚴重加劇事態的複雜性。」

「當然啦，她的情況是很反常，」醫生說道，「但是很遺憾地，人們並沒有對此做出更長時間的調查，所以隨著費莉希的去世，這一切也就結束了。」

「如果我沒記錯，她的去世有點蹊蹺。」律師慢慢地說道。

坎貝爾．克拉克醫生點點頭。

「的確很奇怪。某天早上，這位小姐被發現死在床上。顯然她是被掐死的。但很快就證明了她絕對是自己掐死自己，這讓人們大為驚訝。她脖子上留下來的印記是她自己的手指紋。這也是一種自殺方式，儘管從生理上來講不太可能，但是要達成那種結局，絕對只有那種具有令人恐懼的發達肌力才做得出來，這種力氣幾乎是非人類所有。是什麼致使那位小姐落到如此不堪的下場，至今沒有任何人知道。當然了，她的精神狀態一直不太穩定。至今這個謎團也無人能夠解釋，布幕已經永遠垂落在費莉希．鮑爾特的祕密上了。」

就在這時候，坐在較遠角落裡的那個男人笑了起來。

其他三人像中彈似地跳了起來，他們幾乎都忘記在這個車廂裡頭還坐著第四個人。他們朝他坐的地方望去。那人還蜷曲在外套裡，但是笑聲仍然不絕於耳。

「你們得原諒我，各位。」他的一口完美英語多少仍攙雜著外國腔調。

他站了起來，露出一張蒼白的臉和漆黑的小鬍子。

「不好意思，」他說道，然後嘲弄似地鞠了一躬。「但是說真的，從科學角度來看，你們最後的那句話有人這樣說過嗎？」

「你知道我們剛才討論的那個病例？」醫生有禮貌地問道。

「關於那個病例？我不知道。但是我認識她。」

「費莉希．鮑爾特？」

「是的。還有安娜特．拉維爾。我猜你們都沒有聽說過安娜特．拉維爾吧？知道其中一個故事，就等於知道另一個故事。相信我，如果你們不知道安娜特．拉維爾的故事，你們就等於不知道費莉希·鮑爾特的故事。」

他拿出手錶看了看。

「離下一站只有半個小時了。我還有時間告訴你們這個故事……也就是說，如果你們願意聽的話？」

「請告訴我們吧。」醫生平靜地說道。

「太好了，」卡農說道，「快說。」

杜蘭德爵士只是稍微表示關切。

「各位，我的名字……」他們陌生的旅途夥伴開始說道，「叫勞爾·萊特杜。你們剛才說到的一位英國女士，就是史萊特小姐，她熱中於慈善事業。我生於英國的一個小漁村，父母在一次鐵路事故中遇難了，就是史萊特小姐把我從你們那些英國工廠中解救出來的。她撫養了大約二十幾個小孩，那些小孩裡面有費莉希·鮑爾特和安娜特·拉維爾。如果我沒讓你們了解安娜特的性格，各位，你們就不會了解以後所有的故事。她是一個你們所謂的『妓女』之子。這個妓女在遭到情人的拋棄後死於肺病。由於母親曾經當過舞女，所以安娜特對舞蹈也具有天生的熱情。我第一次看到她的時候，她只有十二歲，還是個小傢伙，長著一雙明亮的眼睛，眼裡變幻著嘲弄和承諾的神情，這個小傢伙渾身上下都充滿了朝氣和生命力。而且馬上──是的，的確是馬上──就讓我成為她的奴隸。她老是說：『勞爾，給我做這個。』『勞爾，給我做那個。』而我呢，總是照她的吩咐去做。我一直崇拜她，而且她也知道這一點。

「我們一起到海邊玩……是我們三個人，因為費莉希老是跟著我們。到了海邊，安娜特就脫下鞋子和襪子在沙地上跳舞。當她累得直喘氣時，她就會坐下來，告訴我們她打算做些什麼事、要成為什麼樣的人。

「『你們瞧，我會成為一個名人，是的，我將會非常出名。我會擁有成千上百雙絲襪，要用最好的絲綢做成，而且我會住在一棟最漂亮的公寓裡，我所有的情人都年輕英俊，而且非常有錢。當我跳舞的時候，整個巴黎的人都要來看我，他們會大聲歡唱，並且瘋狂地呼喊尖叫，他們會因為我的舞蹈而瘋狂。冬天到來的時候，我就不跳了，我要到充滿陽光的南方去，那裡有的是橙樹和小別墅，我會擁有其中一棟，我將躺在絲綢墊子上曬曬太陽、吃吃橙子。至於你呢，勞爾，不管我將會多麼富有和名聞天下，我都不會忘記你。我會保護你，幫助你飛黃騰達。費莉希將成為我的女僕……不，她的手太笨拙了。看看它們，真是肥碩和粗糙。』

「聽到這些話，費莉希顯得很生氣。但是安娜特繼續羞辱她。

「『她長得真像淑女，費莉希……那麼的優雅，那麼的高尚。但是，她這個公主卻是冒牌貨。哈哈。』

「『我父親和母親結了婚，這個事實你比不上。』費莉希怨恨地喊道。

「『是的，但是你父親殺死了你母親。幹得好，你是一個殺人犯的女兒。』

「『你父親遺棄了你母親，讓她墮落沉淪。』費莉希頂撞道。

「『哦，是嗎？』安娜特變得若有所思起來。『貧苦的媽媽啊。人們必須保持身體的強壯和健康，強壯和健康就是一切。』

「『我強壯得像一匹馬。』費莉希吹噓道。

「她確實是那樣，她比這間房子裡的其他小姐要強壯兩倍，而且她從來不生病。

「但是她很愚蠢，你們也知道，她愚蠢得像一頭野獸。我經常在想，為什麼她老是跟在安娜特後面，對她來說，這大概是一種幻想的投射對象。有時候我猜想，事實上她很恨安娜特，而且安娜特對她也確實不好。安娜特老恥笑她的遲鈍和愚蠢，而且在大家面前欺負她。我曾經看到費莉希氣得臉色發白。有時候我還想，她一定會扣緊手指掐住安娜特的脖子，用力把她掐死。她沒有足夠的聰明和智慧來反抗安娜特的侮辱，但是她在認真學習，以備將來機會降臨時，可以萬無一失地報一箭之仇。剛才說到她的健康和強壯，她意識到（我一直這麼認為）安娜特嫉妒她強壯的體格，因此她在本能上可以靠這一點打擊她的敵人。

「有一天，安娜特樂不可支地來到我面前。

「『勞爾，』她說道，『今天我們會被愚蠢的費莉希逗得笑死過去。』

「『你打算幹嘛？』

「『跟我來。我們到那間小屋去，我會告訴你。』

「看來，安娜特不知道從哪兒弄來一本書，書上有些地方她還讀不太懂，不過，這些地方也確實遠超過她的理解能力，那是一部關於催眠術的著作。

「『要有一個發光的物體，這是書上說的。我床上有個黃銅球飾，就是可以滴溜溜轉動的球體。昨天晚上我要費莉希盯著它看。「一直看著它，」我說，「不要讓你的眼睛離開它。」然後我轉動它。勞爾，當時我有點害怕，她的眼睛看起來非常奇怪，非常奇怪。「費莉希，你要永遠按照我的吩咐去做。」我說。「我會永遠按照你的吩咐去做，安娜特。」她回答道。然後……然後……我說：「明天中午，你拿著一個油脂蠟燭到操場上去，十二點整時你開始把它吃掉。如果有人問你，你就回答說這是你吃過最好吃的烘餅。」噢，勞爾，你想像一下！』

「『但是，她不會那樣做的。』我反駁道。

「『書上是這樣說的。我也不是很相信……但是，噢！勞爾，如果書上講的都是真的，我們該多麼高興啊！』

「我也覺得這個主意非常可笑。我們告訴了其他夥伴，十二點的時候，我們都來到操場上。就在那一刻，費莉希準時地拿著一小截蠟燭走了出來。你們相信嗎？各位，她開始嚴肅地一小口一小口吃起蠟燭。我們大家都異常興奮！每隔一會兒，就有一個孩子走到她前面嚴肅地問她：『真好命啊，你在那裡吃什麼呢，費莉希？』而她就會回答道：『是的，它是我吃過最好吃的烘餅。』然後我們都尖聲大笑起來，我們的笑聲是那樣洪亮，最後似乎把她給驚醒了。她慢慢地開始意識到自己做了什麼傻事。她疑惑不解地眨著眼睛，看了看那截蠟燭，再看看我們，她用手捂住了自己的臉。

「『我在這裡做什麼？』她喃喃說著。

「『你在吃蠟燭。』我們尖叫道。

「『是我讓你這麼做的。是我讓你這麼做的。』安娜特一邊跳舞，一邊歡叫道。

「費莉希呆了一會兒，接著她慢慢朝安娜特走去。

「『是你……是你讓我出這種糗？我似乎想起來了。啊！我要殺了你。』

「她非常平靜地說出這些話，但是安娜特突然躲到我的背後。

「『救救我，勞爾！我怕費莉希，這不過是個玩笑，費莉希，不過是個玩笑罷了。』

「『我不喜歡這種玩笑，』費莉希說道，『你明白嗎？我恨你！我恨你們每一個人！』

「她突然哭了起來，然後跑開了。

「我想，安娜特也被自己試驗的結果嚇壞了，因此以後她也不再試了。但從那天以後，她壓倒費莉希的優勢似乎更加強烈了。

「我相信費莉希一直恨安娜特，但是她從來都無法離開自己的仇人，她習慣像條狗似的跟在安娜特的後面。

「從那之後不久，各位，我就開始工作了，只在偶爾有假日的時候才能回家。安娜特並不是真的希望成為一位舞蹈演員，但是慢慢地，她那副非常悅耳的嗓子被挖掘出來，因此史萊特小姐同意把她訓練成一名歌手。

「訓練的時候安娜特一點也不偷懶，她完全投入工作，也從不休息，因此史萊特小姐強迫她不能操練過度。有一次，史萊特小姐跟我談起了她。

「『一直以來你都很喜歡安娜特，』她說道，『你要說服她別那麼賣命演練，最近她有點咳嗽了，我不太喜歡她這樣。』

「後來因為工作的關係，我遠離了那地方。剛開始我還會收到安娜特的一兩封來信，但是後來就音信全無了。我在國外待了五年之久。

「回到巴黎後，在一個非常偶然的機會下，我被一張海報吸引住了，那上面是安娜特打扮成貴夫人模樣的照片，我馬上就認出她了。那天晚上，我半信半疑地來到劇院，看到安娜特用法語和義大利語唱歌，她在舞台上的表現非常出色。隨後我去了她的化妝室，她立刻迎接我。

「『啊，勞爾，』她叫道，並把她雪白的玉手遞向我。『太好了。這些年來你到哪兒去了？』

「我很想把自己的經歷全告訴她，但是她沒有真的想聽。

「『你看，我才剛剛回來！』

「她得意洋洋地在她那堆滿花束的房間裡揮手。

「『好心的史萊特小姐絕對以你為榮。』

「『那個老傢伙？不，事實上，你知道的，她一直要逼我去考公立音樂學校，要我當一個高雅音樂會的演唱家。但是我……我是一個藝術家，在這種富於變化的舞台上，我可以完全表現出自己。』

「就在那時候，一位英俊的中年男人走了進來，他的氣質非常與眾不同，從他的行為舉止中，我很快就斷定他是安娜特的經紀人。他斜著眼睛打量我，安娜特連忙解釋道：『他是我小時候的一個朋友。他路過巴黎時，在海報上看到了我的照片。你看，就是這樣而已。』

「聽了這些解釋後，那個男人變得和藹可親多了，當著我的面，他拿出一個鑲滿藍寶石和鑽石的手鐲戴到安娜特的手腕上。我站起來準備離開，她用得意洋洋的眼光瞥了我一眼，並且低聲說道：『我的夢想實現了，不是嗎？你看到了嗎？整個世界都在我的面前。』

「但是當我離開那個房間時，我聽見她在咳嗽，那咳嗽聲尖澀而嘶啞，我知道那種咳嗽聲意味著什麼。那種咳嗽是遺傳自她死於肺病的母親。

「兩年後，我又見到了她，她又回到史萊特小姐那裡尋求庇護。她的藝術生命結束了。她的肺病已經到了末期，醫生認為她已無藥可救了。

「後來我又見到她，我永遠也忘不了她那時候的樣子！她躺在花園一間類似小屋的棚子裡，就那樣日夜被放置在室外。她的臉頰都凹陷了下去，體溫燒得通紅，雙眼發出一種不正常的亮光。她不停地咳嗽。

「見到我時，她那種絕望的神情真讓我驚訝。

「『見到你我很高興，勞爾。你知道他們怎麼說嗎？我再也不會好了。他們背著我說了這些話，你明白嗎？當著我的面，他們一直安撫我、慰問我。這不是真的，勞爾，這不是真的！我不會讓自己死去。死？在前途似錦的生活展現在我面前時，重要的是要有活下去的意志力。所有優秀的醫生現在都這麼說，但我不是隨隨便便就會放棄的廢人，我感覺到自己已經比以前健康很多……我真的好多了，你聽得出來嗎？』

「她用手肘把自己撐起來，大聲對房子叫喊。一陣突如其來的咳嗽猛烈打擊了她瘦弱的身體，於是她又躺了下去。

「『我咳嗽……沒什麼關係，』她喘著氣說道，『吐血也不會把我嚇倒，我要讓醫生感到驚訝，是意志力讓我活下去。記住，勞爾，我要活下去。』

「真是可憐。你們知道嗎？她真是可憐。

「這時候，費莉希捧著一個托盤走了進來，盤子上面放著一杯牛奶。她把牛奶遞給安娜特，並用一種我無法形容的神情看著她把牛奶喝下去，那神情裡面盡是一種無法掩飾的滿足和開心。

「安娜特也看到了，她生氣地把杯子扔出去，杯子摔成了碎片。

「『你看看她，她就是那樣一直看著我，一副很高興我就要死掉的表情！是的，她幸災樂禍了吧，她又健康又強壯。你看她從來不會生病，怎麼會有這種人呢？什麼病也不生，為何她有那麼好的體格？她是怎麼做到的？』

「費莉希彎下腰，撿起那些玻璃碎片。

「『我不介意她說了什麼，』她用一種像在歌唱似的聲音說道，『無所謂，我是一個正直的人。至於她，她很快就會嘗到煉獄的火焰了。我是個天主教徒，我不會口出惡言。』

「『你恨我，』安娜特喊道，『你一直都恨我。啊！但是我仍然可以讓你崇拜我，我可以要你去做任何事情。如果我現在命令你，你就會跪倒在我面前的玻璃碎片上。』

「『真是荒謬。』費莉希不自然地說道。

「『但是你會這樣做的，你會的。為了讓我高興，你會跪下來的。是我要你這樣做，是我安娜特，你跪下來，費莉希。』

「不知道是因為安娜特聲音裡那種奇妙的懇求，還是因為別的更神祕不可解的原因，總之費莉希順從了命令。她慢慢地跪了下來，兩條手臂伸得長長的，蒼白的臉上是一副愚蠢的表情。

「安娜特往後仰頭，大聲地笑了起來……一陣又一陣的狂笑。

「『看看她，看看她那張愚蠢的臉！她的樣子多麼可笑。你現在可以起來了，費莉希，謝謝你！對我吼叫是沒用的，我是你的主人，你要按照我的吩咐去做。』

「她疲憊地躺回到自己的枕頭上。費莉希撿起托盤慢慢走了出去，當她回頭轉身時，她眼睛裡面那種極度壓抑的怨恨神情讓我吃了一驚。

「安娜特死的時候我不在場，但是聽說她死得很可怕。她一直掙扎著要活下去，像個瘋子似地拒絕死亡。她一次又一次地大聲叫喊著：『我不會死的……你們聽到了嗎？我不會死的……我要活下去……』

「六個月後，當我去探望史萊特小姐時，她告訴我這些情況。

「『可憐的勞爾，』她仁慈地說道，『你喜歡她，對吧？』

「『沒錯，我一直喜歡她。但那又有什麼意義呢？我們不要再說這些了，她死了……她是個那麼出色的女人，她的生命中充滿了熾熱的色彩……』

「史萊特小姐是位好心腸的女人，她繼續說了一些別的事情，她非常擔心費莉希，所以她告訴我，這位小姐得過一場奇怪的精神崩潰症，而且事到如今，她的行為舉止還是非常古怪。

「『你知道嗎？』史萊特小姐猶豫了一會兒才說道，『她一直在學習彈鋼琴。』

「我不知道這件事，而且聽到之後也覺得非常驚訝，費莉希……在學習彈鋼琴！我以為這位傻大姐連音符也無法分辨呢。

「『他們說她很有天分。』史萊特小姐繼續說道，『這我也不能理解，我一直把她看作是……嗯，勞爾，你也知道，她一直是個愚蠢的女孩。』

「我點點頭。

「『有時候，她的行為非常怪異……我真的不知道是什麼原因造成的。』

「幾分鐘後我走進大廳，費莉希正在彈鋼琴，她彈奏的旋律正是我在巴黎聽安娜特演唱過的那首歌曲。你們可以想像得到，各位，我簡直是大吃一驚。聽到我走進來後，她突然停下來轉過頭看著我，她的眼睛裡充滿了嘲弄和智慧。我發呆了好一會兒，我在想……嗯，我實在不想告訴你們我在想什麼。

「『是你啊，勞爾先生。』

「我無法描述她說這句話的方式。安娜特一直叫我勞爾。但是費莉希呢，當我們還是小孩的時候，她就一直稱呼我勞爾先生。但現在她又這樣呼喚我時，卻有一點點不同……儘管她還是叫我先生，卻有輕微的腔調，聽起來非常可笑。

「『怎麼啦，費莉希，』我結結巴巴地說，『你今天看起來和平時很不一樣。』

「『是嗎？』她謹慎地說道，『沒什麼啦。不要那麼嚴肅嘛，勞爾——我決定以後都叫你勞爾了——我們不是還在像孩提時代那樣一起玩耍嗎？人是為了快樂而生活。讓我們談談可憐的安娜特吧……她死了，而且也下葬了，我懷疑她現在是不是在煉獄，還是在什麼可怕的地方呢？』

「接著，她還哼了一段曲子……儘管音調還不是很和諧，但是歌詞引起了我的注意。

「『費莉希，』我喊道，『你在說義大利語？』

「『為什麼不可以，勞爾？或許，我並不像我裝出來的那麼愚蠢。』她嘲笑我的大驚小怪。

「『我不能理解……』我才剛開口說道。

「『我要告訴你，我是個非常出色的演員，儘管沒有任何人察覺出來，我可以扮演許多角色……而且扮演得非常好。』

「她再度大笑起來，並且在我制止她之前就迅速跑出房間。

「離開之前，我又見到她，那時她正在一張扶手椅上睡覺，打呼打得很大聲。我站在那裡看著她，心裡仍然覺得不敢置信。突然間她驚醒了，看著我，眼裡一片空洞。

「『是勞爾先生嗎？』她呆滯地喃喃道。

「『是的，費莉希，我馬上就要走了。在我走之前，你可以再為我彈一曲嗎？』

「『我？彈鋼琴？你又在取笑我了，勞爾先生。』

「『你不記得了嗎？今天早上你還彈鋼琴給我聽呢！』

「她搖了搖頭。

「『我彈鋼琴？像我這種人怎麼會彈鋼琴？』

「她停了一會兒，似乎在想著什麼事情，然後招招手要我靠近點。

「『勞爾先生，在這個房子裡發生了一些奇怪的事！他們會對你開玩笑，他們會改變時間，是的，是的，我知道我在說什麼，而且這些事情全都是她在搞鬼。』

「『你說誰？』我驚訝地問道。

「『安娜特，那個邪惡的人。她活著的時候總是欺負我，現在她死了，又從煉獄中回來繼續欺負我。』

「我瞪著費莉希，這時我可以看得出她正處於一種極度恐懼的狀態中，她的眼睛直直地瞪著前方。

「『那傢伙是個壞人，她是個壞人。我告訴你，她會從你的嘴裡拿走你的心臟，從你的脊背上拿走你的衣服，甚至從你的軀體裡拿走你的靈魂……』

「她突然抓住我。

「『我好怕，我告訴你……我好害怕，我聽到她的聲音了……不是在我的耳朵裡……不，不在我的耳朵裡，是在這裡，在我的心臟裡面……』她拍打自己的胸口。『她會把我趕走的……把我整個人趕走，我該怎麼辦，我會落到什麼樣的下場？』

「她的聲音高亢得幾乎是在尖叫，她的眼神就像是海灘上驚恐的野獸……

「突然她又笑了起來，笑得非常甜蜜，滿臉狡猾的神情令我不由自主地顫抖起來。

「『如果這種事真的發生了，勞爾先生，我有一雙非常強壯的手，我會非常厲害的……非常非常厲害的。』

「我以前沒仔細注意過她的雙手，現在我看到了，連我也不禁發抖起來，那些短短胖胖的粗壯手指，就像費莉希說的那樣，真是強壯得令人感到恐懼……我無法向你們解釋當時那種席捲而來的噁心感。有那樣的一雙手，她父親絕對會掐死她母親……

「那是我最後一次見到費莉希。後來我很快又到國外去了……去了美國南部。在她死後兩年我才回來。我曾在報紙上讀到她的一些事情，並且看到她突然死亡的消息。今天晚上，我又聽到這個故事的全部細節——從你們那裡——各位！費莉希三號和費莉希四號……我傾向於相信她是個很好的演員！」

火車突然減速了，角落裡的男人坐直了身子，把外套裹得更緊。

「那麼，你的結論是什麼？」律師問道，身體略微前傾。

「我很難相信……」卡農．帕菲特一時語塞。

醫生什麼也沒說，只是直直地盯著勞爾．萊特杜。

「『從你的脊背上拿走你的衣服，從你的軀體裡拿走你的靈魂』。」法國人輕輕引用了這句話，隨後站了起來。「我跟你們說，各位，費莉希．鮑爾特的故事就是安娜特．拉維爾的故事。各位先生，你們不認識她，但是我認識她，她非常熱愛生命……」

他的手放到車門上，準備要跳出去，突然間他又轉回來，彎下腰拍打著卡農．帕菲特的臉頰。

「醫生剛才說過，所有的這一切……」他的手重重地向卡農的胃打過去，把卡農打得直往後縮。「只是一個空間。告訴我，如果你在你的房子裡發現一個盜賊，你會怎麼辦？朝他開槍，不是嗎？」

「不會的，」卡農喊道，「不會的，真的，我是說……在這個國家裡，我不會這樣做。」

但是，他的最後一個字已經是在對著空氣說了，因為車門砰地關上。

牧師、律師和醫生靜靜地坐在那裡，第四個角落的座位已經空了。

04

吉普賽人

The Hound of Death

麥克法倫經常注意到他的朋友迪基・卡本特對吉普賽人有一種奇怪的反感，他從來不知道箇中原因。但當迪基與艾瑟・勞斯的婚約突然解除後，這兩個男人的心結也暫時消除了。

麥克法倫和小妹蕾秋的婚約大概維持了一年多。在勞斯姐妹還是孩子的時候，他就認識她們了。他對所有事情都遲鈍而小心翼翼，他很不情願地承認自己慢慢被蕾秋那張孩子般的臉龐及誠實的灰眼睛所吸引。她不像艾瑟那麼漂亮，但她身上有一種說不出的真實感和甜蜜的魅力。當迪基和姐姐訂婚後，這兩個男人之間的連結似乎更加密切。

但是幾個星期後，迪基的婚約解除了，而迪基——心思單純的迪基——受到重重打擊。在他年輕的生命中，幾乎一切事情都那麼順利。他在海軍的生涯發展得非常順遂，對於大海，他具有天生的熱情，他身上自然而然繼承了某些維京人[4]的特質，具備了那種絕不浪費、敏銳思維的天賦。他屬於那一類不大會說話的年輕英國人，也不喜歡激情式的互動，並且非常拙於用語言表達自己內心的感受。

至於麥克法倫，一個冷峻的蘇格蘭人，身上某個地方隱藏了凱爾特人的幻想。當他的朋友在言語的海洋中驚惶失措時，他卻在一旁抽著菸聽著，知道有個祕密就要說出來了，但是他希望這次的話題能有所不同，不管怎樣，一開始並沒有提及艾瑟・勞斯。看來這故事只是個孩子被嚇到的恐怖經歷。

「在我還是小孩子的時候，我總是被一個噩夢驚醒，那不完全是個噩夢。她——那種吉普賽人，你知道的，會出現在任何古老的夢中——甚至是好夢中（或是孩子們心目中的某種好夢，像是一場宴會、爆竹，還有很多好玩的東西）。在夢中，我玩得非常快樂，然後我就感覺到了，我知道如果往上看，她一定會在那裡，像以前那樣站著看我……用悲哀的眼神，你知道的，就像是她知道一些我不知道的事情……無法解釋為什麼使我如此驚恐，但是真的就是那樣！每次都是那樣！我經常在恐懼中驚醒，而我的老保母就會說：『看！我們的迪基小少爺又夢到吉普賽人了！』」

「有沒有被真正的吉普賽人驚嚇過？」

「我以前從未見過吉普賽人。直到最近，說來也非常奇怪，當時我正在追趕我的獵狗。我穿過花園的門，沿著森林裡的一條小徑繼續追趕。你知道的，那時候我們住在新林區。最後我來到一片開拓地，那裡有條小溪，小溪上面有座木橋，就在橋的旁邊站著一個吉普賽人——她的頭上戴著一條紅色圍巾——和我夢中見到的一模一樣。我馬上就害怕起來！你知道，她看著我……就是那種眼神，她像是知道一些我不知道的事情，並且在為這些事情悲傷……接著她向我點點頭，非常平靜地說道：『如果我是你，就不走那條路了。』我無法告訴你為什麼，但是我真的害怕得要死，我從她旁邊猛然衝了過去，一直跑到那座橋上。我猜那座橋可能已經腐朽爛掉，不管怎樣，它塌倒了下去，於是我掉到溪水裡，幾乎在水中淹

4　維京人是八至十一世紀時劫掠歐洲西北海岸的北歐海盜。

死，真是令人害怕的經歷。我一直無法忘記那件事，而且我總覺得，都是因為那個吉普賽人……」

「雖然如此，但嚴格來說，她不是已經警告你不要走過去嗎？」

「你是可以這樣解釋。」迪基停了一會兒，繼續說道：「我已經把我的夢告訴了你，並不是因為它和後來發生的事情有什麼關係（至少我認為它沒有），而是因為事實上，它就是後來所有事情的源頭。現在，你應該可以了解我的『吉普賽人情結』了吧。既然如此，我的話題就可以回到去勞斯家的第一個晚上了。那時候我剛從西海岸回來。要回到英國還真難啊。勞斯一家人是我們家的老朋友，自從七歲以後，我再也沒見過那幾個女孩了，不過小亞塞是我的哥兒們，他死了之後，艾瑟經常寫信給我，而且把報紙寄給我看。她的信寫得非常有意思，我看了總是覺得無比高興。我一直希望自己的文筆能很棒，這樣才可以回信給她，而且我非常渴望見到她。了解一個女孩是從信中而不是從別的地方，這實在是一件很奇怪的事。嗯！我回國的第一件事，就是到勞斯家拜訪。我到達時艾瑟不在，但是聽說晚上她會回來。吃飯時我坐在蕾秋旁邊，當我上下打量那張長桌子時，那種奇怪的感覺又出現了。我覺得有人在注視我，這讓我很不舒服。然後，我就看到她了……」

「看到誰？」

「哈沃思太太……我要告訴你的就是她的故事。」

麥克法倫差點就要脫口而出：「我還以為你要告訴我艾瑟的故事！」然而，他安靜地坐著。

迪基繼續說道：「她的身上有某些特質，使得她和別人與眾不同。她坐在老勞斯的旁邊，頭往前傾，認真地聽著他說話。她的脖子上圍著某種薄薄的紅色紗巾，儘管它看起來已經很破舊，但它還是像一條小小的火舌似的圍繞在她的脖子上……我問蕾秋：『坐在那邊的女人是誰？就是那個……圍著一條紅色圍巾的女人。』

「『你是說亞莉塔．哈沃思嗎？就是她圍著一條紅色圍巾。但是她很磊落，做人非常磊落。』

「就是她了，你看，她有一頭迷人的淺色頭髮，不斷地閃爍金光。但我絕對可以發誓，她一定非常神祕。很奇怪，人的眼睛似乎可以對別人施放魔法……晚飯後，蕾秋幫我們做了介紹。我們在花園裡走了一會兒，還討論了還魂術……」

「這個話題非常不適合你，迪基！」

「我也是這樣想。記得我當時說，想要解釋某個人好像和自己似曾相識，這是極需慧根的……好像以前你曾經見過他們似的。她說『你是指情侶嗎……』這句話時，她的樣子非常古怪……好像又溫柔又熱情，這讓我想起一些事情，但是我不記得是什麼事。我們繼續閒聊了一會兒，然後老勞斯從陽台上把我們叫過去，他說艾瑟回來了，她希望見見我。哈沃思太太抓住我手臂問道：『你要進去嗎？』『是的，』我說，『我想，我們還是進去吧。』後來……後來……」

「後來怎麼了？」

「聽起來非常可笑，因為哈沃思太太說道：『如果我是你，我不會進去的……』」他停頓了一下。「這讓我感到很害怕，非常害怕。這就是我要告訴你那個夢的原因……因為，你知道的，她說這句話的樣子和夢中的表情一模一樣……很平靜，似乎她知道一些我不知道的事情。但是，那不過是一位漂亮女士想留住我陪她而不讓我進房間罷了，她的聲音很溫柔，而且非常感傷。真的，就像她已知道即將來臨的一切……我覺得很不禮貌，但我還是轉身離開她……幾乎是用跑著進了房間，起碼房間看起來還比較安全。當時我就明白了，從一開始我就怕她。一看到老勞斯，我立即鬆了口氣。艾瑟就在他的旁邊……」他猶豫了一會兒，接著含混不清地喃喃道：「我完了……從我看見她的那一刻起，就知道自己已經完了。」

麥克法倫的思緒飛向艾瑟．勞斯。他聽說有人用「一個身高六呎一吋的完美猶太人」的說法來形容她。一個敏銳的精靈，他想起她那不同凡響的身高和修長苗條的體態，還有那如同大理石般雪白的臉、精緻挺直的鼻子、漆黑閃亮的頭髮和眼睛。是的，他一點也不懷疑，像孩子般單純的迪基絕對會愛上艾瑟。他絕不會為了艾瑟而心跳加速，但是他欣賞她的美。

「後來，」迪基繼續說道，「我們訂婚了。」

「很快就訂婚了嗎？」

「嗯，大約一個星期後吧。過了兩個星期，她發現自己一點也不愛我……」他苦笑了一會兒。

「在我上船的前一天晚上，我從村裡回來，穿過樹林的時候——我又看到她——我是說哈沃思太太。她戴著一頂大紅帽，而且……你知道的，一看到她，我就嚇得跳了起來！我已經告訴你我的夢了，因此你應該可以理解……接著，我們一起走了一段路，並聊了一些艾瑟絕對沒聽過的話，你知道的……」

「我並不知道。」

麥克法倫奇怪地看了他的朋友一眼。當人們要告訴你的話，是連他們自己也沒有意識的事，那還真是奇怪！

「後來當我轉身要回家時，她叫住了我。她說：『你很快就要回家了。如果我是你，我不會回家的……』我馬上就感覺到，一定有不好的事情在等著我……而且……當我以最快速度回去後，艾瑟就來見我，並且告訴我……她發現自己真的不愛我……」

麥克法倫同情地哼了幾聲。

「哈沃思太太呢？」他接著問道。

「我再也沒見到她了……直到今天晚上。」

「今天晚上？」

「是的。在強尼醫生的私人醫院裡，他們幫我的腿做檢查，就是因地雷襲擊事件而傷得很重的那條腿。最近我有點擔心，老醫生建議我動手術……動一個很簡單的手術。後來我離開時，撞到一個穿著紅色工作服的小姐，她說：『如果我是你，我不會動那個手術……』

接著我就認出來那是哈沃思太太。她健步如飛地走了過去，我沒能追上她。我問了另一個護士，但是她說，這裡沒有姓哈沃思的人……真是奇怪……」

「你可以確定是她嗎？」

「噢！可以，你知道……她長得非常漂亮……」他停住了，接著又補充道：「我當然應該去動那個手術，但是……萬一我的生命來到了盡頭……」

「胡說八道！」

「當然是胡說八道。不過，我還是很高興告訴你關於吉普賽人的故事……你知道，有很多故事我還想不起來呢……」

§

麥克法倫走進一條陡峭的荒路，朝著一間靠近山頂的房子走去。來到了門前，他整理了一下儀容，隨即摁了門鈴。

「哈沃思太太住在這裡嗎？」

「是的，先生。我這就為你稟告。」

僕人把他留在一間低矮方長的房間裡，透過窗戶可以看到外面的荒野景象。他皺了皺眉頭，難道他自己也變成一頭大笨驢了嗎？

接著他吃了一驚，頭上傳來一陣低沉的歌聲。

那個吉普賽女人

住在荒野裡……

歌聲停住了，麥克法倫的心跳暗地加速，然後門被打開了。

她那種斯堪的那維亞式令人不知所措的磊落態度迎面而來，讓麥克法倫大吃一驚。儘管已經聽過迪基的描述，並且對她那種吉普賽人的神祕特質也做過各種想像……他突然想起迪基的話，以及說這些話時的特殊語調：「你知道，她長得非常漂亮……」無可挑剔的完美漂亮是人間罕見，而亞莉塔·哈沃思所擁有的正是這種無可挑剔的美。

他朝她迎了上去。

「恐怕你還沒有透過亞當來認識我。我從勞斯家拿到你的地址。但是……我是迪基的朋友。」

她仔細看了他一兩分鐘後說道：「我要到外面的荒地裡去，你也一起去嗎？」

她推開落地窗，走到了山坡上。他跟了上去。一位身材魁梧、長相愚蠢的男人正坐在一張搖椅上抽菸。

「這是我丈夫！我們要到荒地裡去了，莫理斯。待會兒麥克法倫先生會回來和我們一起吃飯。你很歡迎吧？」

「非常謝謝你。」跟著她輕鬆的腳步，他也走到了山上，而且一邊走一邊想：「為什麼？為什麼？看在上帝的份上，全世界的人你都不選，偏偏要嫁給那樣一個傢伙？」

亞莉塔走到一堆岩石邊。

「你都知道了？」

「我們就坐在這裡吧，你是不是要告訴我……要告訴我某些事情？」

「當不好的事情要發生時，我總是會有預感。很不幸，不是嗎？迪基的故事？」

「他動了一個小手術……非常成功，但是他的心臟一定非常虛弱，他死於麻醉。」

他希望從她的臉上看到什麼呢？他也不知道答案……應該不會是那種永無休止的疲倦神情……他聽到她在喃喃說道：「又一次……等待……永久地等待……永久……」她抬起頭來。「你要跟我說什麼？」

「就這件事。某個護士警告他不要進行這個手術，他覺得那個人是你。是你嗎？」

她搖搖頭。

「不，那個人不是我。但我有個表妹是護士，在暗處她看起來很像我，我想那個人應該是她。」她又看了他一眼。「這不重要吧？」

突然間，她的眼睛睜得大大的，猛然吸了口氣。

「噢，」她說道，「噢！多麼有意思啊！你不了解……」

麥克法倫一臉疑惑。她繼續瞪著他。

「我想你……你也可以辨得到。你看起來也具備那種……」

「具備什麼？」

「具備那種能力——或是說詛咒——隨便你怎麼稱呼都行。我相信你有這種能力。你一直看著岩石裡的那個洞，不要想任何事情，只是看著它……啊！」她發現他略微吃了一驚。

「嗯……你看到了什麼？」

「這絕對是幻覺。就那一秒鐘裡，我看到它上面滿是鮮血！」

她點了點頭。

「我知道你具備這種能力。那地方以前是拜日族的祭祀場所，沒有人告訴過我，但我就是知道。我有好幾次明白他們是怎樣感覺到它的，就像我自己也在那裡一樣……這片荒地裡有某些東西，讓我感覺到好像回到了家……當然了，我天生就具備這種能力。我是一個弗格遜人，家族裡頭都有第二視力。在嫁給我父親之前，我母親一直是個靈媒，她的名字叫作克莉絲汀。她非常了不起。」

「你所說的『能力』，就是指在事情發生之前可以預見到它的能力？」

「是的，發生之前或者發生以後……都一樣。例如，我看得出來你在懷疑我為什麼要嫁給莫理斯——噢，是的，你覺得狐疑——很簡單，因為我一直知道有些可怕的事情在困擾他……我希望能把他拯救出來……女人總喜歡做那種事。如果善用我的能力，我應該可以防止可怕的事情發生……如果有人可以……我幫不了迪基，而且迪基不會理解的……他很害怕，他太年輕了。」

「他二十二歲了。」

「我已經三十了，但這不是重點。分開有很多種方式，長度、高度和寬度……但是在所有的方法中，被時間分開是最不好的……」她安靜地陷入漫長的沉思。

房子裡傳來一陣低沉的銅鑼聲，把她喚醒了。

吃午飯的時候，麥克法倫觀察了莫理斯・哈沃思好一會兒。毫無疑問地，他瘋狂地愛著妻子，他的眼睛裡有一種無庸置疑的愛意……像狗一樣忠心。同時麥克法倫也看得出來，亞莉塔・哈沃思也回應出帶著母愛的溫柔情懷。午飯後，他準備告辭。

「我在山下的小旅館裡要逗留一兩天，我可以再來探望你嗎？或者，我明天再來？」

「當然可以，但是……」

「但是什麼……」

她用手飛快地擦拭眼睛。

「我不知道，我……我想，我們不會再見面了……就這樣……再見。」

他慢慢地沿著路往下走。不知不覺中似乎有一隻冰冷的手緊緊抓住他的心臟，當然啦，她的話裡頭什麼暗示也沒有，但是……

一輛摩托車從山路轉角飛掠而過，他連忙緊貼在山壁上……剛好及時躲過一劫，他的臉上掃過一陣奇怪而朦朧的灰白之物……

§

「天啊，我的腦袋亂七八糟的。」

第二天早上醒過來時，麥克法倫喃喃說道。他冷靜地回想昨天下午發生的事。那輛摩托車，通往旅館的捷徑，突然出現的大霧使得他迷了路，他知道危險的沼澤地就在不遠處。然後，就是旅館煙囪頂端的通風管掉了下來，他追蹤著夜裡燃燒的熱氣，來到了爐邊地毯的煤渣上。裡面什麼也沒有！什麼也沒有……但是，就因為她的話，以及他心中那種不願意承認她知道一切的感覺……

他猛然脫下睡衣。他必須馬上起床去看她。這樣就會打破這個詛咒，也就是說，如果他可以安全到達那裡……天啊，他真是個大笨蛋！

他還可以吃些早餐，十點整他開始上路，十點三十分他把手放到門鈴上，就在那當下，他強迫自己深吸了一口氣，以便放鬆一下。

「哈沃思太太在嗎？」

開門的還是那位老女人，但是她的臉色變了……在悲哀的重重打擊下。

「噢！先生。噢！先生，你也聽說了？」

「聽說什麼？」

「亞莉塔小姐，那個可憐無辜的人。他每天晚上都要吃補藥，可憐的上尉絕對昏了頭，他瘋了，在黑暗中他錯拿隔板上的瓶子……他們送他去醫院，但是晚了一步，沒救了……」

馬上浮現在麥克法倫腦中的是這句話：「我一直知道有可怕的事情在困擾他。我應該可以防止可怕的事發生……如果有人可以……」啊！但人是無法欺騙命運的……想要挽救的時候，那種可以預知命運的奇怪幻覺卻已經遭到破壞……

老僕人繼續說道：「可憐的太太！她是那麼甜美和藹，發生這些可怕的事情是多麼令人悲傷啊。真希望不要有人受到傷害。」她猶豫了一下後又說：「你不上去看看她嗎，先生？我想，從她說的那句話看得出來，你一定很久以前就認識她了。很久很久以前，她是這麼說的……」

麥克法倫跟在老僕人後面走上樓梯，進入客廳上面的房間。昨天他就在那裡聽到歌聲。窗戶頂端裝著彩色玻璃，紅色的光芒穿透到床頭上……一個戴著紅色圍巾的吉普賽人……胡說八道，他的腦筋又在搞鬼了。他漫長地看了亞莉塔．哈沃思最後一眼。

§

「先生，有位女士要見你。」

「呃？」麥克法倫失神地看著房東。「噢，可以再說一遍嗎，羅斯太太？我一直在看那些幽靈。」

「先生，不是真的吧？黃昏以後在荒地裡經常能看到一些奇怪的事情，我知道那裡有個穿白衣的女人、有地獄裡的鐵匠，還有水手和吉普賽人……」

「什麼？水手和吉普賽人？」

「他們是這麼說的，先生。我年輕時，這裡盛傳著一個傳說，說他們錯失了愛情，但那是很早以前的故事了……而現在呢，他們已經不再出來遊蕩。」

「不出來了？我懷疑，或許……現在他們還會再次出現……」

「天啊！先生，你在說什麼啊？關於那位年輕女士……」

「什麼年輕女士？」

「就是等著見你的那位女士，她正在客廳裡頭，她說她的名字是勞斯小姐。」

「噢！」

蕾秋！他感到身體起了一陣奇怪的抽搐，視覺突然開始轉移。他穿透到了另一個世界，他已經忘記蕾秋了，因為蕾秋只屬於這個世界……視覺再一次奇怪地轉移，又回到這個只有三度空間的世界中。

他打開客廳門。蕾秋……她那誠懇的褐色眼睛。突然之間，他像是從夢中驚醒似的，一種回到現實的快樂和窩心的興奮感湧上心頭。他還活著……還活著！他想道：「只有一種生命是可以確定的！就是當下！」

「蕾秋！」

他喊道，並且抬起她的下巴，吻了她的嘴唇。

05

燈

The Hound of Death

毫無疑問，這是一間老房子。整個方正格局都是古老的樣式，在教區裡，人們經常會遇見像它那樣不合時宜的莊嚴古式建築。不過呢，印象中十九號是最古老的建築物，它就像真正的大家長那樣莊嚴神聖；它是灰色之最、同時也是傲慢之最、冰冷之最的高塔。嚴肅，冷峻，帶著長久以來無人居住的特有荒蕪印記，它傲視著其他建築物。

在別的教區中，它肯定會被貼上「鬼屋」的標籤，然而韋敏斯特是個不受鬼神歡迎的地方，在那裡，鬼神很少被視為可敬的東西，除非是在「郡出身之貴族」的屬地上。所以第十九號從來沒被當作鬼屋看待，但是它仍然被荒廢在那兒，就這樣一年又一年過去，只有廢棄或出售兩種命運。

§

藍卡斯特太太一邊跟在滔滔不絕的房屋仲介商身後，一邊用讚許的目光打量著這棟房子。那位仲介商正用一種歡娛的態度，努力要把十九號房子從他手中賣出去。他一邊把鑰匙插了進去，一邊繼續他那讚不絕口的評介。

「這棟房子已經廢棄多久了？」藍卡斯特太太非常唐突地打斷仲介商的口沫橫飛。

拉迪斯（拉迪斯．福普洛）先生變得有點驚惶失措。

「呃，呃……有一段時間了。」他殷勤地說道。

「我也這樣認為。」藍卡斯特太太冷淡地說道。

昏暗的大廳裡瀰漫著一種陰森的氣氛。看到這種景象，富有想像力的女人一定會發抖起來，但藍卡斯特太太碰巧是個實事求是的人，她的個子很高大，有一雙冷冽的藍眼睛，漆黑的頭髮中攙雜了一兩根白絲。

她從閣樓走到地窖，不時提出一兩個中肯的問題。審查結束後，她回到前面的房間裡，看著下面的廣場，用堅毅的態度直視仲介商。

「這棟房子出了什麼問題？」

拉迪斯先生吃了一驚。

「一棟沒有裝修的房子，總是多少有點陰森森的。」他勉強搪塞道。

「胡說，」藍卡斯特太太說道，「這樣的房子只要如此低廉的租金，裡面絕對大有文章。我猜，這棟房子是不是鬼屋？」

拉迪斯先生嚇了一跳，神情有點慌慌張張，但是他什麼也沒說。

藍卡斯特太太的眼睛尖銳地盯著他。過了幾分鐘，她又說道：「當然了，傳聞都是些胡說八道，我就不信鬼神一類的東西，而且從我個人的角度來說，鬼屋這種說法不會阻礙我買下這棟房子。但是很不幸地，僕人們非常輕信這種事，而且很容易被嚇得睡不著。你最好告訴我真正的原因……是什麼原因使得這個地方被荒廢這麼久。」

「我……呃……我真的不知道。」房屋仲介商結結巴巴地說道。

「你一定知道，」這位夫人平靜地說道，「如果你不告訴我真正的原因，我就不買下這棟房子。是什麼原因？出了殺人凶手？」

「噢！不是的，」拉迪斯先生叫道。

殺人凶手這種猜測和此地廣場的莊嚴非常不相符，所以他被這種想法嚇了一跳。

「只是……這只是因為一個孩子。」

「一個孩子？」

「是的。」

「確切的情況我不清楚，」他不情願地繼續說道，「當然了，它有各種各樣的版本，但是我相信，大約在三十年前，有個叫作威廉的人買下這棟十九號房子。關於他這個人的背景，人們一無所知。他沒有僕人，也沒朋友，白天他很少出去。他有個孩子，那是一個小男孩。搬到那裡大約兩個月後，他就到倫敦去了，從此以後，他很少出現在這個教區裡，直到他被人認了出來。他牽扯到一些案件，是個被警方『追捕』的逃犯；事實是怎麼樣我也不知道，但是絕對很嚴重，因為和被捕入獄相衡之下，他選擇了自殺。而那個孩子還住在那裡，一個人孤零零地住在那棟房子裡。他還有點存糧，可以支撐一段時間，他天天等待爸爸的歸來。非常不幸地，他時時刻刻都謹記父親的吩咐，絕對不可以離開房子，也不可以和別人說話。他是個虛弱多病的小傢伙，而且從來不會反抗命令。到了晚上，還不知道他爸爸已經離開的鄰居們，經常聽到他一個人在空寂可怕的房間裡哭泣。」

拉迪斯先生停了一會兒。

「而且……呃……最後，這個孩子餓死了。」他用那種宣告天就要下雨的口吻把故事說完了。

「這麼說來，在這棟房子裡出沒的就是這個孩子的鬼魂了？」藍卡斯特太太問道。

「說真的，根本沒有發生過這種事，」拉迪斯先生趕緊向她保證。「什麼也沒出現過，沒有誰看見什麼，只是有人這麼說說而已。當然啦，這太荒謬了，但是他們說他們真的聽到……那個孩子……在哭泣。」

藍卡斯特太太朝著正前方走去。

「我非常喜歡這棟房子，」她說道，「售價我也很滿意。我考慮一下再給你答覆。」

§

「爸爸，這裡看起來真的很賞心悅目啊，不是嗎？」

藍卡斯特太太用讚許的眼光視察著她的新領地。華麗的地毯、打磨得嶄新發亮的家具，還有各種各樣裝飾用的小玩意，把十九號房子的陰暗都一掃而光。

她正朝著一個瘦弱的老人說話。老人的腰有點彎，雙肩略微傾斜，一張臉高雅而神祕。溫伯恩先生和他的女兒一點都不像。事實上，卓越實幹的女兒和喜歡幻想的父親，這之間的落差簡直是大到無法想像。

「是的，」他微笑著回答道，「沒有人會想像得出來這房子是棟鬼屋。」

「爸爸，不要胡說！今天我們才剛搬進來耶。」

溫伯恩先生笑了。

「好吧，親愛的，我們同意鬼神是不存在的。」

「還有，」藍卡斯特太太繼續說道，「請你不要在傑佛瑞面前說這些話，他太喜歡幻想了。」

傑佛瑞是藍卡斯特太太的小男孩。這個家庭由溫伯恩先生、他的寡婦女兒和傑佛瑞所組成。

天開始下雨了，雨點敲打在窗戶上……劈啪，劈啪。

「你聽，」溫伯恩先生說道，「那像不像輕盈的腳步聲？」

「更像是雨聲。」藍卡斯特太太微笑說道。

「但那真的是腳步聲耶。」她的父親叫道，並彎腰去聆聽。

藍卡斯特太太爽朗地笑起來。

溫伯恩先生只好也笑了。他們在客廳裡喝茶，他背對樓梯坐著，現在他把椅子轉過來，面朝樓梯望過去。

小傑佛瑞正走下來，走得非常緩慢而且安靜，帶著孩子那種對陌生環境感到惶恐的特有表情。橡木做的樓梯剛上過漆，還沒鋪上地毯。他走了過來，站在母親旁邊。溫伯恩先生微微吃了一驚，當孩子走過地板的時候，他清楚聽到樓梯上有另一串腳步聲，似乎有人跟著傑佛瑞。那是一種拖曳且非常輕微的腳步聲。然而，他半信半疑地聳聳肩。

「雨聲，絕對是雨聲。」他心中暗忖。

「我正在找鬆餅。」傑佛瑞說道。

他的口吻就像是指出一個有趣的事實卻又超然客觀。

他的母親趕緊把話題接過來。

「嗯，乖孩子，你覺得新房子怎麼樣？」她問道。

「很大，」傑佛瑞嘴裡塞滿東西地回答道，「很多，很多，很多。」

最後的字眼顯然表達了他最深邃的滿足，然後他陷入安靜中，好像只關心鬆餅是不是會被移走。

吞下最後一大口後，他突然開始滔滔不絕起來。

「噢，媽媽，珍妮說這裡還有閣樓呢。我可以去那裡探險嗎？那裡絕對有個密室，珍妮說那裡沒有，但是我認為一定有，而且不管怎樣，我知道，那裡肯定會有管子，比如說是水管（他滿臉出神忘我的表情），我可以把玩它們。還有，噢，我可以去看看鍋……鍋爐嗎？」

他把最後一個字的音拉得長長的，一臉盡是狂喜，以至於他的祖父都對他這種孩童般的無比開心感到羞恥。溫伯恩先生腦海裡浮現出一幅畫面：熱水不熱了，還有一大疊沉甸甸的帳單要付給管道工人。

「明天再看吧，親愛的，」藍卡斯特太太說道，「想像一下用你的磚頭建造了一棟非常漂亮的建築物，或是一台發動機。」

「我不要造『盤子』。」

「是房子。」

「房子，我也不要造『挖動機』。」

「那就造一個鍋爐吧。」他的祖父建議道。

傑佛瑞看起來很高興。

「用管子來造嗎？」

「是的，用一大堆管子。」

傑佛瑞開心地跑出去搬他的磚頭。

雨還繼續下著，溫伯恩先生在聆聽。是的，他聽到的一定是雨點聲，但那還真像是腳步聲呢。

那天晚上，他做了一個奇怪的夢。

他夢到自己走過一個教區，在他看來，那個教區似乎是個很大的城市。然而，那是一個孩子們的城市，那裡沒有成年人，除了孩子什麼也沒有，只有孩子，一群群的孩子。在夢裡，那些孩子衝到這個陌生人面前叫道：「你把他帶來了嗎？」看來他似乎明白他們要的是什麼，他悲傷地搖搖頭，這時候孩子們轉身跑開了，他們開始哭泣，非常悲苦地抽泣著。

城市和孩子們漸漸模糊了，他醒了過來，發現自己正躺在床上，但哭泣聲仍在耳邊迴盪，儘管他已經完全清醒了，仍然能夠清楚聽到那些哭聲。他記得傑佛瑞是睡在下面那層樓，但那些孩子的哭聲卻是從上面傳下來的。他坐了起來，劃亮一根火柴，哭泣聲馬上停止了。

溫伯恩先生並沒有把他的夢境和結局告訴女兒。他堅信那不是他的幻想在開玩笑，事實上過沒多久，他又在白天裡聽到那種哭聲，好像是風刮進了煙囪，但這不是風聲啊，而是清清楚楚的哭泣聲，他不會聽錯的，那是令人同情而且心碎的哭泣聲。

同時他還發現，他不是唯一聽到這種哭聲的人。他無意中聽到女僕對客廳僕人說，她覺得保母對小少爺一定不好，因為那天早上她聽到小少爺在低聲哭泣。

可是，傑佛瑞走下來吃早飯和午飯時，神情是那麼開朗明亮。溫伯恩先生知道那不是傑佛瑞在哭泣，那些哭泣聲是那個不止一次用拖曳的腳步聲使他吃驚的孩子所發出來的。

只有藍卡斯特太太一個人什麼也沒聽到，她的耳朵或許不適合接收另一個世界的聲音。

但是有一天，她也被嚇了一跳。

「媽媽，」傑佛瑞悲哀地說道，「我希望你可以同意我和那個小男孩一起玩。」

藍卡斯特太太從寫字檯上抬起頭來，微笑地看著他。

「親愛的，什麼小男孩？」

「我不知道他的名字，他住在閣樓裡，就坐在地板上哭泣，但他看到我的時候就跑開了。我猜他很害羞（帶著一點自豪和滿足的神態），他看起來不是很強壯。後來我在育兒室玩的時候，發現他站在門口看著我蓋東西，他看起來好寂寞哦，他似乎很希望和我一起玩。我就說：『來吧，我們一起建造一個「挖動機」吧。』但他什麼也不說，只是看著我，那神情就像是……就像是盯著一大堆爸爸不許他碰的巧克力一樣。」傑佛瑞嘆了口氣，顯然他已經對那個小男孩動了悲憫之心。「但是，當我問珍妮那個小男孩是誰、並且告訴她我希望和他一起玩的時候，她說這棟房子沒有別的小男孩，她要我別再講那些淘氣的笑話了。我一點也不喜歡珍妮。」

藍卡斯特太太站了起來。

「珍妮說得對，這裡沒有別的小男孩。」

「但是，我真的看見他了。噢！媽媽，讓我和他一起玩吧，他看起來真的非常寂寞，非常不開心。我真的希望可以做些什麼事讓他開心點。」

藍卡斯特太太正準備說話，但是她的父親搖頭制止了她。

「傑佛瑞，」他非常溫柔地說道，「那個可憐的小男孩很寂寞，或許你可以安慰他，但是要怎樣做，你必須自己想辦法，就像猜謎一樣，你明白嗎？」

「那是因為我比較強壯嗎？我只能自己一個人想法子嗎？」

「是的，因為你比較強壯。」

孩子離開房間之後，藍卡斯特太太忍無可忍地轉向她父親。

「爸爸，你太荒謬了，居然鼓勵一個孩子去相信那些僕人的閒言閒語！」

「僕人沒對孩子說過什麼閒言閒語。」老人溫和地說道，「他已經看到了……而且我也聽到了，如果我和他年齡一樣，我也會看到。」

「胡說八道！為什麼我就看不見也聽不到？」

溫伯恩先生笑了，他的笑容疲倦得有點反常，但是他沒有回答女兒的問題。

「為什麼？」他的女兒繼續問道，為什麼你要告訴他可以幫助這個……這個……小傢伙。這……這根本就不可能嘛。」

老人用沉思的眼光看著她。

「為什麼不可能呢？」他說道，「你還記得那些歌詞嗎？」

在黑暗中，是什麼樣的燈被賦予了天命，
去引導那些蹣跚摸索的孩子？

「盲人的領悟力。」上帝回答道。

「傑佛瑞就有這種……盲人的領悟力。每個孩子都有這種能力，只有當我們長大以後才會喪失。我們自己拋棄了這種能力。有時候，當我們很老很老了，回光返照也會重新點燃我們身上這種能力，但是，這盞燈在孩提時代燃燒得最亮。這就是為什麼我認為傑佛瑞可能會幫得上忙。」

「我不懂。」藍卡斯特太太無力地喃喃道。

「我也不懂。那個……那個孩子遇到了麻煩，他希望……希望得到解脫。但是怎樣才能得到解脫呢？我也不知道，但是……想起來真是可怕，他的哭聲是打從心裡哭出來的……那個孩子。」

§

這次談話後過了一個月，傑佛瑞罹患一場大病。那時候東風刮得非常猛烈，況且他也不是一個非常強壯的孩子。醫生搖著頭說孩子的病情已經非常嚴重，溫伯恩先生心裡更是明白希望已經很渺茫了。

「不管怎麼樣，這個孩子活不了多久。」醫生又補充道。

「很久以來，他一直患有嚴重的肺病。」

看護傑佛瑞的時候，藍卡斯特太太慢慢可以感覺到……有別的孩子存在。剛開始，那些哭泣聲和風聲還不太能分得清楚，但是漸漸地，它們愈來愈清晰，也愈來愈不容置疑。到了最後，藍卡斯特太太在死一般的寂靜中也聽到了：那是一個孩子的哭泣聲……陰霾，無望，令人心碎。

傑佛瑞的狀況愈來愈糟糕了，在昏迷的時候，他一次又一次地對那個孩子訴說。

「我真的希望可以幫助你離開這裡，我真的這麼希望！」他叫道。

昏迷過後，傑佛瑞就陷入沉睡。他非常平靜地躺著，呼吸沉重，似乎已經毫無知覺了。除了耐心等待和密切注視之外，什麼也不能做。接下來的某個平靜夜晚，空氣清新且寧靜，一絲風也沒吹來。

孩子突然驚醒了。他睜開眼睛，掠過他母親朝門口望去。他試圖說些什麼，母親彎下腰聽他喃喃低語。

「好的，我就來。」他小聲說道，接著又昏睡過去。

母親感到無比恐懼，她穿過房間跑去找她父親。在他們身旁的某個地方，有個孩子在大聲笑著，而且笑得非常開心滿足。銀鈴般的得意笑聲在房間裡迴盪。

「我好害怕，我好害怕。」她呻吟道。

他伸手抱住她。突然一陣狂風刮來，讓他們兩人都嚇了一跳，但是狂風過後，又是剛才那種死一般的寧靜。

笑聲停止了，一陣微弱的聲音慢慢向他們靠近。原本是微弱得幾乎聽不到，但是那聲音愈來愈響亮，直到他們可以清楚分辨出來。那是腳步聲……輕微而緩慢的腳步聲。

劈啪，劈啪，它們走了……是那種他們相當熟悉的拖曳拉長的腳步聲。然而——絕對沒錯——突然又有另一個腳步聲加了進來，它走得又迅速又輕快。

接下來，它們用一致的步伐一起朝門口走去。

往下走，往下走，再往下走，經過了門口，關上了門，劈啪，劈啪，看不見的孩子腳步聲一起往前走。

藍卡斯特太太瘋狂而絕望地聽著。

「他們是兩個人……是兩個人！」

她的臉色由於恐懼而變得慘白。她朝著角落裡的嬰兒床撲去，但是她父親溫柔地阻止她，並且指著遠方。

「在那裡。」他簡單地說。

劈啪，劈啪……聲音愈來愈微弱、愈來愈模糊。

最後便是……無聲無息的寂靜。

06

無線電

The Hound of Death

「首先，要盡量避免憂慮和興奮。」梅內爾醫生以專業上慣用的口吻安慰道。

哈特太太對這種毫無意義的安慰話已經聽膩了，所以聽了梅內爾醫生的建議後，她非但沒感到放鬆，反而還很懷疑。

「你的心臟有點弱，」醫生口若懸河地繼續說道，「但是不必驚慌，我可以向你保證。同時呢，」他又補充道：「你最好安裝一台升降器，你看如何？」

哈特太太看起來憂心忡忡。

相反地，梅內爾醫生看起來很高興。他喜歡幫有錢人看病，討厭替窮人看病，原因就在於幫有錢人看病做診斷時，他可以盡情發揮自己的想像力。

「是的，裝一台升降器，」梅內爾醫生說道，並試圖想像出別的東西——可以升得更快，也降得更快。「這樣我們就可以避免過度操勞。在晴朗的日子裡，你可以做一些適度的運動，但是盡量別爬山。而且最重要的是，」他開心地加上一句：「你的精神要完全保持放鬆，不要對你的健康過於憂慮。」

面對這位老夫人的外甥查爾斯・李奇偉，醫生就說得更加詳細了。

「請不要誤解，」他說道，「你舅媽還能活上一年的時間呢，這是很有可能的。但是，刺激或過度操勞都會使病情惡化，就像這次這樣！」他彈著手指頭。「她必須過一種絕對安靜的生活，沒有操勞，沒有疲倦。而且當然啦，她絕對不能再憂愁沮喪了，她必須在精神上保持開心。還有，就是絕對不能再想那麼多了。」

「不能想那麼多了。」查爾斯・李奇偉若有所思地說道。

查爾斯是個喜歡思索的年輕人，也是個不管在任何情況下都相信自己看法的年輕人。

那天晚上，他建議舅媽安裝一台無線電收音機。

哈特太太一直都誓死抗拒裝升降器的念頭，對於收音機呢，她當然也是心煩而且排斥。查爾斯興致勃勃地想要說服她。

「你知道，我不喜歡這些新玩意兒。」哈特太太可憐地說道，「那些電波，你知道的……那些電波，它們會影響我。」

查爾斯用一種優越又溫和的方式指出她誤解了。

哈特太太對這些事物幾乎一無所知，但是她對於自己的觀點非常固執，所以她半信半疑地聽著外甥的看法。

「所有的電器產品，」她膽小地嘟囔著，「你都可以去喜歡它，查爾斯。但有些人真的會受到電子的影響。每當打雷閃電時，我就頭痛得要命，我知道它們對我有負面影響。」

她耀武揚威地搖著頭。

查爾斯是個很有耐心的年輕人，他同樣也很固執。

「親愛的瑪麗舅媽，」他說道，「讓我為你解釋一番吧。」

在電器這方面，他多少可以算是一位專家。他對這個主題發表了一篇新的演說，並挖空心思講解了白熾燈絲電子管、灰白燈絲電子管，還解釋了高頻率和低頻率、倍率和蓄電器的功能。

哈特太太淹沒在她無法理解的語言大海中，只好投降屈服了。

「當然了，查爾斯，」她嘟囔著，「如果你真的認為……」

「親愛的瑪麗舅媽，」查爾斯熱情地說道，「它正是你需要的東西，它可以使你從鬱悶的心情中解脫出來。」

梅內爾醫生指定的升降器很快就安裝好了，而這時候離哈特太太的死期也不遠了，因為就像大多數的老太太一樣，對於房子裡出現了陌生男人，哈特太太有一種根深柢固的反感，她覺得這些人都是衝著她財產而來。

升降器裝好之後，無線電收音機也送來了。哈特太太被迫面對這個對她來說只有反感的東西——一個巨大而醜陋的盒子，全身布滿了各種各樣的開關。

查爾斯使出渾身解數要來說服哈特太太接受它。

查爾斯一邊得心應手地打開那些開關，一邊口若懸河地發表演說。

哈特太太坐在她那張高背椅子上，耐心又有禮貌地聽著，但是在內心中，她根深柢固地堅信那些新玩意無論如何絕對不是什麼好東西。

「聽我說，瑪麗舅媽，現在我們在柏林，真是了不起吧？你聽到那個傢伙在說話了嗎？」

「除了一大堆嗡嗡聲之外，我什麼也沒聽見。」哈特太太說道。

查爾斯繼續扭動那些開關。

「這裡是布魯塞爾。」他熱心地宣布。

「真的嗎？」哈特太太問道，稍微產生了些許興趣。

查爾斯再一次扭動開關，一種不像是地面上的聲音在房間裡頭迴盪起來。

「現在我們好像在狗屋裡面。」哈特太太說道。

這時的她，變得像是對新事物感興趣的老婦女。

「哈，哈！」查爾斯說道，「你也會開玩笑了，對吧，瑪麗舅媽？這樣真是太棒了。」

哈特太太忍不住對他笑了。她非常喜歡查爾斯。好些年來，她的一個姪女蜜莉安・哈特一直和她同住，她很希望這位小姐可以成為她的繼承人，但是未能如願以償。蜜莉安很沒有耐心，並且非常厭煩她伯母的社交圈。她經常出去，哈特太太稱之為「到處閒逛」。最後她和一位年輕人訂了婚，但是她伯母對這位年輕人非常不滿。結果蜜莉安・哈特帶著一封簡短的信箋回到她母親那邊，就像是被退貨似的。她和那位年輕人結了婚。每逢耶誕節的時候，哈特太太會寄個手絹盒之類的東西給她。

對姪女失望之後，哈特太太把注意力轉向了外甥。一開始，查爾斯是無法成為繼承人的。但他總是帶著最高敬意來對待他的舅媽，而且當他舅媽描述自己年輕時候的故事時，他永遠是一副很感興趣的樣子。在這方面，他和蜜莉安完全相反，蜜莉安很坦率地對這些往事表示厭煩，而查爾斯卻從不覺得無趣，而且他的脾氣向來很好，總是開開心心地過日子。每天他會不斷地告訴舅媽她是最了不起的老太太。

對於新相中的人選非常滿意後，哈特太太就寫信給她的律師，並表示要重新立遺囑。遺囑必須寄還給她，而且要確實得到她的同意和簽名才算數。而現在呢，甚至是在無線電收音機這件事上面，查爾斯也很快證明了他值得贏取那個新繼承人的桂冠。

剛開始，哈特太太的態度相當敵對，接著變得稍微容忍了些，到了最後，她卻是完全著迷了。查爾斯不在家的時候，她聽著收音機更覺得其樂無窮。麻煩的是，查爾斯不能不管這件事。哈特太太舒舒服服地坐在她那張高背椅子上，聆聽著交響音樂會，或是有關魯克蕾齊亞·波吉亞[5]以及池塘生物的演講。她沉浸在那個世界裡，又開心又安詳。查爾斯卻不是這樣。當他熱心地試圖轉到另一個外國電台時，這種和諧就會被刺耳的尖叫聲打亂。不過，在查爾斯外出和朋友一起吃飯的晚上，哈特太太就變得非常高興地收聽無線電收音機。她自己學會了打開兩個開關，坐在她的高背椅子上收聽晚上的節目。

無線電收音機安裝後的三個月，首度發生了一件陰森的事情。那天查爾斯不在，他去參加一個婚禮晚會。

那天晚上的廣播節目是芭蕾音樂會，一位非常有名的女高音正在唱〈安妮·蘿莉〉[6]。就在唱到一半的時候，那件奇怪的事情發生了。音樂聲突然被打斷，停了一會兒後，收音機開始嗡嗡亂響，又持續了一會兒後，那些嘈雜聲漸漸消失，變得毫無聲息一片死寂，然後傳來一個非常低沉的嗡嗡聲。

哈特太太沒弄懂怎麼回事，她的第一個感覺是：那台收音機好像跑到某個很遠的地方去了。這時候傳來一個可以清楚分辨的男人聲音，口音稍微帶點愛爾蘭腔。

「瑪麗……你聽到我說話了嗎，瑪麗？我是派屈克……我很快就來找你了。你要準備好，可以嗎，瑪麗？」

話音幾乎是剛停，〈安妮．蘿莉〉的旋律馬上又在房間裡迴盪。哈特太太僵直地坐在椅子上，用力抓住椅子扶手。難道她是在作夢嗎？派屈克！是派屈克的聲音！剛才在這屋子裡講話的是派屈克，他在對她說話。不，這一定是在作夢，或許是產生幻聽了。剛才那一兩分鐘內，她絕對是不知不覺睡著了，並且做了一個奇怪的夢，夢到……夢到她已故的丈夫在另一個世界對她說話。她有點害怕了。他說了些什麼話？

「我很快就來找你了，瑪麗。你要準備好，可以嗎？」

就是這幾句話。這是個預兆嗎？她的心臟衰弱。畢竟她已經病了很多年。

「這是個警告……是警告。」哈特太太一邊說，一邊緩慢而痛苦地從椅子上站了起來，並特意補充了一句：「所有的錢都浪費在這台升降器！」

5 魯克蕾齊亞．波吉亞（Lucrezia Borgia, 1480-1519），教皇亞歷山大六世的私生女，以大力贊助文藝復興時期的文化活動而聞名，但不幸在二十六歲過世。

6 〈安妮．蘿莉〉（Annie Laurie），蘇格蘭民謠。

她沒有把這段經歷告訴任何人，但是往後的一兩天裡，她都在獨自思索，因而有點魂不守舍。

後來，這種奇怪的事情又出現第二次。她又是一個人待在房間裡，無線電收音機在播放一段管弦樂章。還是和上次一樣，樂聲突然中斷了，接著又是一片死寂，依舊是那種遙遠的感覺，最後傳來派屈克那毫無生氣的聲音……但是那聲音有點做作，遠遠聽來有種不自然的異樣。

「派屈克在對你說話，瑪麗。我馬上就來找你了……」

然後是喀嚓和嗡嗡聲，最後管弦樂章又飄蕩迴旋起來。

哈特太太瞄了一眼鬧鐘，不會的，這個時間她不會睡覺的，她很清醒，所有的身體機能都很健全。她聽到派屈克的聲音在說話。這不是幻聽，她確信自己聽到聲音了。她試圖回想查爾斯對她解釋過的以太電波原理。

真的是派屈克對她說話了嗎？他的聲音真的穿透時空飄蕩而來？世上真的存在那種迷失的波長之類的東西？她記得查爾斯提過「刻度的空隙」。或許，這種迷失的電波解釋了所謂心理學上的現象？不，從本質上來講，這種觀點不是不可能。派屈克對她說了話，他利用現代科學去提醒她為即將發生的事情做準備。

哈特太太搖鈴呼叫她的貼身女僕伊麗莎白。

伊麗莎白是個六十來歲、高高瘦瘦的女人，在不屈不撓的外表下，她對自己的女主人充滿無限的同情和溫柔。

「伊麗莎白，」忠實的隨從來了之後，哈特太太吩咐道，「你還記得我告訴你的話嗎？在我衣櫥左上方的抽屜裡——抽屜上鎖了，開鎖要用那把有白色標誌的長鑰匙——那裡面什麼東西都準備好了。」

「準備什麼，夫人？」

「為我葬禮而做的準備，」哈特太太吸著鼻子說道，「你非常清楚我在說什麼，伊麗莎白。就是你，幫我把那些東西放到裡面。」

伊麗莎白的臉色開始變得很難看。

「噢，夫人，」她哭泣道，「不要那樣，我覺得你比以前好多了。」

「總有一天我們都是要走的，」哈特太太很實際地說道，「我已經活了七十歲，伊麗莎白。你瞧，別傻了，如果你一定要哭，去別的地方哭。」

伊麗莎白吸著鼻子退了下去。

哈特太太滿懷深情地看著她退下去的身影。

「真是個傻瓜，但是很忠心，」她說道，「非常忠心。讓我想想，我留給她的是一百英鎊還是五十英鎊？應該留給她一百，她跟著我也有好一段時間了。」

這個想法一直困擾著這位老夫人。第二天她坐下來寫信給律師，問他是否可以把她的遺囑寄給她，以便她可以再考慮考慮。就在同一天吃午飯的時候，查爾斯說了一些事情讓她嚇一跳。

「對了，瑪麗舅媽，」他說道，「那個備用的房間裡頭，有個滑稽的老傢伙，他是誰？我指的是壁爐架上的那張照片，就是那個留著落腮鬍的老傢伙。」

哈特太太嚴肅地看了他一眼。

「那是你派屈克舅舅年輕時候的照片。」

「噢，我是說，瑪麗舅媽，我很抱歉，我不該那麼粗魯。」

哈特太太威嚴地點了頭，接受了他的道歉。

查爾斯含糊地繼續說道：「我只是懷疑，你知道……」

他有點猶豫地停了下來。哈特太太尖聲說道：「什麼？你打算要說什麼？」

「沒什麼，」查爾斯急忙說道，「我的意思是，沒什麼重要的事。」

老夫人暫且不提，但是那天之後當他們又碰在一起時，她再次提起這個話題。

「我希望你可以告訴我，查爾斯，為何要問起你舅舅照片的事？」

查爾斯困窘不安地說道：「我跟你說，瑪麗舅媽，這不是什麼重要的事，只不過是我的幻覺……非常荒謬的幻覺。」

「查爾斯，」哈特太太用最蠻橫的聲音說道，「我堅持要知道是什麼事。」

「好吧，親愛的舅媽，如果你真的想知道的話。我以為自己看見他了……看見照片上那個男人。我是說……昨天晚上，當我走進汽車時，他正從最後一扇窗戶往外注視著。我想，那可能是光線造成的結果。我一直在想這個人究竟是誰，那張臉看起來年紀是那麼老……就像是維多利亞早期的模樣，如果你懂我在說什麼的話。但是，伊麗莎白說那個房間沒有人，也沒有任何客人或者陌生人來過。後來晚上我碰巧走進那間備用房間，壁爐上面正掛著那張照片。我的天啊，還真是像極了！不過，我的疑慮很容易就可以解釋，這是真的，我希望那是潛意識之類的東西。以前我一定注意過這張照片，但是沒有意識到它已經深深埋在我的潛意識裡頭，所以之後我就在窗戶上幻想看到那張臉。」

「是最後一扇窗戶？」哈特太太尖聲問道。

「是的，怎麼了？」

「沒什麼。」哈特太太說道。

她嚇了一跳，那個房間正是她丈夫的更衣室。

同一天晚上，查爾斯又不在家，哈特太太帶著狂熱的耐性坐在那兒聽收音機。如果她還能第三次聽到那古怪的聲音，那她就可以證明自己真的和另一個世界聯繫上了。

儘管她的心跳加速，音樂聲同樣又中斷了，但她一點也不覺得奇怪，和前兩次一樣，先是死一般的寂靜，接著就是那個略帶愛爾蘭腔的聲音，彷彿從遠處飄渺而來。

「瑪麗，現在你要準備了……星期五我就來接你……星期五晚上九點半……不要害怕……不會有任何痛苦的……準備好了……」

最後一個字剛說完，那個聲音馬上就消失了，管弦樂重新出現，樂章的演出既吵鬧又雜亂。

哈特太太靜靜坐了一兩分鐘，她的臉色蒼白，嘴唇也變成青紫色，還不停地顫抖。她很快站了起來，在寫字檯旁邊坐下，顫抖的手寫下以下的內容：

今天晚上九點十五分，我清楚聽到已故丈夫的聲音。他宣稱自己將在星期五晚上九點半來接我。如果我在那天那個時間去世的話，我希望這個事實能公諸於世，以證明人類可以和另一個鬼魂世界聯繫。

瑪麗・哈特

哈特太太讀了一遍自己寫的東西，接著把它裝進信封裡並寫上地址，然後搖了鈴。伊麗莎白幾乎馬上就過來了。哈特太太從桌子旁站起來，把剛才寫的信交給老僕人。

「伊麗莎白，」她說道，「如果星期五晚上我去世的話，我希望這封信可以交到梅內爾醫生手中。不……」伊麗莎白還來不及表示反對就被打斷。「不要跟我爭辯。你經常告訴我你相信預感，現在我就有這種預感。還有一件事，在遺囑裡，我留了五十英鎊給你，但我希望你可以得到一百英鎊。如果在去世之前我來不及去銀行一趟，查爾斯先生會替我處理。」

像往常一樣，哈特太太打斷了伊麗莎白含淚的反對。為了履行她的決定，第二天早上這位老婦人和她外甥提了這件事。

「記住，查爾斯，如果有什麼事情發生在我身上，伊麗莎白要得到她額外的五十英鎊。」

「這些日子以來，你的臉色非常鬱悶，瑪麗舅媽。」查爾斯興高采烈地問道：「發生了什麼事？梅內爾醫生說大概二十年後，我們就要慶祝你的百歲生日了！」

哈特太太感動地對他笑了笑，但是什麼也沒說。一兩分鐘後，她說道：「星期五晚上，你有安排什麼計畫嗎，查爾斯？」

查爾斯看起來有點吃驚。

「尤恩夫婦邀請我去打橋牌，但是如果你希望我留在家裡的話，我願意……」

「不，」哈特太太堅定地說道，「不用這樣，我的意思是不要為我改變計畫，查爾斯。其他時候的晚上你都可以待在家裡，但是那天晚上我希望自己一個人獨處。」

查爾斯奇怪地看著她，但是哈特太太沒有再說什麼。她是個果決的老太太，她決定要單獨完成她奇怪的經歷。

星期五晚上，這棟房子非常安靜。像往常那樣，哈特太太坐在火爐旁邊的高背椅上。所有的準備都安排好了，那天早上她去了銀行，提出了五十英鎊，並且不管伊麗莎白淚汪汪的反對，逕自把錢交給了她。她整理並安排好所有的個人積蓄，在一兩件珠寶上面貼好了標籤，指明是要留給某些親戚朋友。她還寫了一張指示單給查爾斯，伍斯特郡茶具留給外甥女伊莉莎．馬歇爾，塞爾夫陶罐留給小威廉等等。

看著握在手中的那校長信封，她從中抽出一張摺疊好的文件。這是她的遺囑，是霍普森先生根據她的指示寄來給她的。她已經仔細讀過了，但是現在，她又仔細地讀了一遍，加以核對一下。那是一份簡短明瞭的文件：五十英鎊留給伊麗莎白，以作為這些年來對她忠實服務的酬謝。她的一個姐姐和一個大外甥各得五百英鎊，剩下的就都留給她最疼愛的外甥查爾斯了。

哈特太太點了點頭。在她死後，查爾斯將成為一個非常有錢的人。嗯，在她看來，他是一個非常好的孩子，一直都那麼熱情，那麼富於同情心，而且還有一張很能逗她開心的甜蜜嘴巴。

她看了一下鬧鐘，差三分鐘就到九點半了。她已經準備好了，她的心情很平靜，非常平靜。儘管她對自己重複著平靜那幾個字，但她的心還是怦怦怦猛跳。她幾乎沒有意識到自己的臉繃得很緊，那樣子簡直可以說是緊張過度了。

九點半了，收音機已經打開。她會聽到什麼呢？一個熟悉的聲音在預告天氣狀況，還是一個死於二十年前來自遙遠的男人聲音？

但是她什麼都沒聽到，反而傳來一個熟悉的聲音。這個聲音她非常熟悉，然而今天晚上聽起來，卻讓她覺得好像有一隻冰冷的手重重壓在她的心臟上面。門外傳來一陣窸窣摸索聲……

那聲音又來了。接著好像有一陣冷風穿過了房間，哈特太太現在毫不懷疑她的感覺了，她害怕……非常害怕……她恐懼得要命……

突然間她想到：二十五年是一段很長的時間，現在對我來說，派屈克已經變成一個陌生人了。

可怕！現在她感覺到的只是可怕。

門外傳來一陣輕柔的腳步聲——輕輕柔柔、卻又猶豫不決的腳步聲。緊接著，門搖晃起來，靜靜地打開了……

哈特太太蹣跚地移動腳步，她的眼睛直盯著門口，某樣東西從她手指中滑出，直朝窗格子飛去。

她從喉嚨裡發出一聲死亡的尖叫。在門口陰暗的光線中，站著一個熟悉的身影，他留著落腮鬍，穿著古老的維多利亞時期外套。

派屈克來接她了！

她的心臟恐懼地跳動，接著停止了。她滑落到地上，身體蜷成了一團。

§

一小時後，伊麗莎白發現了她。

梅內爾醫生馬上被叫來，查爾斯也趕緊從牌局中趕回去，但是已經回天乏術了，哈特太太沒有嘗受任何痛苦就死了。

直到兩天後，伊麗莎白才想起女主人交託給她的信。梅內爾醫生帶著極大的興趣閱讀它，並遞給查爾斯看。

「奇怪的巧合，」他說道，「顯然你舅媽產生了對她已故丈夫的幻聽，她一定是興奮得不得了，而且這種興奮正是最致命的傷害，因此就在那一刻到來時，她受到刺激而去世了。」

「這是一種自我……暗示？」查爾斯問道。

「差不多吧。我會盡可能讓你知道驗屍的結果，雖然我對驗屍報告一點也不會懷疑。」在這種情況下，進行驗屍是合理的程序，儘管那只是一種處理屍體的形式。

查爾斯了解地點點頭。

第二天晚上，當全家人都上床後，他從收音機座架後面取下一些電線，放到他臥室的地板上。由於這天晚上氣溫寒冷，他叫伊麗莎白在他房裡生了火。他把栗色的鬍子扔到火爐裡燒掉，那些屬於他已故舅舅的維多利亞時期衣服，則放回閣樓那滿是樟腦丸味道的櫥子裡。

就目前情況來看，他的處境非常安全。當梅內爾醫生跟他說如果舅媽照顧得當，或許還能多活好幾年時，他的腦海裡就首次隱隱約約想出這個計畫，而現在呢，這個計畫已經完美地執行了。一個突如其來的刺激，梅內爾醫生是這樣說的。而查爾斯這位富有同情心的年輕人、深受老夫人喜愛的外甥，打從心裡笑了出來。

醫生離開後，查爾斯無意識地著手他的份內工作。葬禮已經安排好了，親戚們會從遠方搭車而來。要對他們保持警戒，其中一兩個人或許還會留下來過夜。查爾斯非常有效率、而且井然有序地把這些事務安排妥當，一切發展都符合他腦袋中的構思。

幹得真漂亮！悲傷是他們家的事。沒有任何人——尤其是他死去的舅媽——知道查爾斯處於什麼樣的危險困境中。他的作為原本會讓他鋃鐺入獄，但現在已經被小心翼翼地掩蓋起來。

除非可以在短短幾個月內籌到一大筆錢，否則祕密曝光和自取滅亡都有可能在他面前發生。真好……現在什麼問題都沒了。查爾斯獨自微笑，應該感謝這個計畫……是的，這是一個很有用的玩笑，而且無須負擔任何罪名……他得救了。現在他是個非常有錢的人，他不必再擔心錢的事情了，因為哈特太太從來不隱瞞自己的意圖。

正如他所料，伊麗莎白探頭進來，告訴他霍普森先生來了，希望能見見他。

該是時候了，查爾斯暗忖。他壓下吹口哨的欲望，把自己的臉換成與現實相符的嚴肅神情，然後準備到書房去。他在那裡迎接這位嚴肅的老先生，他身為已故哈特太太的法律顧問已經有四分之一世紀之久。

應查爾斯之請，這位律師坐了下來。他乾咳一下，開始著手他的業務問題。

「我不太明白你信中的意思，李奇偉先生。看來，你似乎認為已故哈特太太的遺囑是由我們來保管。」

查爾斯瞪著他。

「不是這樣嗎？我確實聽我舅媽這樣說過。」

「噢，是的，本來是由我們保管。」

「本來？」

「我要說的是，哈特太太寫信給我們，她要求我們在上星期二把遺囑寄給她。」

一種不自然的感覺襲上查爾斯心頭，他感到一種來自遠方的不悅預感。

「毫無疑問地，我們會在她的文件中把遺囑找出來。」律師繼續平穩地說道。

查爾斯沒說什麼，他不敢相信自己的感覺。他已經把哈特太太所有的文件非常徹底地整理了一遍，而且非常確定那裡面沒有任何遺囑。過了一兩分鐘，當他重新調整自己的狀況後，把這些情況照實告訴了律師。他覺得自己說話的聲音非常不自然，就像有冰冷的水珠滴落在脊背上一樣。

「有沒有別人整理過她的個人財物？」律師問道。

查爾斯回答她的女僕伊麗莎白曾經整理過。按照霍普森先生的建議，他派人把伊麗莎白請來。她很快就過來了，一臉不屈不撓的神情，身軀站得筆直，並回答他的問題。

她已經整理了女主人所有的衣服和個人財物，她確定那裡面沒有任何遺囑之類的法律文件。她知道遺囑長什麼樣子……就在去世的那天早上，她的女主人一直把它拿在手裡。

「你確定嗎？」律師尖銳地問道。

「是的，先生。她是這樣告訴我的，而且還說她留了五十英鎊給我。遺囑是裝在一枚藍色的長信封裡面。」

「沒錯。」霍普森先生說道。

「我想起來了，」伊麗莎白繼續說道，「第二天早上，餐桌上有一份一模一樣的信封，但信封裡面是空的，所以我把它放到書桌上了。」

「我記得我在那裡也看到它。」查爾斯說道。

他站起來往書桌走去。一兩分鐘後，他手裡拿著一枚信封回來，並把它遞給霍普森先生。霍普森先生檢查了信封之後，點了點頭。

「星期二那天，我就是用這個信封裝好遺囑快遞給她。」

兩個男人一起用嚴厲的眼光盯著伊麗莎白。

「還有什麼問題嗎，先生？」她謙恭地問道。

「現在還沒有，謝謝。」

伊麗莎白向門口走去。

「等一下，」律師喊住她又問道：「那天晚上，壁爐有沒有生火？」

「有的，先生，那裡一直生著火。」

「謝謝，沒事了。」

伊麗莎白走了出去，查爾斯的身體向前傾斜，手顫抖地支撐在桌子上。

「你在想什麼？有什麼結論嗎？」

霍普森先生搖搖頭。

「我們必須平靜地等待遺囑重新出現，如果它不是……」

「什麼，如果不是什麼？」

「恐怕只有一種可能。你舅媽要求我把遺囑寄給她的目的，就是要毀掉它。伊麗莎白不會因此而有所損失，因為你舅媽用現金的形式把一部分遺產留給伊麗莎白了。」

「但這是為什麼？」查爾斯瘋狂地叫道，「為什麼？」

「你是不是……呃……和你舅媽相處得不太好，李奇偉先生？」他小聲問道。

查爾斯急喘著氣。

「沒有，真的沒有，」他激烈地叫道，「我們一向和睦相處，而且直到最後一刻都是相親相愛的呀。」

「噢。」霍普森先生說道，看也不看他。

查爾斯感到自己像是被打了一巴掌，因為律師不相信他。誰知道這位乾巴巴的老傢伙有沒有聽過什麼傳言呢？說不定有某些關於查爾斯行為的謠言傳到他的耳裡。律師當然有理由相信這些謠言也傳到哈特太太耳中，因此舅媽和外甥在這個問題上一定發生過激烈的爭執。這種想法真是再自然不過了。

但是，不是那樣的！查爾斯嘗到了他一生中最愁苦的滋味，不實的形勢居然被相信了。現在即使他說出事情的真相，也不會有人相信了。這真是莫大的諷刺！

他舅媽當然沒把遺囑燒掉！當然……

他的思緒突然停住了。他突然想起什麼事？老夫人用一隻手緊緊壓在自己心窩……有些東西滑落了……一張紙……滑落到紅熱的餘燼中……

查爾斯的臉色發青。他聽到一個嘶啞的聲音……是他自己的聲音在問道：「如果那張遺囑再也找不到了……」

「哈特太太以前的遺囑仍然有效，日期是一九二〇年九月。在那份遺囑中，哈特太太把所有的財產都留給她的姪女蜜莉安・哈特，也就是現在的蜜莉安・羅賓遜。」

這個老傻瓜在說些什麼？留給了蜜莉安？留給蜜莉安和她那沒名沒分的丈夫，還有四個擤鼻涕的小傢伙。他所有聰明才智的成果都給了蜜莉安！

電話在他手肘邊尖聲響了起來，他拿起話筒。是醫生熱情而且關切的聲音。

「是李奇偉嗎？你應該會想知道這件事。驗屍結果剛剛出來了，死因和我推測的一樣。不過事實上，她心臟的毛病比我預估的還要嚴重。即使是得到最好的治療，她最多也活不過兩個月。我想這是你希望知道的情況，但願多少能對你有所安慰。」

「對不起，」查爾斯說道，「你可以再說一遍嗎？」

「她最多也活不過兩個月了，」醫生用稍微大一點的聲音說道，「你知道的，我們已經用了最好的醫療處方，親愛的……」

查爾斯砰地把話筒放回去，他聽到律師的聲音彷彿從很遠很遠的地方傳過來。

「對不起，李奇偉先生，你生病了嗎？」

他媽的該死！那個一臉沾沾自喜的律師，那個討厭的老笨驢梅內爾！而現在擺在他面前的所有希望都沒了，只有監獄高牆的陰影……

他感覺到有人在玩弄他……就像是貓戲弄老鼠那樣。絕對有人在大聲狂笑……

07

原告的證人

The Hound of Death

梅亨先生將他的夾鼻眼鏡扶正，用他略顯乾燥的特殊輕咳聲清了清嗓子，然後再看看坐在他對面的男人，那個被指控犯了蓄意殺人罪的男人。

梅亨先生個子小，外表整潔有型，沒有浮華的綴飾，一雙灰眼睛相當機敏銳利。無論怎麼看，他都不是個傻瓜。而且確切地說，作為一個律師，梅亨先生具有非常高的聲望。在跟他的委託人說話時，他的聲音聽起來冷冷的，但是絕非無情。

「我必須再跟你強調一次，你目前的情況很危急，因此你必須對我絕對坦白。」

李奧納多．弗爾本來一直茫然盯著前方空蕩蕩的牆壁，這時，他把目光轉向律師。

「我知道，」他絕望地說，「你一直對我這麼說。但是，我似乎還沒意識到，我被指控犯了謀殺——這是卑鄙的罪名。」

梅亨先生是個理智、不感情用事的人。他又咳了一下，摘下他的夾鼻眼鏡，仔細擦了擦，再戴回鼻梁上。之後他說：「是的，是的。我親愛的弗爾先生，現在我們正打算盡可能幫你脫罪。會的，我們會成功的。但是，我必須掌握所有事實，我必須先知道這個案子對你有多麼不利。接下來，我們才能選擇最有利的防線。」

這位年輕人仍然用那種茫然又絕望的目光看著他。在梅亨先生看來，這個案子似乎不太樂觀，看起來被告應該是有罪的。但是，他現在首度感到有點不確定了。

「我知道你認為我是有罪的，」李奧納多．弗爾用低沉的聲音說，「但是，我以上帝之名發誓，我沒犯罪！我知道，情勢對我非常不利，我就像是被網住的人，每個網眼都緊緊困住我，我愈動，網子就收得愈緊。但是，我沒犯罪，梅亨先生，我真的沒犯罪！」

易地而處的話，誰都會為自己的清白辯護，梅亨先生也知道。然而，儘管意識到這點，他還是被感動了。畢竟，誰知道呢，也許李奧納多．弗爾是清白的。

「你說得對，弗爾先生，」他嚴肅地說，「看來案子真的對你非常不利。無論如何，我相信你的話。現在，讓我們談一談事實吧。我希望你確切地告訴我，你是如何認識愛蜜莉．芬奇小姐的。」

「有一天，在牛津街上，我看見一位老女人正在過馬路，手裡拿著一大堆包裹。走到馬路中央時，她的包裹突然掉了下來，她試圖撿起來，就在那個時候，一輛巴士向她開過來，於是她又想趕快安全地回到路邊，路邊的人們對她叫嚷，喊得她頭暈目眩、不知所措。所以我就幫她拾起那些包裹，盡可能將塵土拍乾淨，然後繫好繩子，把包裹還給她。」

「那麼，說起來，顯然是你救了她一命囉？」

「噢！我的天，不，這不過是合乎常理的行為。她非常感動，熱情地感謝我，還說什麼我的行為舉止不像時下大多數的年輕人那樣……但我不記得她確切說了些什麼。後來，我戴好帽子就走了，沒想到會再見到她。不過，生活本來就充滿了各種巧合。就在那天晚上，我在朋友家的派對上又遇見了她，她一下子就認出我來，並且請主人介紹我們認識。於是，我知道她就是愛蜜莉．芬奇小姐，住在奎克伍德。我和她聊了一會，我認為，她是那種會突然對別人產生各種幻想的老女人，就因為一個任何人都會做的簡單行為，使她對我甚有好感。

告辭的時候，她熱烈地握著我的手，並希望我去探望她。當然，我答應了，我非常樂意這麼做，接著，她就催促我說出一個確切的日期。我從來沒想過自己真的會去，但是，拒絕她似乎又顯得很無禮，所以，我就定在下週六。她離開之後，我從朋友那裡得知了她的一些情況。她很有錢，是個怪人，獨自和一個女傭住在一起，並且養了至少八隻貓。」

「我明白了，」梅亨先生說，「你這麼快就知道她很有錢了嗎？」

「如果你的意思是說，那是我去調查的……」李奧納多．弗爾憤怒地說。

但是，梅亨先生比了個手勢要他安靜下來。

「我必須從原告的角度來看這個案子。一般人不會猜到芬奇小姐是個富有的老女人，她的生活刻苦，幾乎算是卑賤了。除非有人告訴你，否則在任何情況下，大家一開始都會以為她很窮。確切地說，是誰告訴你她是一個有錢人？」

「我的朋友喬治．哈維，就是在他家裡開派對的。」

「他還可能記得自己曾經這麼說過嗎？」

「我真的不知道。當然，那是很久以前的事了。」

「的確，弗爾先生。你知道，原告的首要目標，就是確定你的財務出現危機……這是真的，不是嗎？」

李奧納多．弗爾脹紅了臉。

「是的，」他用低沉的聲音說，「那時，我的財務正好厄運連連。」

「沒錯，」梅亨先生又說，「就像我所說的，那時，你的財務出現了危機，你遇到了這個有錢的老婦人，於是就熱心建立你們之間的關係。現在，如果我們可以證明你對於她的財富一無所知，而且，你拜訪她純粹是出於熱心的話……」

「本來就是這樣。」

「我得說，我不反對你的說法，但我是用旁觀者的眼光來看待它，許多事實都取決於哈維先生的回憶，他可能還記得那次談話嗎？或者不記得了？他會被律師弄得頭昏腦脹，便覺得那次談話是後來才發生的嗎？」

李奧納多．弗爾好幾分鐘後才反應過來，然後，他的臉色更加蒼白了，他堅決地說：

「我認為從哈維先生那邊著手應該行得通，梅亨先生，在場很多人都聽到他說的話，而且因為我被一個有錢老女人看中了，另外還有幾個人開我的玩笑呢。」

律師揮了揮手，努力隱藏起他的失望。

「非常不幸，這些都沒什麼用。」他說，「不過我欣賞你的坦白，弗爾先生。我很需要你來引導我，我相信你的判斷，但拘泥於我剛才提到的那一點只是有害無益，我們必須拋開這個論點。你認識了芬奇小姐，並且去拜訪她，然後展開友誼，我們需要的是這些事實的確切原因。為什麼？你，一個三十三歲的年輕人，長相英俊，愛好運動，廣受朋友歡迎，對一個世俗眼光中不會讓你得到任何好處的老女人，為什麼你會花那麼多時間？」

李奧納多．弗爾的雙手緊張地扭動著。

「我不知道該怎麼說，真的不知道該怎麼說。在第一次拜訪之後，她要求我再去看她，說她很寂寞、很不快活，害我難以拒絕。她坦白對我表達她的愛意和感情，讓我覺得很尷尬。是的，梅亨先生，我天生就有個弱點……我會身不由己，我是那種不知該如何說『不』的人。而且，信不信由你，在拜訪她三、四次之後，我發現自己漸漸出自內心地喜歡上這個老小姐。當我還很小的時候，母親就去世了，是一位舅媽把我撫養成人的，而她也在我快要十五歲時去世了。如果我告訴你，我是真心喜歡那種被呵護、被寵愛的感覺，我敢說你一定會笑我。」

梅亨先生並沒笑他，相反地，他再度取下自己的夾鼻眼鏡擦了擦。一旦開始認真思索，他就會做這個動作。

「我接受你的說法，弗爾先生。」最後他說，「我相信，這有可能是出於心理上的因素。至於陪審團接不接受，那是另一碼子事了。請繼續說下去，芬奇小姐從什麼時候開始讓你幫她處理財務？」

「在我第三或第四次拜訪她之後，她說她對有關金錢方面的事務知道得不多，她很擔心她的一些投資。」

梅亨先生用犀利的目光注視著他。

「仔細想想，弗爾先生。女僕珍妮．麥肯齊曾宣稱她的女主人是個商場女強人，所有的事情都親自打理，而且根據與她往來的銀行說，她天生就具備這些能力。」

「我也不知道是怎麼回事，」弗爾誠摯地說，「那些話都是她親口對我說的。」

梅亨先生靜靜地看了他幾分鐘，儘管他自己沒有意識到，但是此刻，他更加強烈地相信李奧納多．弗爾是清白的。對老女人的心理，他略知一二，他彷彿看見芬奇小姐正迷戀著這個英俊的小夥子，尋找各種藉口帶他回家。既然如此，她幹嘛不能假裝對商務一無所知呢？那麼一來，她就可以名正言順懇求他幫忙處理各種事務，她很有可能就是那種女人，她很明白，男人都很容易被奉承，只要對他們的出色表現稍加肯定，也許李奧納多．弗爾就是這樣被奉承了。她並不在意讓這個年輕人知道她的財富，芬奇小姐是個意志力堅強的老女人，對自己需要的東西，她願意付出代價。這些想法飛快地掠過梅亨先生的腦子，但是他沒表示出來，相反地，他進一步提出問題。

「你是否答應她的要求，幫她處理財務？」

「我答應了。」

「弗爾先生，」律師說，「我要問你一個非常重要的問題，而且最重要的是，我要知道真實的答案。你正遭遇財務危機，而你卻又幫一位老小姐處理財務，一位自稱對金錢幾乎一無所知的老小姐。你有沒有在什麼時候，或者用什麼方式，將這些資金據為己有？你有沒有為了自己的利益，參與任何見不得人的交易？」他壓下對方的回答，繼續說道：「請考慮一會兒再回答我。我們面前有兩條路可走，第一，我們可以強調你在處理她的財務時是誠實正直的，只要指出你本來就可以相當容易獲取那些金錢，因此殺人根本是多此一舉。第二，如果，你的處理過程中有什麼把柄被原告抓住了……如果真的是這樣，那麼最嚴重的後果就是：這證明了你無論如何都欺騙了那位老小姐，那麼，我們就只能堅稱沒有殺人，儘管她現在已成為你獲利的財源了。現在，我請你在回答之前，先好好想想。」

但是，李奧納多．弗爾根本連考慮都沒考慮。

「有關處理芬奇小姐財務一事，我是正大光明、無可挑剔的。我盡全力為她的利益著想，任何一個知道這件事的人都看得出來。」

「謝謝，」梅亨先生說，「你讓我大大鬆了一口氣，我得謝謝你，我相信你是很聰明的，在這麼重要的問題上不會對我撒謊。」

「當然，」弗爾熱切地說，「我最強的優勢就是我沒有動機。如果你以為我蓄意和一個有錢的老女人建立友誼，是為了從她那裡獲取金錢……我想，這應該就是你一直在談論的重點，那麼，我可以確定地告訴你，她的死亡讓我毫無獲利的希望。」

律師堅定地看著他。接著，他十分刻意地重複他的無意識動作，他擦著眼鏡，直到眼鏡牢牢地戴在鼻梁上之後，才說：「你不知道嗎，弗爾先生，芬奇小姐留下了一份遺囑，把你列為她財產的首要獲益人？」

「什麼？」弗爾跳了起來，他的吃驚顯而易見而且很自然。「天啊！你說什麼，她把財產留給我？」

梅亨先生緩緩點了點頭。弗爾坐了下來，把頭埋在手裡。

「你假裝對遺囑一無所知嗎？」

「假裝？有什麼好假裝的，我的確對它一無所知。」

「如果我告訴你，女傭珍妮．麥肯齊發誓說你知道這件事，你該怎麼說？她說她的女主人清楚地告訴她，她曾和你就這個問題交換過意見，而且，她還把自己的打算告訴過你。」

「什麼？她在撒謊……不，我的結論下得太快了。珍妮是個老女人，她就像一條忠實的看門狗那樣守護主人，而且她不喜歡我，她嫉妒又多疑。我想，芬奇小姐可能跟珍妮提過她的打算，珍妮要不誤解了她說的話，要不就自以為是我迫使她的女主人這麼做。我敢說，現在，她必然認定芬奇小姐的確和她說過這些話。」

「你覺不覺得她不喜歡你，因此故意在那個問題上撒謊？」

李奧納多．弗爾似乎吃了一驚，並且受了沉重的打擊。

「不，我真的不覺得！她為什麼要這樣？」

「我不知道，」梅亨先生若有所思地說，「但是，她非常怨恨你。」

這位可憐的男人再次喃喃道：「我開始明白了，」他低聲說道：「真可怕！他們大概會這麼說，說是我主動向她獻殷勤，是我逼著她留下遺囑，把她的錢都留給我，然後那天晚上，我去她家，那裡沒人……他們第二天才發現了她……噢！我的天，真可怕！」

「你覺得屋裡沒有人，你錯了。」梅亨先生說，「事實上，屋裡有人，是珍妮，你還記得嗎？那天晚上她出去了。她確實走了，但是半小時後，她又回來了一趟，來拿一個上衣袖子的版型，那是她答應要帶給一位朋友的。她從後門進去，走上樓梯，並且取走了那個版型，再走出去的時候，她聽到客廳裡傳來說話的聲音，儘管她無法分辨他們在說些什麼，但她發誓其中一個聲音是芬奇小姐的，而另外那個人是一位男性。」

「九點半，」李奧納多．弗爾說道，「九點半……」他跳了起來。「那麼，我有救了，有救了……」

「有救了？這是什麼意思？」梅亨先生吃驚地叫道。

「九點半我已經回到家了！我太太可以證明這一點。我大約九點五分離開芬奇小姐，大概九點二十分到家，我太太正在家裡等我。噢！感謝上帝，感謝上帝！還要感謝珍妮．麥肯齊的上衣袖子版型。」

當他激動不已時，並未注意到律師臉上的嚴肅神情一直沒改變。但是，律師的話讓他又回到現實。

「那麼，在你看來，是誰殺死了芬奇小姐？」

「那還用說嗎？當然是竊賊了，就像我們最初設想的那樣。你還記得吧，那時，窗戶被撬開了，她是受到鐵鍬的重擊而死的，鐵鍬就在地板上，扔在屍體的旁邊，好幾樣東西不見了。但由於珍妮那荒唐的多疑和對我的厭惡，警察怎麼也不肯朝正確的方向偵辦。」

「那很難解釋，弗爾先生，」律師說，「遺失的物品都是些沒有什麼價值的零碎東西，像是瞎子隨便亂拿似的，而且窗戶上的痕跡也不太清楚。此外，你可以再回想一下。你說，你待在那棟房子裡的時間不會超過九點半，那麼，珍妮聽見在客廳與芬奇小姐談話的男人是誰呢？難道，她會跟一個竊賊聊天嗎？」

「不會的，」弗爾說道，「不……」他的樣子看起來又疑惑又喪氣。「但是，不管怎麼說，」他重新振作精神。「我沒有什麼好可疑的，我有不在場證明，你必須馬上見見我太太羅曼娜。」

「當然，」律師表示同意。「我早就應該見見弗爾太太了，但是，你被捕的時候她正好不在，我馬上給蘇格蘭警場寫信，我想，她今天晚上應該就回來了，我離開這裡後，馬上就去拜訪她。」

弗爾點點頭，滿足的神情使得他整張臉都放鬆了下來。

「是的，羅曼娜會告訴你的。上帝！這是個轉運的機會。」

「對不起，弗爾先生，但你很愛你太太嗎？」

「當然。」

「那她對你呢？」

「羅曼娜全心奉獻給我，在這個世界上，她會為我做任何事。」

他熱情地說著，但律師的心沉得更低了。一位全心奉獻的妻子所提出的證據……會有可信度嗎？

「還有沒有別人看見你在九點二十分時回來？比方傭人什麼的？」

「我家沒有全職傭人。」
「在回家的路上你有沒有遇到別人？」
「沒有遇到我認識的人，有一段路我坐了車，司機或許會記得。」
梅亨先生懷疑地搖搖頭。
「那麼，沒有任何人可以證實你妻子的說法了？」
「沒有，但是，也沒有必要，對吧？」
「我不敢說，我不敢說。」梅亨先生急忙答道。「現在還有一件事，芬奇小姐知道你結婚了嗎？」
「噢，知道。」
「然而，你從來沒帶你太太去看她，這是為什麼？」
李奧納多．弗爾的回答首次變得猶豫、不自然。
「嗯，我也不知道。」
「你知不知道珍妮．麥肯齊說她的女主人認為你是單身漢，而且還打算和你結婚？」
李奧納多．弗爾笑了。
「真荒謬！我們在年齡上相差四十歲呢。」
「但事實就是如此，」律師冷冷說道，「你的妻子從來沒見過芬奇小姐？」
「沒有……」又是尷尬的回答。

「請容我這麼說，」律師說，「在這個問題上，我真看不懂你的態度。」

弗爾的臉脹紅了，猶豫了一下，接著說：「我應該對此澄清一下。你知道，我在經濟方面比較拮据，我希望芬奇小姐可以借點錢給我，她喜歡我，但一對奮鬥的夫妻是不會讓她感興趣的。我發現，她一直覺得我妻子和我不會長久，覺得我們遲早會分開……梅亨先生，我希望借到那筆錢，為了羅曼娜，於是我什麼也不說，讓那位老女人自己去想像。她說過要收我做她的養子，但是，她從未說過什麼結婚之類的話，那一定是珍妮自己想像出來的。」

「就這樣？」

「是的，就這樣。」

在他的話語裡，是不是有一點點猶豫？律師覺得有一點，他站了起來，並伸出手。

「再見，弗爾先生。」他看著年輕人那張憔悴的臉，帶著一種不自然的衝動說：「我相信你是清白的，儘管大多數事實都對你不利，我希望可以證實它們，並且完全洗清你的嫌疑。」

弗爾對他微笑了一下。

「你會發現，我的不在場證明是真的。」他高興地說。

他再一次沒注意到對方毫無反應。

「整件事情得視珍妮．麥肯齊的證言而定，」梅亨先生說，「她恨你，那很清楚。」

「她不該恨我。」這位年輕人抗議道。

律師搖著頭，走了出去。

「我現在要去拜訪弗爾太太。」他對自己說。

他對事情的發展深感不安。

弗爾夫婦住在靠近派汀頓綠地的一間小破爛房子裡，那就是梅亨先生要去的地方。

他按了門鈴後，一位舉止輕浮的女人應聲出來，顯然，她是一個打雜的女傭，她打開了門。

「弗爾太太在嗎，她回來了沒有？」

「她一小時前回來的。但是，我不知道她會不會接見你。」

「如果你能把我的名片轉交給她，」梅亨先生平靜地說，「我敢說，她會接見我。」

那位女人懷疑地看了看他，在圍裙上擦擦她的手，接過名片，然後砰地關上大門，把他留在台階外面。

然而，幾分鐘後，她帶著另一種態度出現了。

「請進。」

她領著他走進一間窄小的客廳。梅亨先生正看著牆上的一幅畫，突然被一個高個子女人蒼白的臉嚇了一跳，她靜悄悄走了進來，他沒有聽見半點腳步聲。

「梅亨先生嗎？你是我丈夫的律師，對吧？你去見過他了，要不要坐下來？」

直到她張口說話了，他才看出她不是英國人。現在，走近一點看得更仔細了，他發現，她有高高的顴骨、濃厚的藍黑色頭髮，雙手偶爾會非常輕微地抖動一下，顯然，這是外國人的作風。一個奇怪的女人，非常平靜，平靜到令人不舒服。從一開始，梅亨先生就意識到，他正面臨一些他無法理解的東西。

「現在，親愛的弗爾太太，」他說，「你不能放棄……」

他頓住了，很顯然地，羅曼娜·弗爾絲毫沒有放棄的意思，她非常冷靜，而且理智。

「你可以告訴我所有的情況嗎？」她說道，「我必須知道一切事實，不必安慰我，我希望知道最壞的情況。」她猶豫了一下，接著聲音更低沉了，並用一種律師也無法理解的奇怪的強調語氣，再一次說道：「我希望知道最壞的情況。」

梅亨先生把他和李奧納多·弗爾會面的情況重新敘述了一遍，她專心地聽著，並不時點點頭。

「我明白了，」當他敘述完之後，她說，「他希望我證明那天晚上他回家的時間是九點二十分？」

「他真的是在那個時間回家的嗎？」梅亨先生尖銳地問。

「那不重要，」她冷冷地說，「即使我那樣說了，他會無罪嗎？他們會相信我嗎？」

梅亨先生被反駁了回去。她是那麼迅速就抓住了問題的關鍵。

「那是我希望知道的，」她說，「這些證據足夠了嗎？有沒有別人可以支持我的證據？」

她的態度裡隱藏著某種渴望，令他隱約感到很不舒服。

「到目前為止，還沒有找到人。」他不情願地說。

「我明白了。」羅曼娜．弗爾說。

她靜靜地坐了一會兒，淡淡的微笑浮上她的嘴唇。

律師卻覺得愈來愈慌張。

「弗爾太太，」他開口道，「我知道你一定覺得……」

「是嗎？」她說道，「我懷疑。」

「在這種情況下……」

「在這種情況下，我只能孤軍奮戰了。」

他疑惑地看著她。

「但是，我親愛的弗爾太太，你太緊張了，既然，你對你丈夫那麼忠誠……」

「你可以再說一遍嗎？」

她尖銳的聲音嚇了他一跳，他猶豫地重複道：「你對你丈夫那麼忠誠……」

羅曼娜．弗爾慢慢地點了點頭，剛才那個古怪的微笑又浮現在她的嘴唇上。

「他是不是告訴你，我全心全意奉獻給他？」她溫柔地問，「啊！是的，我了解為什麼他會這樣說，這個男人真蠢！愚蠢，愚蠢，愚蠢至極。」

她突然跳了起來，在那種狀況下的激情，現在全都集中到她的語調上。

「我恨他，我告訴你！我恨他，我恨他，我恨他！我寧願看到他被勒住脖子，直到他被吊死。」

律師在她面前退縮了一下，她的眼睛裡滿是鬱積的怒火。

她向前走近一步，繼續激動地說：「或許我可以看到這一天，假如我告訴你，那天晚上九點二十分他並沒有回到家，他回來的時間是十點二十分，你會怎麼說？你說他告訴你，他對那些即將歸他所有的錢財一無所知。假如我告訴你他全都知道，他很需要這些錢，並且為了得到那筆錢而殺人，你又會怎麼說？假如我告訴你那天晚上當他進家門的時候，他向我承認他所犯下的一切，而且他的外套上還沾著血？那又如何呢？假如我是站在法庭上說出這一切呢？」

她的眼睛似乎戰勝了他，他努力隱藏內心逐漸冒出來的驚慌，並且努力用一種理智的口吻說：

「你不必對你自己的丈夫舉出不利的證據……」

「他不是我的丈夫！」

這句話說得那麼快，他差點以為自己聽錯了。

「你可以再說一遍嗎？我……」

「他不是我的丈夫。」

接著是一片死寂，靜得連一根針掉在地上都聽得見。

「我是維也納的一名演員，我的丈夫還活著，但是他進了瘋人院，所以，我們不能結合……如今，我很高興。」

她反抗地點點頭。

「我希望你可以告訴我一件事，」梅亨先生說，他試圖表現出和平常一樣的冷靜與不動聲色。「為什麼你那麼憎恨李奧納多．弗爾？」

她搖搖頭，輕輕地笑了。

「是的，你希望知道。但是，我不會告訴你，我要保留這個祕密……」

梅亨先生乾咳一聲站了起來。

「看來，我們沒必要再繼續我們的談話了，」他說，「當我和我的委託人取得聯繫後，再寫信給你。」

她走近他，用她漆黑的眼睛專注地盯著他的眼睛。

「告訴我，」她說，「今天你到這兒來的時候，你相信嗎，說真的，你相信他是清白的嗎？」

「我相信。」梅亨先生說。

「你這個可憐的小男人。」她笑了。

「而且，我現在仍然相信。」律師結束了談話。「晚安，夫人。」

他離開了她家，對她那張奇怪的臉留下深刻印象。

「這個案件愈來愈棘手了。」站在街邊時，梅亨先生對自己說。整件事全都那麼奇怪，一個奇怪的女人，一個非常危險的女人。當女人把刀對著你的時候，她們就像惡魔一樣。

下一步要做什麼呢？那個可憐的年輕人已經無路可走了，當然，或許他真的殺了人……

「不，」梅亨先生對自己說，「不。但是，太多證據都對他不利。我不相信這個女人，她捏造故事，但是，她應該不會在法庭上這麼說。」

他希望自己能對這一點更加確定。

§

治安法庭的訴訟簡單又充滿戲劇性。原告的首席證人是珍妮．麥肯齊，即被害人的女傭，還有羅曼娜．海爾格，奧地利人，犯人的情婦。

梅亨先生坐在法庭上，聽著那個奧地利女人陳述那個該死的說法，這些話她已經在他們的談話中向他提過了。

犯人進行了一番抗辯，但是他仍然受到指控，必須再次開庭。

梅亨先生已經黔驢技窮了。案子對李奧納多．弗爾的不利和倒楣，已經無法用言語來表達。甚至，連參與被告抗辯的著名王室大律師也覺得希望渺茫。

「如果我們可以推翻那個奧地利女人的證言，或許還有救，」他不太確定地說，「但是，這個案子很不樂觀。」

梅亨先生把他的注意力集中在一點：假設李奧納多．弗爾說的是真話，並且九點就離開被害人的家，那麼在九點半的時候，被珍妮聽見和芬奇小姐談話的那個男人又是誰呢？

唯一還有一絲希望的是，有個流氓外甥曾經欺騙、威脅過他舅媽芬奇小姐，並取得不少錢財。律師得知，珍妮．麥肯齊一直迷戀著那個年輕人，而且，她不時替他向女主人提出要求。很可能在李奧納多．弗爾走了之後，和芬奇小姐在一起的就是那個外甥，尤其值得注意的是，如今，在他經常出沒的地方也找不到他了。

至於其他方面，律師都查不出什麼結果，沒有人看見李奧納多．弗爾走進他自己的家，或是離開芬奇小姐的房子，也沒有人看見其他人走進或者離開芬奇小姐家。所有的調查都一片空白。

審判的前一天晚上，梅亨先生收到一封信，這封信讓他打開一個全新的局面。

這封信是六點鐘由郵差送來的。那是一個中下階層的人所寫的，以潦草的字體寫在一張普通的信紙上，然後裝在一枚骯髒的信封裡，郵票也貼得歪歪斜斜。

梅亨先生仔細閱讀了好幾遍，才明白它的意思。

親愛的先生：

你老兄啊，是給那個年輕小夥子做事的律師傢伙，如果你想知道那個該死的外國賤婦怎樣滿嘴撒謊的話，請在今天晚上到斯特普尼區的蕭氏出租公寓十六號，向莫格森小姐打聽消息，這可是要花掉你兩百英鎊的錢財。

律師把這封怪信讀了又讀，當然，這可能是個騙人的玩笑，但是，當他思索了一番後，很快就確信它很重要，並相信這是嫌犯唯一的希望。羅曼娜・海爾格那些該死的證據完全擊敗了他，被告應該把精力集中在她的證據上，如果可以迫使那個女人承認自己的私生活不檢點，那麼她的證言就不值得相信……至少也是無力的。

梅亨先生決定了，他要盡一切力量來拯救他的委託人，那是他的義務，他必須去一趟蕭氏出租公寓。

他頗費了些工夫才找到那個地方，那是一棟搖搖欲墜的建築物，位於貧民窟，散發著一股怪味。但他終究還是走了進去，打聽到莫格森小姐住在三樓的某個房間。他在門口敲了敲門，可是沒人應門，他再敲。

這次，他聽到裡面有人走動的聲音，很快地，門被小心翼翼地打開了，但是只開了半吋寬，隱約露出一個駝背的身影。

突然，一個女人……正因為是女人，對方才會發出那種咯咯咯的笑聲，她把門拉開了點。

「那麼就是你了，親愛的，」她咯咯咯笑著說，「沒人和你一起來吧，有嗎？別開玩笑了，好嗎？那就對了，你可以進來了，你可以進來了。」

律師有點不情願地跨過門檻，走進一個又小又骯髒的房間，房裡點著一盞昏暗的煤油燈，角落擺放著一張破舊凌亂的床，還有一張樸素的木桌和兩把搖搖晃晃的椅子。梅亨先生第一次如此真切地見識到這種味道古怪的公寓居民。她是一個中年女人，有點駝背，滿頭凌亂的白髮，脖子上緊緊纏繞著一條圍巾。看到他在打量自己，她又笑了起來，發出跟剛才一樣的古怪咯咯笑聲。

「親愛的，你是不是納悶我為什麼把自己的美麗都藏起來了？嘿，嘿，你不怕會受到誘惑嗎，呃？但是，你會看到的，你會看到的。」

她把圍巾拉到一邊。在圍巾後面那無法描繪的汙垢前，律師忍不住後退了一步。她再次裹好圍巾。

「那麼，你不想吻我了嗎，親愛的？嘿，嘿，我想是的。然而，我也曾經是一個漂亮的女孩，而且並不像你以為得那麼久之前。是硫酸，親愛的，是硫酸……是它們把我弄成這樣的。啊！但是，我會向他們報仇的……」

接著，她再也忍不住，大聲咒罵起來。

她爆出一連串惡毒的咒罵，梅亨先生試圖使她鎮靜下來，但是沒用。最後，她終於安靜下來了，她的雙手神經質地握緊，鬆開，又握緊。

「夠了，」律師果斷地說，「我來這裡，是因為我相信你可以提供我一些訊息，而且這些訊息可以澄清我的委託人李奧納多·弗爾的罪名。那些訊息是真的嗎？」

她的眼睛狡猾地斜睨著他。

「錢怎麼講，親愛的？」她喘著氣說，「兩百英鎊，你還記得吧？」

「作證是你的義務，而且，你將會受到法庭的召喚。」

「我不去，親愛的。我是個老太婆，而且我什麼也不知道。但是，如果你給我兩百英鎊，或許，我可以給你一點暗示。明白嗎？」

「什麼暗示？」

「你怎麼看待書信的？是她寫的信。現在，不要問我是怎樣得到它們的，那是我的事。它們會達到你要的目的的，但是，我希望得到我的兩百英鎊。」

梅亨先生冷冷看著她，下定了決心。

「我只能給你十英鎊，不能再多了。而且，即使那些書信真的如你所說那麼有用，我也只能給你那麼多。」

「十英鎊？」她尖叫起來，並對著他咆哮。

「二十英鎊，」梅亨先生說，「這是我最後一句話。」

他站了起來，準備離開，然後，他緊緊地盯著她，拿出皮夾，數了二十張一英鎊的鈔票。

「你瞧，」他說，「我身上只有這麼多的錢了，要嘛你就收下，不然就算了。」

但是他知道，這些錢對她來說已經足夠了。她無力地咒罵著、咆哮著，但是最後還是只能做出讓步。她走到床邊，從破破爛爛的床墊下面抽出一些東西來。

「給你，該死的！」她叱罵道，「最上面那一封就是你要的東西。」

她扔給他一捆信，梅亨先生用他一貫的冷靜，井然有序地打開它們，閱讀了起來。那個女人熱切地望著他，但是，從他那張毫無表情的臉上，她什麼也看不出來。

他把每一封信都讀了一遍，然後回到最上面的那封信，又讀了一遍。然後，他小心地把這捆信綁好。

那都是些情書，是羅曼娜．海爾格寫的，但是，收信的男人並不是李奧納多．弗爾。最上面那封信簽署的日期正好是弗爾被捕的日子。

「我說的都是真話，親愛的，對吧？」那個女人哼了哼，「那些可以對付得了她嗎，那些信？」

梅亨先生把那些信都放進口袋裡，然後問道：「你是如何得到這些信的？」

「我已經說過不要問我，」她斜視著他說，「但是，我還可以告訴你一些事。我從法庭上聽到那個賤婦說的話了，你想知道那天十點二十分的時候她在哪裡嗎？儘管她說那時她在家，你可以去問問萊昂路的電影院，像她那麼漂亮出色的女孩，他們會記得的……賤女人！」

「那個男人是誰？」梅亨先生問，「這上面只有教名。」

對方的聲音開始變得微弱且嘶啞了，她的手來回緊握又鬆開，又握緊。最後，她指著自己的臉。

「他就是對我做出這種事的男人。多年前，她從我身邊把他奪走了……那時，她還是一個活潑可愛的少女。當我追求他，並再度喜歡上他的時候……他就用那些該死的東西潑我！她還在笑呢……該死！多年來，我一直打算報復她，我一直跟蹤她，監視她。而現在，我終於打敗她了！她會因此得到報應的，對吧，律師先生？她會遭到報應的！」

「她也許會因做偽證而被判入獄。」梅亨先生平靜地說。

「把她關起來！這正是我希望的。你要走了，對吧？我的錢在哪裡？我那些可愛的錢在哪裡呢？」

梅亨先生什麼也沒說，把鈔票放在桌子上。然後他深深吸了口氣，轉身離開那個骯髒的房間。再回過頭時，他看見那個老女人正對著那些鈔票低聲唱著歌。

他一分鐘也沒浪費，輕而易舉就找到萊昂路的電影院，並且出示了一張羅曼娜・海爾格的照片，警衛馬上就認出了她。就在出事的那天晚上，十點剛過，她和一個男人一起抵達電影院，警衛沒有很留意她的男伴，但是他記得，那位女士和他討論正要放映的那部電影，他們一直逗留到很晚，即大約一小時後。

梅亨先生很滿意。自始至終，羅曼娜・海爾格的證據都是一派謊言，她出於個人的怨恨而捏造故事。律師很想知道隱藏在她怨恨背後的是什麼，究竟李奧納多・弗爾對她做了些什麼？當律師告訴他羅曼娜的態度時，他似乎嚇了一大跳。他曾熱切地宣稱絕不可能發生那種事……然而在梅亨先生看來，他似乎大吃一驚，之後抗議聲就變得非常軟弱無力了。

他知道內情，梅亨先生確信如此。他知道，但他沒有探知事實真相的念頭，這兩個人之間的祕密仍然是個祕密。梅亨先生納悶，未來他是不是可以得知這個祕密的真相？

律師看了一眼手錶，時間已經晚了，時間就是一切。他伸手招來一輛計程車，向司機說了地址。

「查爾斯爵士必須馬上知道這些消息。」上車後他喃喃自語道。

李奧納多．弗爾謀殺愛蜜莉．芬奇的審判引起人們的極大興趣。首先，犯人是個年輕英俊的小夥子；接著，他被指控犯了一項惡劣的重罪；更有意思的是，原告的首席證人羅曼娜．海爾格有可能做了偽證。許多報刊上都登了她的照片，而且，關於她的來歷和過去的事蹟還傳出了好幾個版本。

訴訟很平靜地開始了。雙方先舉出幾個技術性的證據，接著珍妮．麥肯齊被傳了上來。她講述的內容和之前大致相同。在訊問中，辯護律師成功使她在陳述弗爾和芬奇小姐之間的關係時，出現了幾次矛盾。他強調，當天晚上她聽到客廳裡有男人的聲音，但沒有任何證據顯示他就是弗爾，而且，律師還努力暗示，她的證言裡面包含了許多對被告的嫉妒和厭惡之情。

接著傳下一個證人。

「你的名字是羅曼娜．海爾格？」

「是的。」

「你是奧地利人？」

「是的。」

「近三年來，你一直和被告同住，並且一直以他的妻子自居？」

羅曼娜．海爾格的眼睛盯著坐在被告席上的那個人，才一會兒，她的眼神裡包含著一些奇怪又深不可測的東西。

「是的。」

提問繼續。一句接一句，那個該死的說法慢慢被陳述出來：在出事的那天晚上，被告拿著一個鐵鍬回來，十點二十分的時候他回到家，並承認他殺了那個老太婆，他的衣袖上面還沾著血，那些衣服都被他放到廚房的爐子上燒掉了，他用暴力威脅她，要她保持緘默。

在陳述的過程中，一開始，陪審團還有點同情被告，而現在，他們都一致仇視被告了。被告則沮喪地耷拉著腦袋、悶悶不樂地坐著，好像已經知道自己命中注定沒希望了。

然而值得注意的是，原告律師卻試圖壓抑她話中的敵意，他更希望她當個公正的證人。

辯護律師非常艱難、笨拙地站了起來。

他指責她的說法從頭到尾都是惡意編造的，而且出事的時候，她根本就不在家，她愛上了另一個男人，所以她才蓄意揑造一些不利於李奧納多．弗爾的說法。

羅曼娜．海爾格非常粗暴地否認這些辯解。

接下去的事情很出人意料，因為那些書信全都被當庭宣讀了，法庭上靜得連呼吸聲也聽不到。

馬克斯，親愛的，命運讓他落入我們的手中了！他因謀殺而被逮捕……是的，他被控殺死一位老太婆，儘管李奧納多是個連蒼蠅也不敢傷害的人！我終於可以報復他了，可憐的懦夫！我要告訴庭上說他那天晚上走進家門時，身上還沾著血跡……他向我坦承犯案等等。我要絞死他，馬克斯，而且當他被絞死時，他將會明白，是羅曼娜把他送進墳墓的。然後……快樂，親愛的！我們將快快樂樂了！

現場還請來鑑定專家，準備證明那些筆跡是羅曼娜．海爾格的，不過這些都沒必要了。一看到這些書信，羅曼娜就完全崩潰了，她承認了一切。李奧納多．弗爾是在他說的那個時間——九點二十分——回到家，她編造了那個說法來陷害他。

伴隨著羅曼娜．海爾格的崩潰，整個案件也結束了。查爾斯爵士幾乎不需要再傳喚其他證人。被告自己走進證人席，用他具有男性氣概的口吻坦率地講述自己的遭遇，在訊問的時候，他的意志絲毫不曾動搖。

原告努力重整旗鼓，但是已經毫無希望了。法官的結論並不算完全傾向被告，不過態度已經很清楚，只是陪審團還需要一點時間來思考他們的最後判決。

「我們認為被告是無罪的。」

李奧納多．弗爾自由了！

小個子的梅亨先生趕緊站了起來，他必須向他的當事人表示祝賀。他發現自己聚精會神地擦著那副夾鼻眼鏡，他制止自己這樣的舉動。在前一天晚上，他太太提醒他有擦眼鏡的習慣。習慣真奇怪，人們自己卻永遠不會意識到。

這案子很有意思，非常有意思。還有那個女人，羅曼娜．海爾格。

這個案件他能取得勝利，關鍵在於那個外國人羅曼娜．海爾格。在派汀頓綠地的房間裡，她看起來似乎是個蒼白而平靜的女人，然而在法庭黯淡的背景下，她卻像一朵燃燒的玫瑰，發出耀眼的光芒。

現在，當他一閉上眼睛，他就能見到她，高高的個子、激烈的神情，優美的身材稍稍向前傾，右手一直無意識地握緊，鬆開，又握緊。奇怪的動作和習慣，他想，她手部的姿勢就是她的習慣。但是最近在哪兒，他確定見過某人也有這樣的習慣。是誰呢？最近……他深深地吸了口氣，他想起來了，那個住在斯特普尼區蕭氏公寓的女人……

他平靜地站著，他的腦袋亂成一團。這不可能，不可能……但是，羅曼娜．海爾格是個女演員。

王室大律師來到他的身後，拍拍他的肩膀。

「祝賀過我們的年輕人了嗎？你知道，他的機會實在是微乎其微。來，去看看他。」

但是，這個小個子律師推開了他的手。

他只希望做一件事：親自去見羅曼娜．海爾格。

直到許久之後，他才見到了她。當他們會面時，時空早已大不相同了。

「那麼，你猜到了。」當他把自己心中的想法告訴她之後，她說，「事實真相？噢！非常容易，煤油燈的光線讓你看不清那些化妝。」

「但是，為什麼，為什麼……」

「為什麼？因為我只能孤軍奮戰。」想起了上一次說出這個字眼時的情境，她微微一笑。

「好一齣精心設計的喜劇！」

「我的朋友，我非救他出來不可。一個對他忠心耿耿的女人作證是不夠的，你自己也暗示得很清楚。但是，我懂得一些大眾心理的常識，所以，我要讓自己的證詞成為我捏造出來的偽證，這注定我要接受法律制裁了，不過它所造成的印象有利於被告。」

「那麼那捆書信呢？」

「其中最重要的只有一封——致命的一封——有點像……你會怎麼稱呼它呢，一個騙局？」

「那麼，那個叫馬克斯的男人呢？」

「沒有這個人，我的朋友。」

「我還在想，」小個子律師難過地說，「我們可以透過……呃……正常的程序來洗清他的罪名。」

「我不敢冒那個險，你知道，你一直認為他是清白的……」

「你怎麼知道？我懂了……」小個子梅亨先生說。

「我親愛的梅亨先生，」羅曼娜・海爾格說，「你根本就不懂。我知道……他確實犯了罪。」

08

藍色瓷罐的祕密

The Hound of Death

傑克・賀汀敦滿臉愁容地俯視著他最重要的一球。他站在球的旁邊，轉過頭看了看球座，測量一下距離，感覺到自己的臉上滿是令人厭惡的得意神情。他嘆了口氣，揮動手中的鐵桿，畫下兩道凌厲的弧線，旁邊一株蒲公英和一簇草被球桿的凌厲風聲帶動得飛舞起來，球桿準確地擊中了球。

當你二十四歲時，一心只想在高爾夫球技上求精進，但又不得不花時間和精力去維持生活，那是多艱難啊。一個星期有五天半的時間，都可以看到傑克被關在城裡一個像是紅木砌成的墳塚般的辦公室。只有星期六的下午和星期日，他才可以過他真正的生活。出於對高爾夫球的無比熱愛，他在靠近斯托頓－亨斯幹線的一家小旅館裡租了房間，每天早上，六點起床，運動一個多小時，然後坐八點四十六分的車進城。

這種作息安排唯一的缺點，就是在早上的那段時間，他似乎無法擊中任何目標。糟透了，一記失誤球之後又揮出笨拙的一擊，被他五號鐵桿擊中的球沿著地面滾動，而四次推桿似乎是有史以來最失敗的了。

傑克嘆了口氣，緊緊握住他的球桿，不停向自己重複著一句帶有魔力的話：「左臂成直角，不要往上看。」

他搖搖晃晃地往回走……突然間，茫然若失地停了下來。一聲尖利的呼喊劃破夏天早上的寂靜，傳到他的耳中。

「殺人啦，救命！殺人啦！」

那是一個女人的聲音，不一會兒就變成輕輕的嘆息聲，最後消失了。

傑克扔下球桿，朝著聲音傳來的方向跑去。聲音是從附近某個地方傳來的，那也屬於高爾夫球場的一部分，卻是一個非常荒蕪的農村，有幾棟房子。事實上，只有一棟房子比較近，那是一棟美麗的小別墅，因為它散發著一種古老世界的優雅氣氛，傑克常常注意到它。他朝這棟小別墅跑去，沒看到那裡有個被杜鵑覆蓋起來的斜坡，所以他繞了一圈，至少花了一分鐘，才來到那棟別墅的前面，並將手放在一扇鎖住的、小小的門上。

花園裡站著一個女孩，有好一會兒，傑克以為救命聲就是這位女孩發出的。但是他馬上就改變了這種想法。

女孩提著一個小籃子，籃子裝著一些雜草，顯然，她正在為花壇裡的紫羅蘭除草，並剛剛站直了腰。傑克注意到，她的眼睛就和紫羅蘭一樣，透著天鵝絨般的溫軟。

她穿著紫色的亞麻布衣服，站得筆直，看起來就像是一枝紫羅蘭。看到傑克，女孩的神情又苦惱又驚奇。

「抱歉，」小夥子問道，「剛才是你在呼救嗎？」

「我？不是，真的不是。」

她非常驚奇，以至於傑克也疑惑起來了。她的聲音非常溫柔悅耳，略帶點外國腔。

「但是，你一定聽見了，」他叫道，「它是從這裡的某個地方傳來的。」

她瞪著他。

「我什麼也沒聽見。」

這次輪到傑克瞪著她，太不可思議了，她不可能沒聽見那種掙扎呼救的叫聲。然而，她看起來又是那麼平靜，他不相信她會欺騙自己。

「它就是從這一帶傳出來的。」他堅持道。

這次，她有點猜疑地看著他。

「喊了些什麼？」她問道。

「殺人啦，救命！殺人啦！」

「殺人啦，救命！殺人啦！」這位女孩重複著。「可能有人跟你開玩笑吧，先生。這裡有誰會被謀殺呢？」

傑克朝四周看了看，腦袋一片混亂，還真希望能在花園的小徑上發現一具屍體什麼的。然而，他依舊非常確定，他聽到的那聲呼叫是真的，不是幻覺。他抬起頭來看看別墅的窗戶，一切似乎都非常完好、寧靜。

「你要檢查一下我的房子嗎？」那位女孩冷冷地說。

顯然，她不相信傑克所說的話，這讓傑克更不好意思了。他轉過身去。

「真不好意思，」他說道，「也許是從樹林上面傳過來的。」

他戴好帽子，往後退了出去。離開時，他又回過頭來瞄了一眼，他看到那個女孩繼續平靜地除草。

好一陣子，他都在樹林子裡遊蕩，但是，他沒找到任何跡象證明發生過什麼不尋常的事。然而他還是像剛才那樣確定，自己聽到的叫聲絕對是真的。最後，他放棄搜尋，趕緊回家去。匆匆吞下早飯後，一如往常，他正好趕上八點四十六分的火車。坐在火車上，他突然警醒了起來，他是否應該馬上向警察局報告他今天早上聽到的呼救呢？但是他並未這麼做，因為那個像紫羅蘭的女孩根本不相信他。顯然，她懷疑他精神錯亂了——警察也會這麼認為。儘管，他敢確定他真的聽到救命聲。

但現在，他已經不像剛才那麼篤定了，那是試圖捕捉一個消逝的感覺所引發的正常反應，他開始懷疑是不是遠處的鳥叫聲被他誤聽為很相似的女音了？

但是，他生氣地拋開這念頭。那是一個女人的聲音，他的確聽到了。他記得在聽到尖叫聲之前，他還看了一眼手錶。最可能的時間是在七點二十五分，他聽到了那聲尖叫。對警察來說，這可能是一個有用的證據……如果真的發生了什麼事的話。

那天晚上回到家之後，他著急地把當天的晚報瀏覽了一遍，希望能看到嫌疑犯被抓的消息。但是晚報上什麼也沒有，他自己也不太確定是否應該鬆一口氣還是失望。

第二天早上，天氣很潮溼，這個熱心的高爾夫球手也提不起勁來了。傑克盡可能拖到最後一分鐘才起床，他匆匆吞下早飯，跑出去趕火車，並再次熱切地讀報紙，但依然沒發現什麼殺人消息，晚報也是。

「奇怪了，」傑克自言自語道，「不過事實就是這樣，或許是那些調皮的小孩在樹林裡玩耍吧。」

再隔天的早上，他很早就出去了。當他經過那棟小房子時，他用眼角掃視了一下，又看到那位女孩在花園裡除草。顯然，那是她的習慣。他打了一記出色的推進球，他希望她會注意到。當他把球放在球座上準備下一球時，他看了一眼手錶。

「剛好是七點二十五分，」他喃喃道，「我真納悶……」

這句話凍結在他的嘴唇邊了，從他的背後，又傳來上回那種嚇人的尖叫聲，一個女人的聲音，帶著恐怖的痛苦感。

「殺人啦，救命啊！殺人啦！」

傑克向後猛地跑過去，紫羅蘭女孩站在大門旁邊，她被嚇了一跳，傑克勝利似地跑向她，大聲喊道：「無論如何，這次你總該聽到了吧？」

她的眼睛睜得大大的，帶著某些他無法理解的感情，但是他注意到，當他朝她跑去的時候，她一直向後退縮著，而且還回頭看了看房子，似乎很想跑回去尋求庇護。

她搖搖頭，瞪著他。

「我什麼也沒聽到。」她驚訝地說。

似乎她已經盡力判別過了，她的樣子很誠實，讓他無法不相信她。但這不可能是他自己想像出來的，這不可能，不可能……

他聽到她用非常輕柔的聲音說，幾乎是帶著同情。

「你得過砲彈休克症[7]，對吧？」

他立刻明白她怕的是自己。她回頭瞄著房子，那是因為她認為他有幻覺……然後，就像是被冰水淋過一樣，他的腦海裡突然冒出這樣的念頭：她說的話是事實嗎？自己真的產生幻覺了嗎？這可怕的想法令他很迷惑，他轉過身去，一語不發，跌跌撞撞地走了。女孩目送著他離開，嘆了口氣，搖搖頭，彎下腰，繼續她的除草工作。

傑克獨自一人努力思索這件事。

「如果我在七點二十五分再聽到這該死的尖叫聲，」他對自己說，「顯然，我就是產生幻覺了。不過，我不會再聽到的。」

這一整天，他的神經緊繃，早早就上床睡覺了，決定隔天早上再證實這件事。

或許，誰遇到了那種事，自然都會受到一些影響。直到半夜，他還沒睡著，結果早上竟睡過了頭。直到七點二十分的時候，他才離開旅館跑了出來。他明白，自己不可能在七點二十五分到達球場了，但可以確定的是，如果那個聲音真的只是幻覺，在任何地方他都會聽得到的。他繼續跑著，眼睛盯著手上的錶。

七點二十五分，遠處傳來一個女人的叫喊聲，內容聽不太清楚，但是他確信，這和他前幾次聽到的尖叫聲是一樣的，而且也是從同一地方傳過來，就是那棟小別墅附近的某個地

7　砲彈休克症（shell-shock）是一種由砲彈爆炸和震動聲所引起的精神病。

方。

真是奇怪，事情連續發生在他身上。畢竟，它可能是個騙局。但是看起來又那麼不可思議，那個女孩可能也在開他玩笑。他毅然挺挺肩膀，從高爾夫球袋裡拿出球桿，他要朝小別墅打上幾球。

像平常那樣，那位女孩還在花園裡。這天早上，她抬起頭，而且當他向她舉起帽子，非常靦腆地道早安時……他覺得她看起來比平常更可愛。

「天氣很好，對吧？」傑克快樂地說，私下咒罵著那些無法避免的瑣碎問候。

「是的，的確，天氣非常好。」

「我想，這種天氣很適合到花園幹活？」

女孩微微一笑，露出迷人的酒窩。

「啊，不！對我的花而言，最好的天氣是下雨。看，它們都乾枯了。」

傑克接受了她的邀請，走近那道矮矮的樹籬，就是這道樹籬把花園和球場分開的，他從樹籬的上方探進頭來，看著花園。

「它們看起來都很好。」他愚蠢地說。

他意識到當他說話時，女孩用略帶同情的眼光瞥了他一眼。

「陽光很強，是吧？」她說，「要種好這些花，就要不停給它們澆水。但是，陽光會帶給它們力量和健康。今天，我看得出來，先生的氣色好多了。」

她鼓勵的口吻引起了傑克強烈的不安。

「他媽的，」他對自己說，「我相信，她是在暗示著我應該去接受治療。」

「我感覺很好。」他說。

「那就好。」女孩又流利地回應。

傑克感到非常不快，他覺得她並不信任他。

他又打了幾個球，然後趕緊回去吃早飯。他邊吃邊想，不只一次了，坐在他旁邊的男人正仔細地審視他。那是一個中年男人，有一張堅強有力的臉，留著小小的黑鬍子，還有一雙非常銳利的灰眼睛，他那安然又自信的舉止，在在都顯示他在醫學研究的領域中具有崇高的地位。傑克聽說他的名字叫李文頓，而且傑克還模模糊糊聽到幾個關於他的謠言，據說他在醫學界非常有名，但傑克不是哈利大街的常客，這個名字對他來說，幾乎沒有任何意義。

然而今天早上，他非常確切地意識到，李文頓一直在靜悄悄地審視他，而且這種審視讓他感到有點害怕。難道他的祕密寫在臉上，所有的人都一清二楚？難道這個男人，出於職業的天性，知道他大腦灰細胞裡出了某些問題？

一想到這些，傑克就發抖了。這是真的嗎？他真的發瘋了？整件事是幻覺，還是一個大騙局？

突然，他的腦海裡冒出一個簡單的測試方法。截至目前為止，一直是他一個人獨處，假設有別人和他在一起，情況又會怎樣呢？那麼至少會有三種可能：那個聲音可能不會再出現；他們兩個人可能都會聽到；或者……只有他一個人聽得到。

那天晚上他開始執行這個計畫。李文頓就是最佳人選。他們很輕鬆就聊了起來……或許，這位老哥一直在等待著那樣的寒暄。顯然，傑克引起了他的興趣，傑克自然而然地提議在早飯之前可以打幾桿高爾夫球，他們約好第二天早上就去。

他們在七點前就出發了。這天天氣非常好,晴朗無雲,而且不熱。醫生打得很好,傑克則不太理想。他全副心思都放在即將出現的危機上，他不停偷瞄手錶。打到第七桿的時候，球正好落在球洞和那棟小別墅之間，那時大約七點二十分。和平常一樣，當他們經過的時候，女孩正在花園裡工作，她並沒有抬起頭來看他們。

兩顆球就在球場上，傑克站在靠近球洞的地方，醫生則站得比較遠。

「我要擊中它，」李文頓說，「我想，我一定會擊中它。」

他彎下腰，判斷著擊球角度。傑克直直站著，他盯牢手錶，時間正好是七點二十五分。球迅速沿著草地滑動，滾到球洞的邊緣，停了一下，接著滾了進去。

「好球，」傑克說。他的聲音聽起來有點嘶啞，不太像自己的聲音……他胡亂將手錶推回去，放鬆似地長長吐了口氣。什麼也沒發生，咒語被打破了。

「如果你不介意等我一分鐘，」他說，「我想抽口菸。」

打到第八桿的時候，他們停了下來。傑克把菸絲裝滿，點然菸斗，他的手指微微發抖，大腦裡似乎充滿了無形的壓力。

「天氣真好，」他帶著滿足的神情，望著面前的風景，又說：「繼續吧，李文頓，你的球。」

就在那時，那個聲音又出現了，就在醫生擊中球的那個時刻。一個尖利又痛苦的女聲響起。「殺人啦，救命啊！殺人啦！」

菸斗從傑克緊張的手中掉了下來，他立刻轉向那個發出聲音的位置。接著，他想起原來的計畫，立刻喘氣瞪著他的同伴。

李文頓正低頭瞇著眼，看著打出去的球。

「我想，打得有點短了，儘管剛好繞過障礙區。」

他什麼也沒聽見。

世界在傑克的眼前旋轉，他拖著沉重的步伐，踉踉蹌蹌走了一兩步……當他重新回過神來時，人已躺在草坪上，李文頓正彎腰看著他。

「老兄，現在不要緊張，放輕鬆。」

「我怎麼了？」

「年輕人，你昏過去了，或者說，你差點就昏過去了。」

「我的天啊！」傑克呻吟道。

「怎麼了？你的精神出了什麼問題？」

「待會兒我再告訴你，不過我要先問你一些事。」

醫生點燃菸斗，坐在邊坡上。

「你喜歡問什麼就問吧。」他大方地說。

「這幾天以來，你一直在觀察我，為什麼？」

李文頓的眼睛閃了一下。

「這是個很難回答的問題，你知道，就算貓咪也可以盯著國王看。」

「不要迴避我的問題，我是說真的，為什麼？我有很重要的理由問你這個問題。」

李文頓也變得嚴肅起來。

「我會非常誠實地回答你。因為我看得出來，你臉上的一切跡象都顯示你遭受極大的壓力，這引起了我的興趣，我想知道你的壓力是什麼。」

「我可以簡單地回答你，」傑克痛苦地說，「我就要發瘋了。」

他充滿戲劇性地停了下來，但是，他的敘述似乎並未引起他所想見的興趣和驚愕，他又說：「我告訴你，我快發瘋了。」

「真奇怪，」李文頓喃喃道，「真的非常奇怪。」

傑克感到很憤慨。

「當醫生的都很無情，我想你也差不多一樣令人討厭了。」

「別這樣，我的年輕朋友，你這是隨便下結論。首先，儘管我拿到了學位，但是我並不行醫。嚴格說來，我不是醫生，也就是說，我不是醫治身體疾病的醫生。」

傑克熱情地看著他。

「那麼，你是精神醫生了？」

「是的，在某種程度上是這樣，但更確切地說，我稱自己是靈魂醫生。」

「噢！」

「我聽得出你語調中的蔑視，但我們必須使用一些詞語去傳達這項充滿活力的法則，這項法則可以脫離並獨立於它的肉體，也就是脫離軀體而存在。你不得不使用靈魂這個字眼，你知道，年輕人，靈魂不僅僅是被牧師發明出來的宗教術語，只是我們經常稱呼它精神、自我潛意識，或其他你更能接受的稱呼。剛才你對我的話感到憤怒，但我可以向你保證，它確實讓我覺得很稀奇，像你這樣一個身體無恙的正常年輕人，竟也會患上幻覺而精神錯亂？」

「我確實精神錯亂了，我非常痛苦。」

「請原諒我剛才的話，不過，我還是不信。」

「我精神錯亂了！」

「晚飯後？」

「不，就在今天早上。」

「不會的。」醫生說，重新點燃了手中業已熄滅的菸斗。

「我告訴你，我聽見了別人聽不到的東西。」

「一千個人當中會有一個人可以看見木星，即使其他九百九十九個人看不見，也沒有理由懷疑木星的確存在，而且更沒有理由把第一千個人當成瘋子。」

「木星的存在已經被證實是科學事實了。」

「今天的幻覺，在明天就很有可能被證實是科學事實。」

不知不覺地，李文頓的態度感染了傑克，他感覺到無比的安慰和歡欣。醫生關心地看了他一會兒，然後點點頭。

「好些了，」他說，「你們這些年輕人的問題，就是太執著於自己的人生觀，很難接受不同的觀念。因此，當某些東西出現並衝擊到原有的觀念時，你們就受到了驚嚇。讓我聽聽看你認為自己發瘋的理由吧，然後再研判一下，看看需不需要把你鎖起來。」

傑克盡可能忠實地把整個故事敘述了一遍。

「但我不能理解的是，」最後他說，「為什麼今天早上它出現的時間是七點半，足足晚了五分鐘。」

李文頓想了一兩分鐘，接著又問：「你的手錶現在是幾點？」

「七點四十五分。」傑克邊思索邊答道。

「那麼，那就說得通了。我的手錶現在才七點四十分，你的手錶快了五分鐘。這非常有趣，而且，也非常重要……事實上，對我來說，它是最重要的一點。」

「怎麼說？」傑克也開始感興趣了。

「最簡單的解釋是，在第一天早上，你確實聽到了尖叫聲……或許是有人開玩笑，或許不是。於是，第二天早上，你預測自己也會在同一時間聽到同樣的尖叫聲。」

「我敢確定，我沒這樣想過。」

「當然，這不是有意識的，但潛意識經常會對我們開一些有趣的玩笑，你知道。無論如何，那種解釋經不起檢驗，如果這件事只是出於暗示，那你應該在你的手錶走到七點二十五分的時候，聽到那個尖叫聲，而且就像你自己所想的那樣，你不該在七點二十五分過去之後，還聽得到。」

「沒錯，然後呢？」

「嗯，很顯然地，這種呼喊救命的尖叫聲確有其事，它在宇宙裡占據了一定的空間和時間。空間就是那棟小別墅的附近，而時間就是七點二十五分。」

「是的，但是為什麼只有我聽得到它呢？我不相信鬼神、幽靈、還是什麼與靈魂交談之類的東西。為什麼只有我聽到這該死的聲音呢？」

「啊！這個問題，我也說不出個所以然。這是件怪事，許多優秀的靈媒都宣稱自己是最堅定的無神論者，並不是只有那些對神祕現象感興趣的人才會碰到靈異事件。有人可以看見或聽見別人看不見、聽不到的東西，我們也不知道原因何在，而且這些人十之八九並不希望遇到這種事，他們堅信自己是精神錯亂了，就像你這樣。這些東西就像電流一樣，對於它們來說，有些東西是很好的導體，而另一些則是非導體，長久以來，我們也不知道為什麼，但我們不得不接受事實。未來我們會知道原因，總有一天，無庸置疑，我們會知道，為什麼只有你聽得到那個聲音，而我和那位女孩聽不到。所有事物都要接受自然法則的支配，你知道，所謂的超自然並不存在。尋找支配那些心靈現象的法則將成為一項艱苦的工作，而且這種工作往往得不到別人的幫助。」

「但是，我該怎麼辦呢？」傑克問。

李文頓咯咯咯笑了起來。

「務實一點，我的年輕朋友，你應該去吃一頓豐盛的早飯，然後離開這個城市，不要再繼續擔憂那些你無法理解的事了。而我，則會到處逛逛，看看能不能收集到一些關於那棟小別墅的消息。我敢發誓，那裡肯定有一些祕密。」

傑克站了起來。

「那好，先生，我就走，但是，我說……」

「什麼？」

傑克的臉變得有點尷尬。

「我相信那位女孩是正常的。」他嘟囔道。

李文頓覺得很有意思。

「你沒有告訴我，她是一位漂亮的女孩吧？嗯，加油吧，我想從她那裡會找出頭緒的。」

那天傍晚，傑克帶著高漲的好奇心回到家中。現在，他已經無條件地信任李文頓了。醫生接受那件事情的態度是那麼自然、那麼實際、那麼不慌不忙，傑克被感動了。

當他下來吃晚飯的時候，發現他的新朋友正在客廳等他，醫生建議他們一起吃個晚飯。

「有什麼消息嗎，先生？」傑克熱切地問。

「我已經收集到有關希瑟別墅的過往歷史。它先是被一個老園丁和他的妻子租下來，那位老人死後，老太太就搬到她女兒那裡去住。接著，一位建商買下它，並把它成功翻新，之後，他把它賣給城裡的一位紳士，那位紳士用它來度週末。大概一年以後，那位紳士又把它賣給一個名叫透納的人——透納先生或透納夫人。據我了解，他們似乎是一對奇怪的夫妻。丈夫是個英國人，而妻子——根據時下的說法——具有部分俄國血統，而且她長得非常漂亮，略帶異國風味。他們過著平靜的生活，在他們家裡看不到客人出入，他們也很少去花園裡走動。當地有謠言，說他們害怕某些東西……但是我認為我們不該相信那些說法。

「後來，有一天他們突然離開了，在一個大清早，他們突然就離開了，從此不再回來。仲介商接到透納先生從倫敦寫來的信，指示他盡快把那個地方賣掉。結果，家具都賣光了，房子則賣給了莫維勒先生。事實上，莫維勒先生只在那裡住了兩個星期，然後他也登廣告要把它租出去。如今，住在那裡的是一位患了肺病的法籍教授和他女兒，他們只在那裡住了十天。」

傑克靜靜地消化這些消息。

「我覺得，那些消息不能帶給我們任何提示，」最後他說，「對吧？」

「我很想知道更多關於透納一家人的消息，」李文頓靜靜地說，「他們一大清早就離開了，你還記得吧。據我所了解，沒有人確切看到他們離去。透納先生還有人見過，但是我找不到任何見過透納夫人的人。」

傑克的臉色開始發白。

「這不可能，你該不是說……」

「別興奮，年輕人。任何人在臨死之際都會產生一種支配的力量，尤其是那些橫死的人……這些支配力會強烈影響周圍的環境。可想而知，周圍環境或許會吸收那些影響力，並把訊息傳遞給一個合適的接收器……就像你這樣的人。」

「但是，為什麼是我呢？」傑克反抗似地嘟囔著，「為什麼不是別人？或許他們會做得更好。」

「你把這種力量看成是帶有意義並且是有目的，而不是盲目、機械的。之前，我一直不相信世俗的說法，說什麼靈魂是為了某種特殊的目的才在某處出沒遊蕩。但是，在我一次又一次見識到這種事情之後，就再也無法認為這只是一種純粹的巧合了。實際上，鬼魂出沒和瞎子摸索光明的行為是一樣的，它們都是一種帶有神祕色彩的行為，這種行為受到一種神祕力量的支配，它會朝著目標不停地、隱祕地前進……」

他使勁地搖搖頭，彷彿要努力擺脫某些占領他腦袋的固執觀念，然後他轉向傑克，臉上帶著一個準備好了的微笑。

「無論如何，今天晚上就讓我們忘記這個話題吧。」他建議道。

傑克非常樂意地接受了這項建議，但是在他的腦海裡，這個話題可不是那麼容易就能忘記的。

到了週末，他自己也做了一次周密的詢問，但得到的結果不比醫生多。他已經明確地決定，早飯之前再也不打高爾夫球了。

接下來的事很出人意料。有一天，他回來時，聽說有一位年輕女士要見他，令他感到非常驚愕的是，來訪者居然就是那位花園裡的女孩……那個紫羅蘭女孩，他在心中總是這樣稱呼她。她看起來非常緊張疑惑。

「你會原諒我冒昧地來打擾你吧，先生？但是，我有些事情想要告訴你，我……」

她不太確定地四下張望。

「來這裡，」傑克很快地說，帶她走進旅館裡業已廢棄多年的「仕女客廳」，那是一個陰暗、裝飾著許多紅色絲絨的房間。「好了，請坐吧，小姐，怎麼稱呼？」

「先生我叫馬索德，菲莉絲．馬索德。」

「請坐，馬索德小姐。請告訴我是什麼事？」

菲莉絲順從地坐了下來。今天她穿著深綠色的衣服，那張驕傲的小臉龐散發出比平常更強烈的迷人魅力。傑克坐在她旁邊後，心跳不由得加速。

「是這樣的，」菲莉絲解釋道，「我們才剛搬到這裡不久，從一開始，我們就聽說那棟房子——我們那棟美麗的小別墅——是一間鬼屋，沒有僕人願意留在那裡。這沒什麼關係，我可以做家務事、煮點家常菜。」

她真是個天使！這個年輕人呆呆地想著，她真了不起。

但是，表面上他卻假裝出一副只關心實務的樣子。

「這些關於鬼魂的說法，我一向認為是愚蠢的……直到四天前，先生，四個晚上過去了，我一直做著同一個夢。夢到一位女士站在那裡……她長得很漂亮，高高的個子，非常迷人，她的手裡拿著一個藍色的中國瓷罐，她很痛苦，非常非常痛苦，而且，她不停地要把那個瓷罐遞給我，好像在懇求我用那個瓷罐做一些什麼事……但是，啊！她不能說話，而且我，我不知道她要求我做什麼。這就是頭兩個晚上的夢境了。到了前天晚上，我夢到更多了。她和那個藍色的瓷罐慢慢消失，然後，突然，我聽到了她的聲音在尖叫……我知道那是她的聲音，而且，噢！先生，她尖叫的內容就是那天早上你對我說的：『殺人啦，救命啊！殺人啦！』我在恐懼中驚醒，我對自己說這只是一個噩夢，聽到的尖叫聲只不過是巧合。但是，昨天晚上，我又做了同樣的夢。先生，這是什麼？你也聽到了，我們該怎麼辦？」

菲莉絲一副被嚇壞了的模樣，她的小手緊握了起來，求助似的望著傑克。傑克假裝什麼感覺也沒有，一副絲毫不為所動的樣子。

「那好，馬索德小姐，你別擔心，如果你不介意的話，我告訴你，我希望你做什麼：你可不可以把這個故事向我的朋友再複述一次，他也住在這裡。」

菲莉絲表示她願意接受這個提議，傑克出去找李文頓。幾分鐘後，他和醫生一起回來了。

傑克急急忙忙做了介紹，李文頓用銳利的眼光審視了一下那位女孩。說了幾句安慰的話，他很快就讓女孩平靜下來，然後，輪到他專心地聽她陳述。

「非常怪異，」聽她講完之後，他說，「你把這些都告訴你父親了嗎？」

菲莉絲搖搖頭。

「我不想讓他擔心，他的病還很嚴重。」她的眼眶裝滿了淚珠。「我盡量避開所有可能引發他興奮或者憂鬱的事情。」

「我了解，」李文頓熱心地說，「我很高興你能來找我們，馬索德小姐。你知道，賀汀敦先生的經歷也和你有點類似。我想我可以說，現在我們大家都找到線索了。你還能想起什麼其他的事情嗎？」

菲莉絲飛快地想了一下。

「當然！看我多麼愚蠢，它是整個故事裡最重要的一點。兩位先生，你們看，我在一個壁櫥的背後，找到了這個東西，它滑落到後面去了。」

她遞給他們一張髒兮兮的畫紙，上面用水彩粗略地畫著一位女人的輪廓。只是胡亂地塗抹了幾筆，但是畫得非常逼真。那是一個高個子的漂亮女人，臉上隱約帶著某種異國風情，她站在一張桌子旁邊，桌子上擺著一個藍色的中國瓷罐。

「今天早上，我只找到了這個，」菲莉絲解釋道，「醫生先生，這張臉和我在夢中見到的那個女人一樣，而且，這個瓷罐也是。」

「真不可思議，」李文頓說道，「顯然，祕密的關鍵在於這個藍色瓷罐。看起來它是個中國瓷罐，或許還是個古董瓷罐。外層似乎是用一種奇怪的技術讓它凸起來的。」

「這是一個中國瓷器，」傑克說，「我在舅舅的收藏品中，看過一件與它一模一樣的東西。我舅舅是個中國瓷器的大收藏家，你知道，而且我還記得，不久前我才見過和它很像的瓷器。」

「中國瓷罐，」李文頓沉吟道。他繼續沉思了一兩分鐘，接著他突然抬起頭來，眼睛裡閃爍著一道奇怪的光芒。「賀汀敦，你舅舅得到那個瓷罐有多久了？」

「多久？我真的不知道。」

「想一想，他是最近買回來的嗎？」

「我不知道……但是，是的，我相信他是最近才買到的，現在我想起來了，我自己對瓷器不感興趣，但是我記得，他曾經向我展示過他『最近的收藏品』，其中，就有這麼一件。」

「那麼，最多是兩個月前了？透納夫婦離開希瑟別墅的時間，剛好就是兩個月前。」

「是的，我想是的。」

「你舅舅經常出席鄉村拍賣會？」

「他向來坐車去光顧拍賣會。」

「那麼，從本質上講，我們的假設就非常合情合理了，他一定是在透納夫婦的財產拍賣會上購得這件特殊的瓷器。一個怪異的巧合……或者就像我所說的，像瞎子摸索光明一樣。

賀汀敦，你必須馬上去調查一下，你舅舅是從哪兒買來這個瓷罐的。」

傑克的臉沉了下來。

「我恐怕做不到。喬治舅舅去歐洲了。如果要寫信給他，我甚至不知道該寄到哪兒。」

「他要去多久？」

「至少三個星期到一個月。」

接下去是一片寂靜。菲莉絲坐在那裡，焦急地看看傑克再看看醫生。

她怯怯地問道：「那麼，我們也不能做什麼了？」

「是的，只有一件事了，」李文頓說，語調中透露了按捺不住的興奮。「或者，這很不尋常，但是，我相信這會成功。賀汀敦，你必須拿到那個瓷罐，把它帶過來，而且，如果小姐允許的話，我們打算帶著藍色瓷罐在希瑟別墅裡過夜。」

傑克感到身上發麻，非常不舒服。

「你認為會發生什麼事呢？」他不自然地問。

「我還沒想到什麼確切的事……但我確信，這個祕密可以解開，而且那個鬼魂會安然回到陰間去。那個瓷罐也許有雙層罐底，裡面很可能藏著些東西。如果什麼現象也沒發生，我們就只能臨機應變了。」

菲莉絲雙手交握。

「真是個好主意。」她叫道。

她的眼睛由於激動而閃閃發光，傑克卻不覺得有什麼好激動的。事實上，在內心深處，他很害怕這麼做，但他絕不會在菲莉絲的面前承認這項事實。醫生則一副理所當然的模樣。

菲莉絲轉向傑克問道：「我們什麼時候可以拿到那個瓷罐？」

傑克則很不情願地回答：「明天。」

現在，他不得不堅持到底了。每天早上，那種瘋狂的呼救尖叫聲都讓他心神不安，他只是強自把它壓下去，除了醫生這個主意，他也想不出什麼解決之道了。

第二天晚上，他去舅舅家，並拿走了那個瓷罐。當他再次看到這個瓷罐時，他更加確信，這就是那個用水彩勾勒在紙上的瓷罐，但是，他仔細地審查了一遍，卻沒有任何跡象顯示在它的底部會隱藏著什麼祕密。

十一點左右，他和李文頓抵達希瑟別墅。菲莉絲站在望樓上等候著他們，趕在他們敲門之前，她就把門輕輕打開了。

「進來吧，」她小聲說道，「我父親正在樓上睡覺呢，我們不能吵醒他。我已經幫你們準備了咖啡。」

她帶領他們走進一間舒適的小客廳，客廳的壁爐上立著一盞酒精燈，背著燈，菲莉絲彎下腰給他們沖著香噴噴的咖啡。

接著，傑克從層層包裹中打開了那個中國瓷罐。看到它的時候，菲莉絲不禁喘了口氣。

「哎呀，是真的，是真的，」她熱切地喊道，「就是它，無論身在何處，我都能認得出來。」

同時，李文頓也在準備著。他把一張小桌子上所有的裝飾品都移開，接著，把桌子搬到房間的中央，在桌子的周圍擺好了三把椅子，然後從傑克手裡接過那個藍色瓷罐，把它放到桌子的中央位置上。

「現在，」他說道，「我們已經準備好了。把燈關上，讓我們在黑暗中坐到桌子的旁邊。」

其他兩人服從了他的命令。在黑暗中，李文頓的聲音再次響起。

「什麼也不要想，或者什麼都想，不要強迫自己，很可能我們其中的一位具有靈媒的力量，如果那樣，那個人就會進入一種夢幻狀態。記住，沒有什麼東西值得害怕的，把恐懼從你們的心中驅除出去，而且要順其自然，順其自然……」

他的聲音漸漸地消失了，接下去是一片死寂。一分鐘又一分鐘過去了，寂靜似乎孕育了更多的可能性。李文頓說要「驅除恐懼」，這似乎真的很有效，傑克不再感到恐懼了……但他感到的是突如其來的驚慌，而且他幾乎可以肯定，菲莉絲也有同樣的感覺。突然，他聽到了她的聲音，低沉而且充滿了恐懼。

「可怕的事情就要發生，我感覺到了。」

「把恐懼驅除出去，」李文頓說，「不要和感應抗爭。」

黑暗似乎更濃重了，而寂靜使人揪緊了心臟，那種無法確定的恐懼感愈來愈逼近。

傑克感到自己的呼吸愈來愈困難、幾乎要窒息……惡魔已經非常逼近了……

然後，戰鬥的時刻過去了，他倒下來，順著流水往下漂流，他的嘴唇閉了起來，寂靜，黑暗……

傑克慢慢醒了過來，他的腦袋沉甸甸的，像鉛一樣沉重，他身在何處呢？

陽光，小鳥……他躺在天空下面。

然後，他清醒過來了。那個小聚會、那間小房間、菲莉絲和醫生……發生了什麼事？

他坐了起來，腦袋痛得要命，很不舒服，他看了看四周。他躺在離小別墅不遠的一處矮灌木叢裡，旁邊一個人也沒有。他看了看手錶，大吃了一驚，時間竟然已經十二點半了。

傑克掙扎著站了起來，趕快衝向那棟小房子。一定是他昏了過去，他們救不醒他，所以被嚇壞了，因而把他搬到外面去。

到了別墅時，他用力敲門，但是沒人回答，而且裡面好像已經沒人居住了。想必他們已經走了，找救兵去了，或者……傑克覺得無比恐懼。昨天晚上，究竟發生了什麼事？

他匆忙趕回旅館，打算先到櫃檯詢問一下。這時，他的肋骨受到重重一擊，幾乎將他撞倒在地，他氣憤地轉過身，看到了一位頭髮花白的紳士，正快活地朝他喘著氣。

老頭子說：「沒想到是我吧？孩子，沒想到是我吧？嘿？」

「怎麼了，喬治舅舅，我還以為你在很遠的地方呢，比方在義大利的某個角落。」

「啊！不是的，我是昨天晚上到多佛的，然後我就開車到城裡去，並順道繞過來看你。

瞧，我發現了什麼，整個晚上你都不在，嘿？你要好好過日子……」

「喬治舅舅，」傑克緊張地阻止他。「我有個非常怪異的故事要告訴你，我敢說，你一定不會相信。」

「我敢說我不會，」老人答道，「但是，你盡量說個清楚，我的孩子。」

「但是我必須先吃點東西，」傑克繼續說，「我快餓壞了。」

他走進餐廳，填飽肚子之後，便將整件事講述了一次。

最後他說：「誰知道他們後來怎樣了。」

只見他舅舅卻似乎快要昏過去了。

「那個瓷罐，」最後，他尖叫了起來。「那個藍色瓷罐！它最後怎樣了？」

傑克不解地瞪著他，但是淹沒在他舅舅撲面而來的怒吼聲中，他慢慢懂了。

他舅舅急忙問道：「明朝唯一的……我收集的珍品，它至少價值一萬英鎊，那個美國富翁霍根就願意出那麼多錢……這種瓷罐世上只有這麼一個……混蛋，小子，你究竟對我的藍色瓷罐做了些什麼？」

傑克從房裡衝了出去，他必須找到李文頓。櫃檯小姐冷冷地看著他。

「李文頓醫生昨天晚上已經離開了，他坐車走的，還留了一張紙條給你。」

傑克打開紙條，內容既簡短又中肯：

我親愛的年輕朋友：

你那超自然的體驗今天終於結束了嗎？不完全吧……尤其用新科學語言來形容的話。菲莉絲、病倒的父親和我向您致上最誠摯的問候。我們已經出發十二小時，時間應該很充裕。

安布羅斯·李文頓，你永遠的靈魂醫生

09

亞瑟・卡麥可爵士奇案

The Hound of Death

此為摘自醫學系已故名心理學家愛德華・卡斯泰醫生的筆記：

當我抵達這裡的時候，我非常清楚地意識到，看待這個奇怪的悲劇性事件有兩種顯然不同的方法，我自己的觀點從未動搖過。我被說服把這個故事完整地寫下來，而且說真的，我相信為了科學之故，如此奇怪、令人費解的事件也不應被埋沒和遺忘。

我的朋友塞托醫師打電報給我，讓我首度接觸到這件事。電報只提到一個名叫卡麥可的人，而且不太明確，但是，依照它的指示，我乘坐十二點二十分的火車，從派汀頓來到哈德福郡的華登。

我對卡麥可這個名字並不熟悉，只是和已故的威廉・卡麥可爵士有過點頭之交，儘管在之後的十一年中，我一直沒聽說過他的任何消息。我知道，他有個兒子，也就是現在的準爵士，想必他已經是年約二十三歲的年輕人了。我隱約記得，我曾聽過一些關於威廉爵士第二次婚約的謠言，但除了第二任卡麥可夫人給人一種模糊的壞印象，我什麼都不記得了。

塞托在火車站接我。

「你來了，真是太好了。」他搖著我的手說。

「沒什麼，我想，這應該是我的專長？」

「完全正確。」

「那麼，那是一個精神病例了？」我試探地說，「是不是牽扯到一些特別的人物？」

這時，我們已經整理好了我的行李，坐到了一輛馬車上，我們離開了火車站，正朝著大約三哩外的華登進發。好一會兒，塞托都沒回答我的問題。之後，他突然大聲說道：「整件事都令人費解！那個年輕人，才二十三歲，從各方面來看，他是個很正常的人，和藹可親，從不驕傲自大，儘管或許不是非常聰明，但也算得上是個普通英國上流社會的好青年。有一天晚上，他像往常那樣上床睡覺，到了第二天早上，他就變成一個滿村亂跑的白癡，而且連他最親近的人都認不出來了。」

「啊！」我興奮地說，這應該是一個很有意思的病例。「他完全喪失記憶？這發生在什麼時候？」

「昨天早上，即八月九號。」

「而且據你所知，沒有什麼事情，諸如任何打擊……引發這種症狀？」

「沒有。」

我突然心生懷疑。

「你是不是隱瞞了什麼？」

「嗯，沒有。」

他的遲疑加深了我的懷疑。

「我必須知道所有事情。」

「這和亞瑟沒什麼關係，那，那只是和……和那棟房子有關。」

「那棟房子？」我驚奇地重複著。

「你已經處理過許多那一類的事情，對吧，卡斯泰？你已經『嘗試』過處理所謂鬼屋之類的東西，那麼你對於那些東西有什麼看法？」

「十之八九是騙人的，」我答道，「但是還有第十個。我遇過一些現象，從正常的唯物主義角度來看，完全無法解釋，我是一個相信神祕事物的人。」

塞托點點頭，我們剛好轉過帕克大門，他用馬鞭指著山腰上一棟矮矮的白色建築物。

「就是那棟房子了，」他說道，「而且屋裡有些東西，非常古怪……可怕，我們都感覺到了……而且我不是一個迷信的人……」

「它以怎樣的形式出現？」我問道。

他奇怪地望著前方說：「我比較希望你事先什麼都不知道，你毫無偏見地來到這裡，如果你對這些事情毫無所知，也沒看到什麼……嗯……」

「是的，」我說，「這樣更好。但是，如果你能告訴我更多有關那個家庭的事情，我會很高興。」

「威廉爵士，」塞托說，「結了兩次婚。亞瑟是他元配的兒子。九年前，他又結婚了，現任卡麥可夫人是個行事神祕的人，她只有一半英國血統，而且我猜想，她有一半的亞洲血統。」

他停了下來。

「塞托，」我說，「你不喜歡卡麥可夫人？」

他坦白承認。

「不，我不是不喜歡她。關於她，似乎一直有些不祥的事情。嗯，我還是繼續說吧，續弦之後，威廉爵士又生了一個孩子，也是個男孩，孩子現在已經八歲了。威廉爵士是三年前去世的，亞瑟繼承了他的爵位和那棟房子。和以前一樣，他繼母和他同父異母的兄弟繼續和他一起住在華登。那個地方，我必須告訴你，非常貧瘠，威廉爵士的收入幾乎都用來維持開銷了。威廉爵士能夠留給他妻子的，一年只有幾百英鎊，但是很幸運的是，亞瑟一直和他的繼母相處得不錯，也願意和她住在一起。如今……」

「怎樣了？」

「兩個月前，亞瑟和一個迷人的女孩費麗‧派特森訂婚了。」他補充道，語調中飽含著感情，聲調也降低了。「他們本來打算下個月就結婚，現在她還留在這裡，你可以想見她的壓力……」

我靜靜地點點頭。

現在，我們離那棟房子愈來愈近了。我們的右手邊是一片綠色草坪，緩緩地往下延伸。突然，我看到一幅非常迷人的圖畫：一個年輕女孩慢慢穿過草坪，朝房子走去，她沒戴帽子，陽光照在她金黃的頭髮上面，閃閃發亮，她提著一只裝滿玫瑰的大籃子，一隻灰色的波斯貓形影不離地跟在她腳邊。

我滿眼疑問地望著塞托。

「那是派特森小姐。」他說道。

「可憐的女孩，」我說道，「可憐的女孩。但是，她和那籃玫瑰以及那隻灰貓構成的畫面多麼美麗啊。」

我的朋友微弱地驚叫了一聲，我馬上朝他轉過身去，馬鞭從他的手指間滑落下來，他的臉色非常蒼白。

「怎麼了？」我大聲問道。

他努力使自己恢復過來。

又過一會兒，我們到達了，我跟在他後面，走進了一間綠色客廳，裡面已經擺好了茶，正等待著我們的到來。

我們走進去的時候，一位年過半百卻依然美麗動人的女人起身，伸出歡迎之手向我們走過來。

「這是我的朋友，卡斯泰醫生，這是卡麥可夫人。」

我無法解釋當我和這位迷人又高貴的女人握手時，那種迎面而來的奇異震動感，她舉手投足間帶著神祕又感傷的優雅，這讓我想起了塞托所說的東方血統。

「你能來這裡真是太好了，卡斯泰醫生，」她用一種音樂般的低沉聲音說道，「來幫助我們解決這個麻煩。」

我平凡無奇地回答了一番，她把茶遞給我。

幾分鐘後，我在草坪上看到的那位女孩走了進來，那隻貓不再跟在她後面，但是她的手裡仍然提著那籃玫瑰。塞托把我介紹給她，她激動地走到我跟前。

「噢！卡斯泰醫生，塞托醫生已經把你許多的經歷告訴我們了。我有一種感覺，你可以為離去的亞瑟做些什麼。」

毫無疑問，派特森小姐是個非常可愛的女孩，儘管她的臉頰有點蒼白，而且她坦誠的眼睛外圍還有深深的黑眼圈。

「我親愛的年輕女士，」我安慰她說道，「你確實不必絕望。這種喪失記憶的病例，或者精神分裂，通常都只持續很短的一段時間，在任何時候，病人都可以恢復他所有的能力。」

她搖搖頭。

「我不相信這是精神分裂，」她說，「這根本就不是亞瑟，他的身上已經沒有任何人性，那不是他。我……」

「派特森，親愛的，」卡麥可夫人溫柔地說，「這是你的茶。」

她的眼神裡有些東西制止了那位女孩，這舉動顯示出，卡麥可夫人對她未來的媳婦幾乎沒有什麼感情。

派特森小姐拒絕了那杯茶。為了讓談話輕鬆點，我說：「那隻可愛的小貓，不要來點牛奶什麼的嗎？」

她非常驚奇地看著我。

「那隻……小貓？」

「是的，幾分鐘前牠還在花園裡，和你在一起……」

我的話被一聲碎裂聲打斷了，卡麥可夫人撞翻了茶壺，熱水灑了一地。我趕緊收起話題，費麗．派特森奇怪地看著塞托。他站了起來。

「現在，你想看看你的病人嗎，卡斯泰？」

我馬上跟他走了出去，派特森小姐也跟著我們。我們走到樓上，塞托從口袋裡拿出鑰匙。

「有時他發作了，就到處亂跑，」他解釋道，「所以，當我離開這裡的時候，通常會把門鎖上。」

他用鑰匙打開了房門，走了進去。

那位年輕人正坐在窗戶旁邊，西沉的陽光在他身上灑下了一片金黃。他出奇安靜，幾乎是蜷縮成一團，每一塊肌肉都鬆弛了下來。一開始我以為，他沒有意識到我們的出現，直到後來我突然看到，在那不動聲色的眼瞼下面，他一直在密切觀察著我們。當他的眼光遇到我的時候，馬上垂下眼來，假裝什麼也沒看見。但是，他一動也不動。

「來，亞瑟，」塞托快活地說，「派特森小姐和我的一位朋友來看你了。」

但是，這個年輕人只是坐在窗戶旁邊，眨著眼。然而幾分鐘後，我又看見他在偷偷摸摸打量我們。

「要喝茶嗎？」塞托問，仍然那麼大聲和快活，好像對孩子說話。他的桌子上擺著滿滿一杯牛奶，我驚奇地揚起眉毛，塞托笑了。

「很有趣吧，」他說道，「他只肯喝牛奶。」

一會兒，亞瑟爵士不慌不忙地慢慢鬆開手腳，從他蜷曲成一團的地方站了起來，慢慢朝桌子走去。突然間，我看出他的移動幾乎悄無聲息，他的腳在地上走動時竟然一絲聲響也沒有。到達桌子的時候，他伸了一個長長的懶腰，一條腿向前伸，另一條腿則向後蹬，他把這個動作伸展到極點，然後打了個呵欠。我從未見過有人那樣打呵欠！嘴巴張得大大的，整張臉幾乎都看不見了。

現在，他的注意力轉到牛奶上了，他朝著桌子彎下了腰，直到嘴唇可以碰得著那些液體為止。

塞托回答了我滿是疑問的眼神。

「他根本不會用手了，好像回到原始狀態。殘廢了，對吧？」

我感覺費麗．派特森在我身後顫抖了一下，我表示安慰地把手放到她的手臂上。

牛奶終於喝完了，亞瑟．卡麥可再次伸長了身體，又用同樣悄無聲息的腳步，回到窗戶旁邊的位置上，然後像剛才那樣蜷起身子，朝我們眨眼。

派特森小姐把我們拉到走廊上，她渾身發抖。

「噢！卡斯泰醫生，」她叫道，「那不是他，那裡的那個東西不是亞瑟！我感覺得到，我知道……」

我悲傷地搖搖頭。

「大腦有時也會出毛病，派特森小姐。」

我承認自己也對這個病例感到疑惑，這個病人很不尋常，儘管我以前從未見過小卡麥可爵士，但他走路的古怪模樣和眨眼睛的方式，總讓我想起某些我也不太確定的事物。

那天晚上，我們的晚飯吃得相當安靜，只有我和卡麥可夫人兩個人在說話。當女士們都退席之後，塞托問起我對女主人的看法。

「我必須承認，」我回答，「我沒有任何理由不喜歡她。你說得很對，她有東方血統，而且我敢說，她具有明顯的神祕力量，她身上散發著與眾不同的魅力。」

塞托似乎打算說些什麼，但是，他思考了一下，過了一會兒，他只說：「她把所有的愛都留給她的小兒子了。」

晚飯後，我們再次坐到那間綠色的客廳裡。我們剛喝完咖啡，非常無聊地討論著今天的話題，就在那時，一隻貓在門外可憐地喵喵叫了起來，牠想進來。似乎沒有人注意到牠在叫，而且因為我比較喜歡動物，便站了起來。

「我可以讓那個可憐的小東西進來嗎？」我問卡麥可夫人。

她的臉色看起來非常蒼白，但是，她的頭微微地晃了一下，我想，我覺得她同意了，我走到門前，把門打開。但是，外面什麼也沒有。

「奇怪，」我說，「我敢發誓，我聽到了一隻貓在叫。」

回來坐下之後，我發現他們都在緊張地盯著我，這使我感到有點不太舒服。

我們都早早上床睡覺了，塞托陪我到房間。

「需要的東西都有了嗎？」他問道，並向四周看了看。

「都有了，謝謝。」

他還是非常侷促不安，遲遲不肯離去，彷彿有些事情很想對我說，但又說不出口。

「順便問一下，」我說，「你說這棟房子裡有些神祕的東西？但是，它看起來似乎很正常。」

「你認為它是一棟讓人舒服的房子嗎？」

「在目前的情況下，很難這麼說。顯然，它正沉浸在巨大的悲痛之中。至於任何不正常的影響，對此我可以開一張健康清單。」

「晚安，」塞托非常突兀地說，「祝你有個好夢。」

我當然做了夢。派特森小姐的灰貓似乎在我腦海裡留下極深刻的印象，整個夜晚，我似乎都夢到那隻可憐的小動物。

我猛然驚醒，突然，我明白為什麼那隻貓的印象會深深刻在我的腦海裡，因為那隻貓一直在我的門外喵喵喵叫個不停。面對著那樣的嘈雜聲，我當然無法入睡了，我點燃一根蠟燭，向門口走去。但門外的走廊上什麼東西也沒有，儘管那喵喵的叫聲還持續著。我突然想到一個新主意，那隻不幸的東西一定是被關在某個地方，無法出來了。走廊左邊的盡頭，是卡麥可夫人的房間。因此我右轉走了過去，還沒走幾步，那個叫聲突然又在我身後傳來。我馬上轉身，那個聲音又響起，但是這一次，它毫無疑問是在我的右邊。

我找不到任何東西，或許是走廊裡的一陣穿堂風，使我不禁發起抖來，我急急忙忙衝回房間。現在又一片寂靜了，很快地，我又睡著了。醒來時，已經是另一個陽光明媚的夏日清晨。

穿衣服的時候，我從窗戶往外張望，想看看昨天晚上到底是什麼東西打擾我休息。那隻灰貓正無聲地慢慢爬過那片草坪。我想，牠要捕捉的目標，可能是不遠處一群正嘰嘰喳喳忙著梳理羽毛的小鳥。

接著，發生了一件非常奇怪的事情。那隻貓一直向前爬，從鳥群中間穿過去，牠的毛幾乎從小鳥的身上掃過了，但那些小鳥並沒有被嚇得飛走。我不懂，那隻小東西非常不可思議。

牠在我腦海裡留下極其深刻的印象，吃早飯的時候，我忍不住說了出來。

「你知道嗎？」我對卡麥可夫人說，「你養了一隻非常特別的貓。」

我聽到了一陣杯子跌到碟子上的叮噹聲，然後我看見了費麗．派特森，她的嘴唇張著，呼吸也變得急促起來，她熱切地盯著我。

好一會兒大家都很安靜，然後卡麥可夫人帶著明顯的敵意說：「我想你弄錯了，這裡沒有貓，我從來不養貓。」

這表明，我已經非常糟糕地提到了一個不該涉及的話題，因此我趕緊轉移話題。

但是這件事情仍然使我感到疑惑。為什麼卡麥可夫人宣稱這棟房子裡沒有貓呢？或許是派特森小姐養的，那隻貓的行蹤被房子的女主人隱藏起來了？卡麥可夫人可能對貓也有那麼一種奇怪的反感，這種反感今天格外明顯。雖然這些解釋不一定合理，但我迫使自己暫時接受它。

病人的狀況還是一樣。這一次，我對他徹底檢查了一次，而且比起前一天晚上，我可以更仔細地研究他。根據我的建議，他應該盡可能多花點時間和家人在一起。我不僅希望藉由放寬對他的看守，進而獲得觀察他的好機會，也希望日常生活可以喚醒他的某些智力。然而，他的行為舉止仍然沒有什麼變化。他很安靜順從，頭腦好像一片空白，但是事實上，他十分明顯地私下偵察著周圍的一切。還有一件事讓我感到非常奇怪，就是他對他繼母產生了強烈情感，完全忽視了派特森小姐，而且他總是設法挨近卡麥克夫人而坐。有一次，我看見他用腦袋輕輕蹭著卡麥可夫人的肩膀，神情裡充滿了無聲的愛意。

我很擔憂他這種病情，覺得整件事有些蹊蹺，但是我毫無頭緒。

「這個病例非常奇怪。」我對塞托說。

「是的，」他說，「這件事讓人有很多……聯想。」

我想，他正在偷偷觀察我臉上的神色。

「告訴我，」他說，「他有沒有……讓你想起什麼事？」

這些話讓我感到很不舒服，使我想起了前一天的模糊印象。

「讓我想起什麼？」我問。

他搖搖頭。

「或許這是我的幻覺，」他低聲說，「僅僅是我的幻覺。」

總而言之，事情圍繞著各種祕密，我仍然迷失在困惑的感覺之中。我覺得自己錯過了那條解釋事實真相的線索，而且即便是考慮到那些最不重要的事實，還是充滿了祕密。我所謂不重要的事實，其實就是指那隻灰貓。不知道為什麼，那隻貓一直讓我擔憂。我夢見牠，不停地感覺自己聽到牠在叫，不時地，我還會在遠處的某個地方看到這隻漂亮動物的身影，與牠有關的祕密折磨得我難以忍受。某天下午，我突然想起應該到男僕那裡去打聽一下。

「我看見一隻貓，你可以告訴我一些……」我說，「關於那隻貓的事情嗎？」

「是那隻貓嗎，先生？」他驚奇又禮貌地回答我。

「這裡是不是……是不是養著一隻貓？」

「夫人養過一隻貓，先生。一隻很大的寵物，儘管她不得不捨棄，牠是一隻非常可愛的貓，一隻漂亮的動物。」

「一隻大貓？」我慢慢說道。

「是的，先生，一隻波斯貓。」

「你說牠被殺了？」

「是的，先生。」

「你確定牠被殺了？」

「噢！非常確定，先生。夫人不願意把牠送到獸醫那兒，結果她自己把牠殺了，這大概是一星期之前的事，牠埋葬在外面那棵山毛櫸的下面，先生。」

說完他就出去了，留我一個人在房間裡獨自沉思。

為什麼卡麥可夫人那麼決絕地宣稱她從未養過貓呢？

我有一種直覺，就是那隻貓在某種程度上是非常重要的。我找到了塞托，把他拉到一邊。

「塞托，」我說，「我要問你一個問題。你有沒有在這棟房子裡聽過或見過一隻貓？」

他似乎對這個問題一點也不感到驚奇，反而好像早就希望我問他似的。

「我聽過貓的聲音，」他說道，「但是我沒見過。」

「但是，第一天，」我叫道，「我看到牠就在那片草坪上，和派特森小姐在一起。」

他直直看著我。

「我只看到派特森小姐穿過草坪，除此之外，什麼也沒看見。」

我開始明白了。

「那麼，」我說道，「那隻貓……」

他點點頭。

「我想確定你……的的確確聽到我們都聽到的聲音？」

「那麼你也聽到了嗎？」

他再次點點頭。

「真奇怪，」我若有所思地低聲說，「以前，我從未聽說貓的鬼魂也會在一個地方出沒。」

我告訴他，我從男僕那裡打聽到一些消息，他也覺得很奇怪。

「這我倒沒聽說過，我不知道。」

「那麼這意味著什麼呢？」我無助地問。

他搖搖頭。

「天知道！但是，我要告訴你，卡斯泰，我很害怕，這隻貓，牠的聲音意味著……恐嚇！」

「恐嚇？」我尖聲說道，「恐嚇誰？」

他攤開雙手。

「我不能說。」

那天晚上直到晚飯後，我才明白他話中的意思。我們坐在綠色的客廳裡，就像我剛到的那天晚上那樣。然後，事情就發生了……那隻貓在門外一直大聲喵喵叫，但是這一次，牠的語調裡毫無疑問充滿了怒氣。貓兒凶猛地叫著，聲音拖得長長的，充滿了恐嚇意味。然後當牠停止嚎叫，便開始用爪子凶狠地抓著門外的黃銅門把。

塞托嚇得站了起來。

「我發誓那是真的。」他叫道。

他朝門口衝了過去，猛然把門打開。

外面什麼也沒有。

他擰著眉毛走了回來，費麗．派特森臉色發青，不停發抖，卡麥可夫人的臉色更是死白。只有亞瑟，他像個孩子似的滿足地蹲著，頭靠在他繼母的膝蓋上，平靜而不為所動。

派特森小姐把手放在我的手臂裡，我們一起上樓去。

「噢！卡斯泰醫生，」她叫道，「那是什麼？那是什麼意思？」

「我也不知道，我親愛的年輕女士，」我說，「但是我會去調查，你不必害怕，我確信那對你沒有危險。」

她懷疑地看著我。

「你真的這樣想？」

「我敢確定。」我堅定地回答她。

我還記得那隻貓跟在她腳邊亂轉的可愛模樣，我沒有絲毫疑慮，恐嚇不是衝著她來的。

我不知不覺中睡著了，然而就在我好不容易沉睡時，突然被一種恐懼感驚醒了。我聽到一陣嘎嘎的抓扒聲，好像外面有些東西正被凶殘地撕裂、拉扯著。我從床上跳了起來，衝到外面的走廊上。就在同一時間，塞托也從對面的房間衝了出來。聲音是從我們的左手邊傳出來的。

「你聽到了嗎，卡斯泰？」他叫道，「你聽到了嗎？」

我們輕輕走到卡麥可夫人的門前，身邊沒有任何東西經過，但是那個聲音停止了。我們的蠟燭在卡麥可夫人房間那光滑的門框上茫然地閃爍著，我們相互對視了一下。

「你知道那是什麼嗎？」他小聲嘟囔著。

我點點頭。

「一隻貓在用爪子撕裂、拉扯著什麼東西。」

我抖了一下，突然，我尖叫了一聲，把手中的蠟燭放低。

「看這裡，塞托。這裡！」

牆邊放著一張椅子，椅子的表面被撕扯成了一條一條……我們仔細檢查了那張椅子，他看了看我，我點點頭。

「那是貓的爪子，」他說道，深深吸了口氣。「不會錯的。」他的眼睛從椅子移到那扇緊閉著的門上。「那就是牠要恐嚇的人了，卡麥可夫人！」

那天晚上，我再也睡不著。事情已經發展成這樣，必須採取行動了。據我所知，只有一個人是眼前這種情況的關鍵，我懷疑，卡麥可夫人知道的東西比她告訴我們的更多。

第二天早上，當她下樓時，臉色像死人一般蒼白。她一直耍玩著盤中的早餐，我相信唯有鐵一般的意志才能讓她免於崩潰。早餐後，我問了她幾句話，然後直接切入正題。

「卡麥可夫人，」我說，「我有充足理由相信，你正面臨巨大的危險。」

「真的？」她非常漠然、不當一回事地說。

「就在這棟房子裡，」我繼續說道，「有一個東西……一個鬼魂，它極其明顯地仇視著你。」

「胡說八道！」她蔑視地說，「你以為我會相信連篇鬼話？」

「看看你房間外面的那張椅子，」我冷冷地說，「昨天晚上被撕成碎片。」

「真的？」她揚起眉毛，裝出很詫異的樣子，但是我看得出來，我說的事情她全都知道。「我想，不過是些愚蠢的惡作劇罷了。」

「不是那樣的，」我帶著某種感覺說道，「而且，我希望你告訴我，為了你自己的利益……」

我停了下來。

「告訴你什麼？」她問道。

「任何可能會有關聯的事。」我嚴肅地說。

她笑了起來。

「我什麼也不知道，」她說，「真的什麼都不知道。」

看來，任何危險的警告都不能誘使她鬆口。然而我確信，她知道的東西真的比我們多，而且她把線索隱藏了起來，這些線索我們絕對猜不出。但是我看得出來，要讓她開口是不可能的。

我決定了，我要盡全力採取預防措施，因為我確信，她正處於一個非常真實而且即將降臨的危險中。晚上在她回房間之前，塞托和我對她的房間進行了一次徹底檢查，我們一致決定輪流在走廊上監視。

我先監視，上半夜平安無事地過去了，三點時，塞托接手。由於前一天晚上一夜無眠，我感到非常疲倦，因此一倒在床上就不知不覺睡著了。接著，我做了一個非常奇怪的夢。

我夢到那隻灰貓蹲在我的床下，盯著我，眼睛裡充滿一種奇怪的懇求神情。之後，我知道牠希望我跟著牠走，我依照牠的要求去做。牠領著我走下長長的樓梯，然後走到房子的右側，最後來到一間顯然是圖書室的房間裡。牠在房間的一側停了下來，舉起牠的前爪，放到書架中的一本書上，接著再次凝視著我，帶著和剛才一樣充滿懇求的眼神。

最後……那隻貓和圖書室都消失了，我醒了過來，發現已經是早上。

在塞托看守的過程中，也沒發生什麼事，但是聽我講完那個夢，他很感興趣。我要求他帶我來到那間圖書室，非常巧合，房裡的每個擺設都和我夢中的一樣。我甚至可以確切指出那隻貓在哪裡帶著悲傷的眼神看我最後一眼。

我們兩人站在那裡，頭腦一片混亂。突然，我的腦海裡有個主意，我彎下腰，瀏覽了擺在那個位置上的圖書的書名。我注意到，那排書的中間有個空缺。

「這裡有一本書被拿走了。」我對塞托說。

他也朝著那個書架彎下了腰。

「喂，」他說道，「後面這裡有根釘子，它從那本遺失的書上勾下了一塊小碎片。」

他仔細地從釘子上解下那塊碎片，它只有一吋大小，可是，它的上面印著幾個意味深長的字：「那隻貓……」

「這個東西讓我顫抖，」塞托說，「它的確是又可怕又神祕。」

「我必須知道所有事情，」我說，「這裡遺失的書是什麼書？你想想，還有沒有什麼方法可以找到它？」

「可能在什麼地方會有目錄，或許，卡麥可夫人……」

我搖搖頭。

「卡麥可夫人不會告訴你任何事情。」

「你是那樣想的嗎？」

「我可以確定。當我們還在黑暗中猜測、摸索時，卡麥可夫人已經知道了一切真相。而且為了某些個人因素，她不會說出任何事情的。與打破平靜的局面相比，她更願意冒那個危險。」

這一天過得風平浪靜，這使我想起了暴風雨前的寧靜。我有一種奇怪的感覺，就是這個問題很快就會解決了。我一直在黑暗中摸索著，但是，我即將看到真相，所有的事實都在那裡，早就準備好了，等著一道小小的靈光把它們串聯起來，並顯示出原本的重要性。

現在，它們發生了！用一種奇怪的方式發生了！

那時，我們就像平常一樣，晚飯後一起坐在那間綠色客廳裡。我們都非常安靜，房裡真的非常安靜，一隻小老鼠穿過地板……就在那時，發生了一件事。

亞瑟突然從他的椅子上跳了起來，顫動的身體彎得跟弓一樣，他追蹤著那隻老鼠，老鼠消失在壁板後面，而他就蹲在那裡，盯著……他的身體仍然強烈地顫動著。

真可怕！我從未見過那樣令人震驚的一刻。我不再懷疑亞瑟那鬼鬼祟祟的腳步和警覺的眼神所讓我想起的事情了。這個解釋從我的腦海裡一閃而過，那麼野蠻，那麼不可思議和難以置信。我覺得它不可能，我拒絕相信……不可思議！但是，我無法把它從我的腦海裡驅除出去。

我幾乎想不起來接著還發生了些什麼，整件事看起來都非常模糊和不真實，我不知道我們是如何上了樓，並簡單地道了晚安，我們相互不敢看對方的眼睛，以免從中看到自己掩飾不了的害怕。

塞托自告奮勇要在卡麥可夫人的門外看守上半夜，並約好凌晨三點叫我。我並不怎麼害怕卡麥可夫人；我確信，我繼續幻想出來的理論是不可能的。我告訴自己這是不可能的……

但是我的思緒不停地轉向它，並繼續幻想。

這時，突然間夜晚的寂靜被打破了，塞托的聲音在大喊著，在叫著我，我衝到走廊上。

他正傾全力捶打、推撞著卡麥可夫人的房門。

「惡魔來找這個女人！」他叫道，「她把門鎖起來了！」

「但是……」

「它就在裡面，喂！找她來了！你沒聽見嗎？」

從鎖著的房門後面，傳來了一聲拖得長長的凶殘的貓叫聲，接著，是一聲驚駭至極的尖叫……我聽出那是卡麥可夫人的聲音。

「那扇門！」我大聲呼叫著，「我們必須撞開它，再晚一分鐘就來不及了。」

我們用盡全身的力氣，用肩膀撞著門，轟地一聲門撞開了，我們差點沒摔到地上。

卡麥可夫人躺在床上，躺在一片血泊之中，我從未見過這麼恐怖的情景，她的心臟還在跳動，但是，她的傷口非常可怕，咽喉上的皮膚都被撕成了碎片……我顫抖著，低聲喃喃道：「貓的爪印……」

一陣迷信而恐怖的顫抖傳遍了我的全身。

我給傷者穿上衣服，並仔細包紮好傷口，然後建議塞托最好對傷口的確切情況保密，尤其是對派特森小姐。我寫好一張電報去請醫院的護士，並在郵局一開門就立刻發出。

黎明的陽光偷偷地從窗戶射了進來，我看著下面的草坪。

「穿好衣服跟我出去，」我突然對塞托說，「現在卡麥可夫人已經沒事了。」

他很快就準備好了，我們一起走到花園裡。

「你要做什麼？」

「把那隻貓的屍體挖出來，」我簡單地說，「我必須確定……」

我從工具箱裡找到了一把鐵鍬，然後我們在山毛櫸樹下開始工作。終於，我們的挖掘有了結果。那件工作並不愉快，那隻動物已經死了一個星期，但我看到了我想看的東西。

「就是那隻貓，」我說道，「和我到這裡第一天所看到的一模一樣。」

塞托吸吸鼻子，仍然聞得到一陣苦杏仁的味道。

「是氰氫酸。」他說道。

我點點頭。

「你在想什麼？」他奇怪地問道。

「和你想的一樣！」

我的推測對他來說並不陌生，我看得出來，他的腦海裡也出現過同一個念頭。

「不可能，」他喃喃地說道，「這不可能！這和科學觀念是相違背的，任何自然的東西……」他的聲音拖著顫抖的尾音。「昨天晚上，有隻老鼠……」他說，「但是……噢！不會是這樣的！」

「卡麥可夫人——」我說，「是個非常奇怪的女人，她具有神祕的力量——催眠的能力。她的祖先來自東方，我們可以想見，她會怎樣運用這些能力去對待一個像亞瑟．卡麥可那樣無助又討人喜歡的人呢？記住，塞托，如果亞瑟．卡麥可變成一個無可救藥的低能兒，並且對她無比忠誠，那麼所有的財產就毫無疑問地全都歸她和她的兒子所有，你不是已經告訴了我，她把所有的愛都獻給自己的兒子了嗎？而且亞瑟正要準備結婚！」

「但是，我們應該做什麼呢，卡斯泰？」

「不能做什麼了，」我說道，「我們只能盡最大的力量，擋在卡麥可夫人與那個復仇者之間。」

卡麥可夫人恢復得很緩慢，她的傷口如期痊癒了……但是，她很可能要終生忍受那道可怕醜陋的疤痕了。

我從未感到如此無助，擊敗我們的力量還是那樣強大，無法戰勝，而且儘管現在它平靜下來了，我們仍然覺得它正伺機而動。我決定了一件事，就是一等到卡麥可夫人的身體康復到可以走動時，她必須馬上離開華登。這是唯一的機會，可以擺脫跟在她身後的可怕鬼魂，所以日子一天天地煎熬著。

卡麥可夫人離開的日子選在九月十八日。在十四日的早上，一件不可思議的事情發生了。

我正在書房裡，和塞托討論著卡麥可夫人的病情，就在那時，一位神色慌張的女僕衝了進來。

「噢！先生，」她叫道，「快點！亞瑟先生，他掉到池塘裡去了，他走到那條平底船上，船搖擺了起來，接著，他站不穩就掉了下去！我是從窗戶上看到這些的。」

我一秒鐘也沒遲疑，跟在塞托後面直衝了出去。費麗・派特森就在外面，聽到了女僕的講述。她也跟在我們後面跑了出來。

「但是，你們不用害怕，」她叫道，「亞瑟是個出色的游泳健將。」

然而，我感到非常不對勁，並加快了腳步。池塘的水面非常平靜，空蕩蕩的平底船懶洋洋地搖來擺去……但是，沒有任何亞瑟・卡麥可的身影。

塞托脫下外套和靴子。

「我要下去了，」他說，「你站在另一艘平底船上，拿網子撈撈看，池塘並不是很深。」

似乎過了很長一段時間，我們一直徒勞地尋找著。時間一分鐘又一分鐘過去了，然後，就在我們都感到絕望的時候，我們找到了他，亞瑟那顯然已經斷了氣的身體浮到岸邊。

後來，我一直無法忘記費麗・派特森臉上那種劇痛的絕望之情。

「不，不。」她的嘴唇拒絕說出那幾個可怕的字眼。

「不，不，親愛的，」我叫道，「我們會把他救活過來的，別害怕。」

但我心裡覺得已經沒有什麼希望，他沉入水底已經半小時了。我叫塞托到屋裡拿來熱毛毯和其他必備物品，然後我開始對他進行人工呼吸。

我們賣力地對他進行了整整一個小時的搶救，不過他仍然沒有什麼活過來的跡象。我示意塞托過來接替我的位置，然後我向費麗．派特森走去。

「恐怕，」我溫柔地說，「這已經沒什麼用了，我們對亞瑟．卡麥可已經無能為力了。」

她靜靜地站在那裡，之後突然撲到亞瑟的屍體上。

「亞瑟！」她絕望地尖叫著，「亞瑟！回到我身邊來！亞瑟，回來，回來！」

她的聲音在寂靜中迴盪著，突然，我碰碰塞托的胳膊。

「看！」我說。

一片淡淡的紅暈爬回那個溺斃者的臉上，我感覺到他的心臟慢慢跳動起來了。

「繼續做人工呼吸，」我叫道，「他就會活過來。」

現在，時間似乎飛逝過去了，不一會兒，他的眼睛睜開了。

突然，我意識到了一些不同，這種眼神是智慧的眼神，是人的眼神……

那雙眼睛轉向了費麗。

「你好！費麗，」他虛弱地說，「那是你嗎？我還以為你要明天才會過來呢。」

然而，她還是難以置信，無法張口，但是，她朝他微笑著。他帶著疑惑的神情朝四周看了看。

「可是，我說，我在哪兒呢？我覺得好熱！我發生了什麼事！你好，塞托醫生！」

「你差點就淹死了，就是這樣。」塞托嚴厲地說。

亞瑟爵士做了個鬼臉。

「我經常聽說這種事，據說事後總是會很討厭地想起來！但是，這是怎麼發生的？難道我走路時睡著了？」

塞托搖搖頭。

「我們必須把他扶進屋去。」我說道，並向前走去。

他盯著我，然後費麗為他介紹。

「這是卡斯泰醫生，他一直待在這裡。」

我們一左一右地扶著他朝房子走去，他好像被某個想法嚇了一跳，突然抬起頭來。

「我說，醫生，這不會讓我一直躺到十二號，對吧？」

「十二號，」我慢慢說道，「你是說八月十二日？」

「是的，就是下個禮拜五。」

「今天是九月十四日，」塞托突然說道，他顯然很疑惑。

「但是，但是我想，今天不是八月八號嗎？那麼，我一定是病了？」

費麗非常迅速地插了進來，溫柔地說：「是的，」她說道，「你得了很嚴重的病。」

他皺著眉頭。

「我不懂。昨天晚上，我上床睡覺的時候，人還非常健康，當然，至少那不真的是昨天晚上。不過我做了個夢。我記得，我夢到了……」他努力回想著，他的眉頭皺得更緊了。

「我夢到了一些事情……是什麼？一些可怕的事情……有人對我施了巫術……我感到很憤

怒，很絕望……然後我夢到自己變成了一隻貓，是的，一隻貓！真可笑，對吧？但是，那不是一個可笑的夢。它還有很多內容……真可怕！但是，我記不得了，我一回想就都忘記了。」

我把手放到他肩膀上。

「不要再想了，亞瑟爵士，」我嚴肅地說道，「夠了……忘記它吧。」

他疑惑不解地看著我，點點頭。我聽到費麗長長地鬆了口氣，我們走到門口。

「順便問一下，」亞瑟爵士突然說道，「媽媽在哪兒呢？」

「她……病了。」費麗好一會兒才答道。

「噢！可憐的媽媽！」他的聲音裡充滿了關心。「她現在在哪兒呢？在她自己的房間裡嗎？」

「是的，」我說，「但是，你最好不要去打擾……」

這句話在我唇邊停住，客廳的門打開了，卡麥可夫人披著睡袍走到大廳裡。

她的眼睛死死地盯著亞瑟．卡麥可，如果我曾見過什麼是扎扎實實因內疚而生出恐懼的話，現在就是了。她的臉幾乎不成人形了，帶著恐懼的狂亂，她的手放到了咽喉上。

亞瑟帶著滿臉孩子般的表情，朝她走去。

「你好，媽媽！那麼你也是被我吵醒了？我得說，我感到非常抱歉。」

她在他面前不斷地往後退縮，她的眼珠在擴大。這時，突然發出了一聲臨死前的尖叫，她向後一倒，躺在了敞開的大門口。

我衝上前去，朝她彎下腰，然後招手叫來塞托。

「快點，」我說道，「趕快帶他到樓上去，然後再下來，卡麥可夫人已經死了。」

幾分鐘後，他回來了。

「怎麼了？」他問道，「是什麼引起的？」

「驚嚇，」我嚴厲地說，「看見亞瑟．卡麥可復活後所受到的驚嚇！或者，你可以稱它為……我就是這樣稱呼它：上帝的審判！」

「你是說……」他猶豫了一下。

我看了他一眼，他明白我眼中的意思。

「一命償一命。」我意味深長地說。

「但是……」

「噢！我知道，是一件意料不到的怪事讓亞瑟．卡麥可回魂。但不管怎麼說，亞瑟．卡麥可已經被謀殺了。」

他有些恐懼地看著我。

「用氰氫酸？」他低聲問道。

「是的，」我答道，「用氰氫酸。」

塞托和我永遠也不會把我們的想法說出來，反正誰也不會相信。從世俗的眼光來看，亞瑟．卡麥可只是患了失憶症，卡麥可夫人則由於一時病發而劃破了自己的咽喉，而那隻大灰貓的幽靈則只不過是人們的幻想。

但是對我來說，有兩件事是確確實實的，第一個就是走廊裡那張被撕碎的椅子；另一個更重要的——書房的書目被找到了，經我們仔細檢查之後，證實那本遺失的書是一本古老且怪異的書，它的內容是關於可以把人變成動物的巫術。

還有一件事，我很高興亞瑟・卡麥可對此一無所知。費麗・派特森把幾星期以來發生過的祕密都鎖在心中，而且我可以確定，她永遠不會把這一切對她深愛的丈夫說出來，而她的丈夫，正是在她愛的呼喊下跨越了死神之門。

10

翅膀的呼喚

The Hound of Death

在十二月一個颼風的晚上，賽拉斯・哈默首度聽到它。那時，他和迪克・巴羅剛從那位精神病專家伯納德・塞登的派對上徒步走回來。巴羅跟往常很不一樣，他一直沉默不語，賽拉斯・哈默好奇地問他怎麼了，巴羅的回答出乎意料。

「我一直在想，在今天晚上所有的人當中，只有兩個可以宣稱是快樂的。而且，這兩個人，非常奇怪地，就是你和我！」

「奇怪」這個詞語是恰當的，因為，再也沒有兩個人會像迪克・巴羅與賽拉斯・哈默那麼南轅北轍了，迪克・巴羅是個拚命工作的東方人，而賽拉斯・哈默則是一位優雅而滿足的人，對他來說，一百萬英鎊也不過是九牛一毛。

「很奇怪，你知道，」巴羅感慨地說，「我相信，你是我所遇到唯一知足的富翁。」

哈默沉默了一會兒，當他再次張口說話時，語調改變了。

「我曾經是個窮困潦倒的小報童。那時我有很多欲望，如今這些欲望我都實現了！我享受金錢所能帶來的舒適和奢華，而不是金錢的權力。我渴望金錢，而不是把它當成一種權力來揮舞，只是想無拘無束地花費它……花在自己身上！我很坦白，你知道，金錢不是萬能，人們總是這樣說，這很正確。但是，金錢可以買回我想得到的一切東西。因此，我很滿足，我是一個物質主義者，巴羅，非常徹底的物質主義者！」

大街上到處閃耀的光芒更加堅定了這個信念。賽拉斯・哈默優雅的身影裹在厚厚的鑲毛外套裡，顯得有點臃腫，白色的燈光更凸顯出他下巴一圈圈的肥肉。相反地，走在他旁邊的迪克·巴羅，則長著一張苦行僧般消瘦的臉以及一雙閃爍著狂熱光芒的眼睛。

「而你，」哈默強調，「正是我所不了解的。」

巴羅笑了。

「我生活在悲慘、欲望和饑餓之中，外加百病纏身！但是，一種不由自主的幻覺控制了我。要了解這些非常不容易，除非你也相信幻覺，但是我想，你是不會相信的。」

「我不相信，」賽拉斯·哈默冷靜地說，「我不相信任何我沒親眼見過、親耳聽過和親手摸過的東西。」

「的確，那就是我們兩人之間的不同。好了，再見，現在就讓大地把我吞沒吧！」

他們已經走到燈火通明的地鐵站口，而那裡就是巴羅街邊的家。

哈默一個人繼續往前走。他很高興自己今天晚上沒有搭車，而選擇了走路回家。晚上的空氣刺骨般酷寒，他的觸覺興奮地感覺到鑲毛大衣裡漸漸滋長的溫暖。

過馬路之前，他在街邊停了一會兒。一輛大巴士朝他費力地開過來。哈默覺得時間還很充裕，他站著等待巴士開過去，如果他打算趕在巴士的前面穿越馬路，就必須加緊腳步，然而，他討厭加緊步伐。

站在他身旁的，是個歪歪斜斜的遊民，突然間，遊民像醉倒似的滾出了人行道。哈默驚叫了一聲，巴士試圖躲閃開，但是已經來不及了……他帶著慢慢甦醒過來的恐懼，呆呆地看著馬路中間那堆柔軟而毫無生機的肉體碎片。

一大群人戲劇般地圍聚了過來，人群的中間站著那位巴士司機和兩個警察。但是，哈默的眼睛還是恐懼地直盯著那堆血肉模糊的東西……這堆東西，曾經是個人，一個活生生、和他一樣的人！他恐懼地顫抖起來。

「這個該死的傢伙一定是瞎了眼，老大，」他旁邊一個長相粗魯的人說道，「你們不必再麻煩了，無論如何，這傢伙已經死了。」

哈默盯了他一眼。老實說，他從來沒想過死者是否可以免於橫禍。直到現在，他還是覺得那個想法很荒唐……如果當時他也那麼愚蠢，在那個時刻……他的思路突然被打斷了，於是他離開人群。他覺得自己為了一種無法壓制又說不出的恐懼而顫抖。他不得不承認，自己很害怕死亡，非常害怕……死亡降臨的迅速和毫不留情，對有錢人和窮人都是平等的……

他飛快地走著，但是，這種新生的恐懼仍然纏繞他、吞沒他，讓他落入它冰冷無情的魔掌中。

他相當擔心自己，因為他知道從本質上而言，他並不是怯懦的人。要是五年前，他想他不會被這種恐懼擊倒，那時的生活還不是那麼甜美……是的，就是這樣，對生活的熱愛就是打開那扇神祕之門的鑰匙；生活向他展現出最大的樂趣，它只有一種威脅，那就是死亡。

他離開了燈火通明的大街，轉入一條窄窄的人行道，小道的兩旁都是高牆，這是一條捷徑，它通往以豐富的藝術收藏而聞名的廣場，而他家就在廣場那裡。

大街上的擾攘，在他身後漸漸地遠去且消失了，現在只能聽見自己劈啪的微微腳步聲。

在他前面的幽暗處，傳來另一種聲音。一個男人靠牆而坐，正在吹奏橫笛。當然，他也是那些為數眾多的街頭藝人之一，但為什麼他會選擇這個特別的地點來吹奏呢？可以確定的是，在晚上這個時間裡，警察不太會出現……哈默的思緒突然被打斷了，他猛然意識到，這個男人沒有雙腿，他旁邊的牆上靠著一副拐杖。哈默現在才看見，他吹奏的不是橫笛，而是另一種奇怪的樂器，它的音調比橫笛要高得多，也清澈得多。

這個男人繼續吹奏著，根本沒注意到哈默的出現。他的腦袋使勁地向後揚，像是深深沉醉在吹奏的歡樂之中。樂曲的旋律清澈又歡快地飄撒著，音調愈吹愈高……

那是一首奇怪的曲子，嚴格說來，它還不算是一首完整的樂曲，只能算是一個樂句，和雷恩基演奏的慢板小提琴曲調不無相似之處。樂句一直重複著，一次又一次，從一個調轉到另一個調，從一種和聲到另一種和聲，但是它每次都不斷升高，進入一種更強大、也更無拘無束的自由之境。

它和哈默以前聽過的任何樂曲都不同，包含著某些奇怪的東西，帶給人靈感，而且振奮人心……它……他狂熱地用雙手抓著牆上的一個突出物。他只知道一件事，那就是他必須冷靜下來，無論如何都要冷靜……

突然，他發現樂聲已經停止了。那個無腿的男人正伸手去拿拐杖，這裡只有自己像個瘋子似的抓著石拱牆，只為了一個簡單的理由：就是他腦海中那個無比荒謬的念頭——聽起來的確無比荒謬——就是他從地上飄了起來，而那些樂聲載著他往天上飛去……

他笑了，這種念頭太瘋狂了！當然，他的雙腳根本沒離開過地面片刻，不過，那是多麼奇怪的一種幻覺！木頭拐杖迅速地敲在人行道上，啪噠啪噠的聲音告訴他，那個身障者已經走遠了。他在後面一直看著，直到那個男人的身影被黑暗吞沒。好一個奇怪的傢伙！

他慢慢地繼續走他的路，但他再也無法抹去那種大地在他腳底下消失的奇怪感覺……

然後他心念一動，轉身加快腳步朝那個男人的方向追去，那個男人或許還沒走遠，他很快就會跟上去。

一看到那個慢慢搖擺的殘廢身影時，他忍不住叫了出來。

「嘿！請等一下。」

那個男人停了下來，面無表情地站著，直到哈默來到他的面前。一盞街燈正好在他的頭頂上方，讓他的容貌展現無遺。哈默不知不覺驚奇地屏住了呼吸，他從未見過男人的臉可以這麼漂亮。他年紀不大，雖然他絕對不是孩子了，然而年輕仍然是他的最大特徵——他年輕而且充滿了朝氣。

哈默不知道如何開口。

「嗯，」他笨拙地說，「我想知道，你剛才吹奏的是什麼樂曲？」

那個男人笑了……在他的微笑中，世界似乎充滿了歡樂……

「那是一首古老的曲調，一首非常古老的曲調……很古老了，有好幾個世紀那麼老了。」

他用一種純潔又清楚的奇怪聲調說著，每個字都用了同等的音階。很顯然，他不是英國人，哈默對他的國籍感到很好奇。
「你不是英國人吧，你從哪兒來的？」
他的笑容依然帶著無限歡樂。
「從大海的另一邊來的，先生。我很早以前就來了，很早很早以前就來了。」
「你一定有段不幸的過去，是最近發生的嗎？」
「不久前，先生。」
「失去雙腿真不幸。」
「那滿好的，」男人非常平靜地說，他用一種奇怪而嚴肅的眼神看著哈默說：「它們是惡魔。」
哈默把一先令放到他的手中，轉身走了。他覺得很困惑，並且微微有點不安。「它們是惡魔！」多麼奇怪的講法！顯然，那是因為患了某種疾病才動的手術，但是……那聽起來多麼奇怪啊！
哈默若有所思地回到家。他試圖把那件事從腦海裡抹掉，但是他做不到。躺在床上，那種昏昏欲睡的感覺侵襲著他，他聽到鄰居家的鬧鐘敲了一下，非常響亮而且清楚的鐘聲，接著，又是無邊的寂靜……漸漸地，寂靜被一種微弱又熟悉的聲音打破了，讓他回憶起……哈默覺得自己的心臟跳得很快，就是那個在人行道上吹奏的男人，在不遠處的某個地方……
樂曲歡娛地飄揚起來，緩慢的旋律在歡樂地訴說著，反覆著同一個小片段……

「真不可思議，」哈默喃喃說道，「真不可思議，它長著翅膀……」

曲調愈來愈清晰，愈來愈高昂……每個音峰都越過前一個，並把他也往上推。這一次他不再掙扎了，他讓自己飄上去……往上，往上……音峰帶著他愈飄愈高……他志得意滿，毫無拘束，它們迅速地湧了過來。

樂音愈來愈高……如今已經超過人類聲音的極限了，但是，樂音還在繼續往上，繼續往上……它們會到達最終的目的地，到達音高的極致嗎？

往上……

不知道什麼東西在拉他……拉他下來，一些巨大、沉重而且固執的東西，它毫不留情地拉著他，拉他回來，往下，往下……

他躺在床上盯著對面的窗戶，然後發出沉重而痛苦的呼吸聲，把一隻手臂伸到床外。剛才的運動似乎對他構成一種奇怪的妨害。柔軟的床變得很有壓迫感，同樣令人透不過氣的還有那厚厚的窗簾，它阻礙了光線，阻礙了空氣，天花板似乎也壓到他的身上，他覺得鬱悶、窒息。他在床單上輕輕地翻動著，而身體的重量似乎是最令他感到沉重的……

§

「我希望聽聽你的建議，塞登。」

塞登把椅子從桌邊拉出一吋左右，他一直在思索，什麼是這頓雙人晚餐的主題。自從冬天以來，他就很少見到哈默了，而今天晚上，他意識到他的朋友發生了一些說不出的變化。

「很簡單，」這位富翁說，「我很擔心自己的狀況。」

塞登隔著桌子笑了。

「你看起來健康得很。」

「才不是，」哈默停了一會兒後，平靜地補充，「我怕自己快要發瘋了。」

這位精神病專家突然帶著強烈的興趣，抬頭看了他一眼。他慢慢給自己倒了一杯波爾多酒，隨即安靜但尖利地盯著對方說：「是什麼讓你產生這樣的想法？」

「我遇到一些事情，一些很不可思議、難以置信的事情，它不可能是真的，所以，我覺得自己快要發瘋了。」

「別緊張，」塞登說道，「告訴我，是什麼事？」

「我本來是不相信超自然事物的，」哈默開始說道，「我從來不信。但是這件事……好吧，我最好把這個故事從頭告訴你。那是去年冬天的某天晚上，就在我和你吃完晚餐後，故事就開始了。」

然後，他簡明扼要把他回家的經過以及後來發生的怪事敘述了一遍。

「這就是這件事的開始。我無法確切地解釋給你聽，我是說，那是一種感覺……但是，它非常美妙！和我以前感覺過的和夢見的任何東西都不同。嗯，之後它繼續出現，並非每天晚上，而是不時地出現。那些音樂，那種振奮的感覺，還有迎風飛揚……然後，就是可怕的拉扯，被拉回地面，還有痛苦——清醒之後肉體上的痛苦，就像是從一座高山上落下……你知道落下時那種耳朵所受到的痛苦嗎？那好，就是那種感覺，但是，比它還要強烈，同時還伴隨著一種可怕的重壓感，就是一種被包圍、被壓抑的感覺……」

他突然停了下來，呆愣了一會兒。

「傭人們都認為我已經發瘋了。我不能忍受天花板和牆壁……我已經在房子上面安排了一個地方，沒有鑰匙，沒有家具和地毯，沒有任何讓人感到壓抑的東西……但是，甚至那麼做了之後，房子四壁給我的感覺還是很不舒服。我期望的是那種空曠的郊野，就是人可以自由呼吸的地方……」他直直地看著塞登。「嗯，你怎麼說？你能解釋這種現象嗎？」

「嗯，」塞登說，「這有很多種解釋。你產生了幻覺；或是你對自己施了催眠術；你的精神出了毛病；或者，那只是一個夢。」

哈默搖搖頭。

「這些解釋都不對。」

「還有別的解釋，」塞登慢慢說道，「只是，不被大眾接受。」

「你接受嗎？」

「大致而言，是的！有一種高深的觀點我們無法理解，也無法從正常角度來解釋，世界上還有許多東西尚待發現，而且就個人來說，我也認為必須保持精神上的空曠。」

「那你認為我應該做些什麼呢？」哈默靜靜地想了一會兒才問道。

塞登興致勃勃地向前傾身說：「你可以做很多事。其中之一就是離開倫敦，去尋找你的『空曠郊野』，等你找到那個地方，夢境就會停止了。」

「我不能這樣做，」哈默飛快地說，「如果情況已經演變成這樣，我不能沒有它，我不想失去它。」

「啊！我想也是。還有一種方法，就是找到那個身障者。如今你認為他具有超能力，那就叫他打破那個咒語吧。」

哈默再次搖搖頭。

「為什麼不？」

「我害怕。」哈默簡單地說。

塞登做了個很不耐煩的手勢。

「不要那麼盲目地信賴它！引發出神體驗的，就是那首最初彈奏的曲調，那是什麼樣的音樂？」

哈默哼出調子，塞登疑惑地皺起眉毛聽著。

「真有點像雷恩基的序曲，那裡面有一些令人振奮的東西……像是有翅膀似的。但是，我沒被帶離地面。對了，你每次的飛翔經驗都相同嗎？」

「不，不，」哈默熱切地向前傾著。「它們是不斷發展的，每次我都能看到更多。這很難解釋，你知道，我一直覺得我快要到達某個特定的地方……那些音樂會帶領我到達，不是直接的，但是，那連續不斷的音峰，每次都比前一次到達一個更高的地方，直到一個再也不能突破的最高點。我停留在那裡直到被拉回來。那不是一個地方，而更像是一種狀態。嗯，最初我還不懂，可是不久後，我就慢慢了解周圍還有別的東西在等著我，直到我可以感知它們。想想那些小貓，牠們有眼睛，不過一開始牠們不能用眼睛來看東西，像是瞎子必須學習看東西。嗯，對我來說就是那樣，人類的眼睛和耳朵對我毫無用處，但與它們相對應的東西還沒發展出來——那些根本就不是肉體上的東西。它慢慢地生長著……有光的感覺……然後是聲音……然後是顏色……都很模糊、很不明確。確切地說，生成的東西更像是對於事物的知識，而不是看見和聽到它們的能力。最初是光線，光線漸漸加強，變得清晰……然後是沙灘，大片的紅色沙灘……而且到處是長長的像是運河的筆直水道……」

塞登深深地吸了口氣。

「運河！真有趣，繼續講。」

「但是，這些事情還不是最重要的，它們沒什麼價值。真正重要的事物我還沒能看見，但我聽到了它們……像是翅膀直沖雲霄的聲音……總之，我不能解釋為什麼，它無比美妙！世界上沒有任何東西可以和它相比。接著，又是另一個壯觀景致，我看到了它們……那些翅膀！噢，塞登，那些翅膀！」

「但是，它們是什麼？是人，是天使……還是鳥？」

「我也不知道，我看不到……還看不到，可是我能感覺到它們的顏色！翅膀的顏色，在我們的世界裡是沒有這種顏色的，它非常美妙。」

「翅膀的顏色？」塞登重複道，「它會是怎麼樣的呢？」

哈默不耐煩地揮動著他的手。

「我該怎麼解釋呢？簡直就像是對一個瞎子解釋什麼是藍色！那是一種你從來沒見過的顏色……是翅膀的顏色！」

「是嗎？」

「是的，就是這樣，那是我所能到達的最遠處了。然而，每一次落回凡間的感覺都比前一次更糟糕、更痛苦。我不懂，我確信自己的身體並未離開床鋪。在我到達的那個地方，我確信自己的形體已經不存在了。那麼，為什麼它會造成我這麼痛苦的傷害呢？」

塞登默默無語地搖著頭。

「有些事情挺殘酷的，像是每次回神時的那種拉扯……然後是痛苦，身體的每一寸和每一根神經都痛苦不堪，而我耳朵的感覺就像是爆炸似的。接著，所有東西都壓了過來，所有的重量……就是那種可怕的被禁錮的感覺。我渴望陽光、空氣和空間……而最重要的是可以呼吸的空間！我希望自由！」

「那麼在其他事物中，」塞登問，「對你而言，什麼東西曾經是最重要的？」

「說起來這實在很糟糕，我還像從前那樣在意它們，甚至如果還能擁有的話，我還是很在意。這些事物就是：舒適、奢華、歡樂。它們似乎把我拉向一個和那些翅膀相反的方向。我一直在這兩者之間掙扎，而且我不知道它會走到怎樣的結局。」

塞登靜靜坐著，老實說，這個奇怪的故事確實充滿了夢幻色彩。難道它只是一個夢？或者是一種狂熱的幻覺？萬一它是真的呢？而且，如果真的是那樣，為什麼這麼多人當中，只有哈默……可以確定的是，哈默是一個物質主義者，是那種熱愛肉體而否定精神的人，所以，他應該是最後一個看到另一個世界的景致的人。

哈默從桌子對面熱切地盯著他。

「我想，」塞登慢慢說道，「你只能等待，等待並且靜觀事態的發展。」

「我做不到！我告訴你，我做不到！這說明你還不了解我。它正不斷地把我撕裂成兩半，那種可怕、殺人般冗長、翻天覆地的掙扎，我就在中間，中間……」

他猶豫著。

「在肉體和精神的中間嗎？」塞登暗示道。

哈默鬱悶地盯著他。

「我猜，有人會這樣定義它，不管怎樣，它很難忍受……我無法得到自由……」

塞登再次搖搖頭，他實在不知道該說什麼，只能再給哈默一個暗示。

「如果我是你，」他建議，「我會抓住那個身障者。」

但是，當他回家時，不禁喃喃自語道：「運河……真令人納悶。」

§

第二天早上，賽拉斯・哈默帶著嶄新的決定走出家門。他已經決定採納塞登的建議，去找那個沒有雙腿的男人。然而在內心深處，他確信自己根本找不到，那個男人就像被大地吞沒似的，完全消失了。

兩旁幽暗的建築物把陽光都擋住了，人行道顯得更幽暗神祕，只有一個地方有光線。那是在人行道中央，因為牆上有個缺口，一束金光從缺口射了進來，照在一個坐在地上的人，沒錯，他就是那個男人！

那根管子般的樂器斜靠在他拐杖旁的牆上，他正用彩色粉筆，在人行道的石頭上畫著。有兩幅畫已經完成了，畫的是森林裡壯觀迷人的優美景致，有隨風搖擺的樹木，還有歡快流暢的小溪，都畫得栩栩如生。

哈默再一次被迷惑了，難道這個男人只是一個純粹的街頭藝人？或者他是什麼別的……

突然，這位富翁失去了自制力，他狂亂而生氣地尖叫起來。

「你是誰？看在上帝的份上，你究竟是誰？」

那個男人看著他，微笑著。

「你為什麼不回答我？說話，喂，說話！」

然後他注意到，那個男人以一種不可思議的速度在光滑的石板上畫了起來。哈默的眼睛跟隨那個男人的手移動……粗粗的幾筆，一棵大樹就被勾勒出來了，然後，坐在一塊大鵝卵石上的男人……正吹奏著一個管子似的樂器，那個男人長著一張異常漂亮的臉，還有兩條山羊的腿……

斷腿男人的手在飛快地移動著，他仍然坐在石頭上，但是山羊腿不見了。他再一次看著哈默。

「那是惡魔。」他說道。

哈默盯著那些畫，沉思著。他面對著那些畫面，但是它們展現出非常奇怪、不可思議的美麗……它們被淨化了，只剩下對生命強大而劇烈的喜悅。

哈默轉過身，而且幾乎是逃跑似地離開人行道，逃進陽光裡，不斷地對自己重複著。

「這不可能！不可能……我發瘋了，我在做夢！」

但是，那張臉還在他眼前晃動——那張牧羊神的臉……

他走進公園，坐在一張椅子上。那是遊人罕至的時刻，樹下有幾個保母推著嬰兒車，點綴在一片綠茵之下，就像是大海中的島嶼。一些人斜倚著……

「不幸的漂泊者」這個詞語對於哈默來說，一向是悲慘的縮影。但是，今天他突然很羨慕他們……在他看來，只有他們才是自由人，大地為床，天空為被，自由地在世界上遊蕩……他們不會被禁錮，不會被束縛。

他心頭靈光一閃，突然明白了，一直毫不留情束縛著他的，就是那些他在別人面前感到自豪的東西：財富！他一直覺得財富是這個世界上最有用的東西，而現在，他被禁錮在金錢的魔掌中，他看到其中的真理：正是他的財富把他束縛起來的……

但是，是它嗎？真的是它嗎？有沒有什麼更深刻和更精確的真理他沒看見？它是指金錢還是指他對金錢的熱愛呢？他被鎖在自己選擇的腳鍊上；不是金錢本身，而是他對於金錢的熱愛，才是真正的鎖鍊。

現在，他清楚地明白了，有兩種力量在用力拉扯著他：一種是由物質構成的溫暖力量緊緊包圍他、抓住他；而另一種，剛好相反，就是那清晰的、無法躲避的召喚——他在心中稱它為「翅膀的召喚」。

而且，當其中一種力量在爭鬥、堅持不懈時，另一種卻蔑視這場爭鬥，不願意紆尊參與。它只是在召喚，不斷地召喚……他是那樣清楚地聆聽到它，就像聽到它在訴說。

「沒有妥協。」它似乎在說，「因為我比其他一切東西都重要。如果你跟隨我的召喚，你必須放棄其他一切東西，割斷束縛你的那些力量。因為，只有自由的人才可以跟隨我走到那個地方……」

「我不能，」哈默喊道，「我不能……」

幾個人轉過身來，看著這個坐在那裡自言自語的強壯男人。

因此，他必須付出祭品，而這些祭品，正是他最寶貴的東西，是他生命的一部分。

他生命的一部分……他想起了那個沒有雙腿的男人……

§

「是哪個幸運之神把你帶到這裡來的？」巴羅問。

其實對哈默來說，東區是個非常陌生的地方。

「我聆聽了許多啟示，」這位富翁說，「所有的啟示都告訴我，如果你們有了資金就可以做些什麼事，我來就是要告訴你：『你們可以得到資助。』」

「你真是太好了。」巴羅十分詫異地問，「是一大筆捐贈，對吧？」

哈默冷冷地笑著。「可以這麼說，是我所擁有的每一分錢。」

「什麼？」

哈默突然用簡潔的生意人口吻詳細交代了一切，巴羅的頭腦亂成了一團。

「你……你是說，你決定把你所有的財產捐出來救助東區的窮人，而且，指定我為財產的管理人？」

「是的。」

「但是為什麼，為什麼？」

「我無法解釋，」哈默慢慢說道，「還記得去年二月時我們談論過的夢境嗎？嗯，如今我明白了。」

「太好了！」巴羅向前傾身，眼睛閃閃發光。

「那沒什麼好的，」哈默冷冷地說，「我一點也不關心住在東區的窮人，他們需要的東西只是骨氣！我也夠可憐的了……我放棄了財富。但是，我不得不放棄這些金錢，而那些蠢社團不懂得運用它們。我唯一可以信任的人是你，你可以用這些錢來餵養人們的肉體或者精神……最好是用在前者。我餓了好一陣子，但你可以做任何你喜歡做的事。」

「從來沒發生過這樣的事情。」巴羅結結巴巴地說。

「這件事已經結束了，」哈默繼續說道，「律師已經整理好了，而我也簽署了所有的文件。我可以告訴你，這兩個星期以來，我一直忙著這件事，散財和聚財一樣費勁。」

「但是，你……你？自己留下什麼東西了嗎？」

「一分錢也沒留下，」哈默快樂地說，「至少……這不大正確。我的口袋裡剛好有兩便士。」

他笑了。

他朝迷惑的朋友說了聲再見，便走出教堂，來到了一條狹窄、散發惡臭的小街上。他剛才快樂說出的話，如今帶著一種失落的痛苦朝他襲來。

「沒錢了！」

他什麼也沒給自己留下，現在，他感到害怕了……害怕貧困、饑餓，還有寒冷，這種祭品對他來說一點也不甜美。

然而在那些恐懼的背後，他意識到，那些重壓和威脅已經移走了，他不再受到禁錮和束縛，那條斷掉的鎖鍊正在灼燒、撕裂著他，但對自由的憧憬仍然不斷地給他力量。他對物質的需求可能會使得那些召喚變得微弱，可是它們不會毀滅它，因為他知道，這些召喚是一種永遠不會死亡、不會毀滅的東西。

空氣裡已經有了秋天的氣息，吹過來的風夾帶寒意。他感到寒冷並顫抖起來，而且他還很餓，他差點忘了，他還沒吃午飯，他面臨實際的問題。很不可思議，他竟能放棄了一切：悠然、舒適、溫暖！他的身體無力地叫喊起來……然後，那種歡樂和振奮的自由感再一次席捲了他。

哈默猶豫了一下，他正在地鐵站附近，口袋裡還有兩便士。他的腦海中產生一個念頭，就是用這兩便士坐地鐵到公園去，兩星期前，他在公園看到那些懶散的無業遊民。除了這個一時興起的念頭外，他不再考慮什麼將來了。現在，他確實相信自己發瘋了，一個神智清醒的人不會像他這樣做。然而如果真的是那樣，發瘋也是一件美妙且令人難解的事情。

是的，現在他就要到公園裡空曠的草地去，但是乘坐地鐵到達那裡，他覺得別有一番意義。因為對他來說，地鐵就代表那種被埋葬的恐懼和隱居的生活……他可以從往日那種被禁錮的感覺裡解脫，他要到開闊的綠草和樹林，在那裡可以沒有房子的壓抑和威脅。

電梯很快就讓他感到無聊，他很不情願地往下走，空氣既沉重又毫無生機。他站在月台的最前沿，遠遠地離開人群。在他的左邊是火車開來的隧道口，像條蛇似的，火車很快就要進站了，他感覺到這裡就像是充滿陰謀的地獄似的。他旁邊沒什麼人，只有一個年輕人蹲在椅子上，無力地坐著，像是醉得不省人事了。

遠處傳來火車微弱的威脅似的吼叫聲。那個年輕人從椅子上滾了下來，並在哈默的旁邊踉踉蹌蹌地走著，站在月台的邊緣凝視著隧道。

接著……一切都發生得那麼飛快，幾乎無法想像……他一失足，掉了下去……

幾乎是同時，幾百個想法衝進哈默的腦海裡，他彷彿看到一群人圍住一輛巴士，並且聽到一個聲音在說：「難道你不該責備你自己嗎？老大，你沒救了。」一

隨之而來的想法就是：這條生命是可以挽救的，如果那條生命能被挽救，唯有他親自動手，旁邊沒有別人，而且火車就要來了……這些想法電光石火般地掠過他的腦海，他經歷了一種奇妙又平靜的清晰思考。

他只有短短幾秒時間做決定，而且那時他知道，他對死亡的恐懼絲毫未減，非常害怕。接著，火車在彎彎曲曲的隧道裡呼嘯而來，時間已經不夠了。

哈默迅速抓住那個年輕人的手臂，並沒有什麼天生的英勇在支撐他，他的身體顫抖著，但他強迫自己接受另一個精神世界的命令，它召喚著他去犧牲。他用盡最後一點力量，把那個年輕人抬上月台，而他自己卻掉了下去……

這時，突然間，他的恐懼消失了，物質世界不再束縛他，他從羈絆中解脫了。在那段時間裡，他好像聽到牧羊神歡快的笛聲。愈來愈近、愈來愈響亮……把別的東西都淹沒了，數不清的翅膀歡快地拍打著，直沖雲霄……包裹著他、圍繞著他……

11

最後的降靈會

The Hound of Death

勞爾．多布羅邊哼著曲子，邊穿過塞納河。他是一個英俊年輕的法國男人，三十二歲左右，有張紅潤的臉，留著短短的黑鬍子，職業是工程師。在某個約定的時刻，他來到卡多納特，轉入第七號的門前。守門人從她的小窩裡朝外張望，對他道了聲早安，他愉快地還了禮，然後爬上樓梯，來到三樓公寓前。他站在那裡，按了門鈴並等待回應，他再次哼起了那段小曲子，今天早上，勞爾．多布羅覺得特別高興。一個法國老婦人打開門，當她看清來客是誰時，她那滿是皺紋的臉堆起了笑容。

「早安，先生。」

「早安，伊萊絲。」勞爾說。

他穿過前廳，邊走邊脫下他的手套。

「夫人在等著我呢，是嗎？」他回頭問。

「啊，是的，確實如此，先生。」

伊萊絲關上了大門，轉身面對他。

「請您先到那個小客廳坐坐，夫人一會兒就來。現在，她正在休息呢。」

勞爾突然抬起了頭。

「她感覺不舒服嗎？」

「舒服？」

伊萊絲吸吸鼻子。她從勞爾的前面走過去，替他把小客廳的門打開。他走了進去，她跟在後面也走了進去。

「舒服？」她繼續說，「可憐的小羔羊，她怎麼會舒服？降靈會，降靈會，老是降靈會！這樣不好，不正常，這不是萬能的上帝允許我們做的事。對我來說，我可以坦白地講，這簡直就是和惡魔交易。」

勞爾拍拍她的肩膀，讓她安心。

「看你，看你，伊萊絲，」他安慰她說，「別激動，不要把你無法理解的事物全都看成惡魔。」

伊萊絲懷疑地搖搖頭。

「啊，那好，」她小聲地嘟囔著，「先生愛怎麼說就怎麼說，我就是不喜歡降靈會。看看夫人，一天比一天蒼白，一天比一天瘦弱，而且還頭痛！」

她舉起手。

「啊，不，這一點好處也沒有，這全都是亡靈那些東西，不折不扣的鬼玩意兒！好的亡靈都上了天堂，而其他的就去煉獄。」

「你對於人死後的看法有點簡單，伊萊絲。」勞爾邊坐到椅子上邊說道。

老太婆靠了過來。

「我是個虔誠的天主教徒，先生。」

她畫了個十字，向門口走去，隨即又停了下來，她的手放在門柄上。

「先生，等你們結婚之後，」她懇求說，「所有這些……應該不會再繼續了吧？」

勞爾感動地朝她微笑。

「你是個真誠的好心人，伊萊絲，」他說，「而且對女主人很忠心。別害怕，一旦她成為我的妻子，你所說的這些『鬼玩意兒』都會停止。因為多布羅夫人不會再為人降靈了。」

伊萊絲的臉上露出了微笑。

「你說的是真的嗎？」她熱切地問。

對方則嚴肅地點了點頭。

「是的，」他說，這句話更像是對他自己說，而不是對她。「是的，所有這些都必須結束。西蒙娜具有非常出色的天賦，而且，她已經無拘無束地運用了它，但是現在，她已經竭盡她的本分了。就像你剛才觀察到的，她一天比一天蒼白，一天比一天瘦弱。靈媒的生活是最費力氣也最困難的了，還有可怕的精神壓力。可是，伊萊絲，你的主人是全巴黎最出色的靈媒，甚至是全法國最好的。世界各地的人都跑來找她，因為他們知道，她不會玩弄他們、欺騙他們。」

伊萊絲滿足地吸吸鼻子。

「欺騙！啊，不，事實上，夫人連一個新生嬰兒也不願欺騙。」

「她是天使，」這位年輕的法國人熱烈地說，「而且我……為了她的快樂，我會竭盡一個男人之所能，你相信我吧？」

伊萊絲走上前來，用一種簡單而自豪的口吻說：

「我已經為夫人服務許多年了，先生。我只能說我敬愛她，要不是我相信你是因為她值得敬愛而如此仰慕她的話……啊，先生！如果不是那樣，我會把你撕成碎片。」

勞爾笑了。

「好極了，伊萊絲！你真是一個忠誠的朋友，而且現在，你必須相信我告訴你的話，夫人就快要放棄降靈了。」

他原本預期老婦人會大笑著接受這件令人高興的事，但是，出乎他意料地，她仍然保持嚴肅。

「萬一，先生，」她猶豫著說，「那些亡靈不願意放棄她呢？」

勞爾盯著她。

「呃！你是什麼意思？」

「我是說，」伊萊絲重複道，「萬一那些亡魂不願意放棄她呢？」

「我還以為你不會相信那些亡靈的事情，不是嗎，伊萊絲？」

「我才不信，」伊萊絲頑固地說，「相信這種事太蠢了，不過……」

「不過什麼？」

「我很難解釋清楚，先生。你知道，我，我一直都認為那些靈媒，就像他們稱呼自己的，都是一些聰明、專門欺騙可憐失戀者的騙子。但是，夫人不是那樣，夫人她很好、很誠實而且……」

接著她降低聲調並用恐懼的語氣說：「有不尋常的事情發生了，這不是騙局，真的發生了，而這就是為什麼我會感到害怕。因為我敢確定，先生，這不尋常，它和自然現象背道而馳，上帝啊，一定會有人為此付出代價。」

勞爾從椅子裡站起來，走到她跟前，拍拍她的肩膀。

「保持鎮靜，我親愛的伊萊絲，」他微笑著說，「看，我給你帶來一些好消息：今天就是最後一次降靈會；從今以後不會再有降靈會了。」

「那麼說，今天還會有一次了？」老婦人猜疑地問。

「最後一次，伊萊絲，最後一次了。」

伊萊絲悶悶不樂地搖搖頭。

「夫人不適合……」她開始說。

但是，她的話被打斷了，門打開了，一位高個子金髮女人走了進來。她身材苗條而優雅，臉蛋活像波提切利所畫的聖母瑪利亞。看到她，勞爾的臉馬上像是被點燃了似的閃閃發光，而伊萊絲則迅速而謹慎地退了下去。

「西蒙娜！」

他握起她修長雪白的雙手，分別親吻了一下。她非常溫柔地叫著他的名字。

「勞爾，我親愛的。」

他再次親吻著她的雙手，然後專注地看著她的臉。

「西蒙娜，看你多蒼白啊！伊萊絲，告訴我，你有好好休息，沒生病吧，我的愛人？」

「沒有，沒生病。」她猶豫地說。

他扶她在沙發上坐下，接著，自己也坐在她的旁邊。

「那麼，告訴我！」

靈媒虛弱地微笑著。

「你會認為我是個傻瓜。」她喃喃道。

「我？我認為你是傻瓜？永遠都不會。」

西蒙娜從他的雙掌中縮回她的手。好一會兒，她非常安靜地坐著，眼睛垂下來盯著地毯。然後，她用低沉的聲音急速說：「我很害怕，勞爾。」

他等了一兩分鐘，希望她繼續說下去，但是她並沒有往下說，他就鼓勵道：「是的，害怕什麼呢？」

「就只是害怕而已。」

「但是……」

他困惑地看著她，她迅速回應了他的眼神。

「是的，這很荒謬，對吧，但我感覺就是那樣。就是害怕，再也沒別的了。我不知道那是什麼或為什麼，可是在腦海裡，我一直有這種感覺，覺得某些事情很可怕，它就要發生在我身上……」

她瞪著前方，勞爾溫柔地伸出一隻手臂摟住她。

「我最親愛的，」他說，「來，你不必說出來。我知道是什麼，是那些壓力，西蒙娜，是靈媒生涯的壓力。你需要的只是休息，休息和安靜。」

她感激地看著他。

「是的，勞爾，你說得對，那就是我所需要的，休息和安靜。」

她閉上了雙眼，微微靠在他的肩膀上。

「還有快樂。」勞爾在她耳邊喃喃說道。

他的手臂把她摟緊了一點。西蒙娜還閉著雙眼，她深深吸了口氣。

「是的，」她喃喃道，「是的。當你的手臂圍繞著我的時候，我覺得很安全，我忘記了我的工作，那種可怕的工作——靈媒。你懂得很多，勞爾，即使是你，也還不完全了解它的含義。」

他感覺到她的身體在他懷抱中有點僵硬，她睜開了眼睛，瞪著前方。

「坐在黑暗中的壁櫥裡等待著，那種黑暗好可怕，勞爾，因為那是一種虛無的黑暗，什麼也不存在的黑暗。是人故意放棄自己，讓自己迷失在黑暗中，除此之外，他什麼也不知道，什麼也感覺不到。但是，最後出現了那緩慢、沉默且痛苦的回歸，從睡眠中清醒過來，但是會非常疲倦，可怕的疲倦。」

「我知道，」勞爾喃喃道，「我知道。」

「非常疲倦。」西蒙娜再度喃喃道。

當她重複這句話時，她整個身體似乎都沉了下去。

「但你是最出色的，西蒙娜。」

他把她的手放到自己手中，試圖提起她的興致，並分享自己的熱情。

「你是獨一無二，有史以來最偉大的靈媒。」

她搖搖頭，對此只是微微一笑。

「是的，是的。」勞爾堅持。

他從口袋裡掏出兩封信。

「你看，這是薩拉貝賀的胡許教授寄來的，而另一封是南錫的格尼爾博士寄來的，兩封信都懇求你偶爾仍然可以繼續為他們降靈。」

「啊，不！」

西蒙娜跳了起來。

「我再也不做了，不做了！這些馬上就要結束了，一切都結束了。你答應我，勞爾。」

勞爾驚奇地看著她在面前走來走去，就像是一頭窮途末路的野獸，他站了起來，握住她的手。

「是的，是的，」他說，「這些當然都要結束了，那當然。但我是如此以你為榮，西蒙娜，這就是為什麼我提起這些來信。」
她用疑惑的眼神迅速看了他一眼。
「你該不是希望我繼續降靈吧？」
「不，不，」勞爾說，「除非你自己願意，僅僅為一些老朋友偶爾做個一兩次……」
但是，她打斷了他的話，激動地叫喊著。
「不，不，再也不要。危險！我告訴你，我可以感覺到它，非常危險！」
她用手緊緊地壓住額頭，一分鐘後，她走到了窗戶旁邊。
「答應我，再也不要了。」她背對著他，用平靜的聲音說。
勞爾走到她後面，用手抱住她的肩膀。
「我親愛的，」他溫柔地說，「我答應你，今後不再降靈了。」
他感覺到她突然顫抖了一下。
「今天，」她喃喃道，「啊，是的，我忘了愛克斯夫人。」
勞爾看了看手錶。
「現在她就要來了，但是，西蒙娜，如果你感覺不太舒服的話……」
西蒙娜似乎沒聽見他的話，只是呆呆地在想些什麼。
「她是一個奇怪的女人，勞爾，一個非常奇怪的女人。你知道嗎，我，我對她的感覺幾乎就是恐懼。」

「西蒙娜！」

他的聲調裡帶著某種譴責的味道，她馬上就感覺到了這一點。

「是的，是的，我知道，你就像典型的法國人，勞爾。對你來說，母親是神聖不可侵犯的，當她為了失去孩子而悲傷時，我對她產生那種感覺似乎有點殘忍。但我無法解釋，她長得那麼強壯、黝黑，而且她的手……你有沒有注意過她的手，勞爾？她的手又大又強壯，和男人一樣。啊！」

她微微地顫抖了一下，閉上了雙眼。勞爾縮回他的手，冷冷地說：「我真不了解你，西蒙娜。身為女人，你應該對另一個女人感到同情才是，尤其對失去了唯一一個孩子的母親。」

西蒙娜做了個不耐煩的手勢。

「啊，你不懂，我的朋友！這種事誰都幫不上忙。當我第一次看到她的時候，我就感覺到……」

她揮動著她的手。

「害怕！你還記得嗎，我很久之後才答應為她降靈。我敢說，她會在某些方面給我帶來不幸。」

勞爾聳聳肩。

「然而，確切說來，她帶給你的正好相反，」他冷冷地說，「所有的降靈會很成功。小阿梅莉的靈魂很快就控制了你，靈體成形的現象實在很嚇人。胡許教授真該在場，看看這最後一次降靈會。」

「靈體，」西蒙娜用低沉的聲音說，「告訴我，勞爾，你知道，當我進入恍惚狀態時，對於發生什麼事根本一無所知，靈體真的那麼不可思議嗎？」

他熱烈地點點頭。

「在最初幾次降靈時，可以模模糊糊看到那個小孩的身影，」他解釋道，「但是在上一次降靈……」他非常溫柔地說，「西蒙娜，站在我眼前的小孩就像是有血有肉活生生的孩子一樣。我甚至觸摸到她，但是，我看到觸摸給你帶來極大的痛苦，我不許愛克斯夫人也這麼做。我擔心她的自制力會崩潰，那樣會讓你受到傷害。」

西蒙娜再次轉過身去，面對窗戶。

「每當我清醒過來，總是感到說不出的疲憊，」她喃喃道，「勞爾，你能確定，你真的確定我沒錯嗎？你知道老伊萊絲是怎麼想的？她覺得我是在和惡魔打交道。」

她猶豫地笑了。

「你知道我相信什麼，」勞爾嚴肅地說，「和未知打交道，總是會有風險，但是你的動機高尚，因為這是為了科學。世上還有許多科學無法解釋的祕密，先驅們付出代價，所以後人才可以安全地跟在後面。十多年來，你一直為了科學而努力，以致患了嚴重的精神衰弱。現在，你的任務已經結束了，從今天開始，你就要解脫，就要獲得歡樂了。」

西蒙娜感動地朝他微笑，她又恢復了平靜。然後，她飛快地看了一眼鬧鐘。

「愛克斯夫人遲到了，」她喃喃道，「她可能不來了。」

「我想她會來的，」勞爾說，「你的鬧鐘比較快，西蒙娜。」

西蒙娜在房裡走來走去，重新擺放房間裡的各種擺設。

「我很納悶，這個愛克斯夫人到底是誰？」她說，「她是從哪裡來的？她的家人是誰？真奇怪，我們對她一無所知。」

勞爾聳聳肩膀。

「大多數人來找靈媒的時候，都會盡可能隱瞞自己的姓名，」他說，「這是一個基本的預防措施。」

「我猜也是這樣。」西蒙娜無精打采地說。

突然，她手裡的一個小瓷瓶從手指間滑落了下來，掉到壁爐的瓷磚上，摔成碎片，她猛地轉向勞爾。

「你看，」她喃喃道，「我已經管不住自己了。勞爾，你想，我是不是非常……非常懦弱，如果我告訴愛克斯夫人，說我不能降靈了呢？」

他生氣而驚奇地看著她，她的臉變紅了。

「你已經答應了，西蒙娜……」他溫柔地說。

她再度靠在牆上。

「我不想做了，勞爾，我真的不想做了。」

他再一次用生氣而驚奇的眼神看著她，還帶著溫柔的責備，這使她退縮了。

「我考慮的不是金錢，西蒙娜，儘管你必須意識到，這位女士為這次最後的降靈會付了許多錢……的確非常多。」

她反抗地打斷了他。

「還有很多事比金錢重要。」

「當然是這樣，」他溫和地說，「這就是我剛才所說的。想一想，她是個母親，剛剛失去了唯一的孩子。如果你不是真的病了，只是你一時的心血來潮的話，雖然你可以任性拒絕一個有錢的女人，但是，你能拒絕一個母親見她孩子最後一眼嗎？」

這位靈媒絕望地揮動雙手。

「噢，你在折磨我，」她喃喃道，「但你說得對，我應該按照你的期待去做。如今我知道我害怕什麼了，我害怕的就是『母親』這個字眼。」

「西蒙娜！」

「人類有許多原始本能，勞爾，其中大多數都被現代文明破壞了，但是母愛依然不變。動物和人類一樣。在這個世界上，沒有任何東西能取代母親對她孩子的愛。它不懂律法，不懂憐憫，它向一切事物挑戰，並且毀滅所有擋路的東西。」

她停了下來，稍稍喘了口氣，然後轉向他，帶著一個飛快又全無敵意的微笑。

「我今天很傻，勞爾，我知道。」

他握住她的手。

「躺一下吧，」他勸道，「休息一會兒，等她過來。」

「好的。」

她對他微笑了一下，離開了房間。

勞爾沉思了好一會兒後，邁步走到門前，打開門，穿過那小小的前廳，走進對面的房間，這個房間和他剛才離開的那間很相似，但是在它的盡頭有個壁櫥，壁櫥裡面擺了一張大扶椅，壁櫥外面蓋上厚厚的黑色天鵝絨。伊萊絲正忙著布置房間。在靠近壁櫥的地方，她擺了兩張椅子和一張小圓桌，桌子上面放著一個鈴鼓、一個號角、一些紙張和鉛筆。

「最後一次了，」伊萊絲帶著微微的滿足喃喃道，「啊，先生，我真希望它趕快結束、完成。」

電鈴尖銳的聲音響起。

「她來了，那個強壯的女兵，」這位老僕人繼續說，「為什麼她不去教堂，為她的孩子做些應做的祈禱，為神聖的聖母點根蠟燭呢？難道上帝不知道什麼對我們才是最好的嗎？」

「去開門吧，伊萊絲。」勞爾斷然地吩咐。

她看了他一眼，但還是按照吩咐去做。不一會兒，她就招呼客人過來。

「我會告訴主人你已經來了，夫人。」

勞爾走上前去和愛克斯夫人握手，西蒙娜的話語又飄回到他的腦海中。

「那麼強壯、黝黑。」

她確實是個強壯的女人，那種法國人沉重而陰暗的悲傷，在她的身上尤其誇張。她說話時的聲音非常低沉。

「我有點遲到了，先生。」

「只遲到了一會兒，」勞爾微笑地說，「西蒙娜夫人正躺著休息呢。很抱歉，我得告訴你，她感覺非常不好，非常緊張和疲倦。」

她的雙手剛剛縮了回去，突然又像鉗子似地握住了他。

「她還能降靈吧？」她尖利地要求。

「噢，是的，夫人。」

愛克斯夫人鬆了口氣，坐到椅子上，解開在她臉前飄浮著的又黑又厚的面紗。

「啊，先生！」她喃喃道，「你想像不到，你不知道降靈能給我帶來多大的快樂與歡笑！我的小孩！我的阿梅莉！為了見到她，聽到她的聲音，甚至……或許，是的，或許甚至可以伸手去觸摸她！」

勞爾迅速又斷然地說：「愛克斯夫人，該怎麼解釋呢？無論如何，你什麼事都不能做，除非我指示你去做，否則會帶來巨大的危險。」

「帶給我危險？」

「不，夫人，」勞爾說，「是帶給靈媒危險。你必須明白，降靈所出現的現象，在科學上可以用某種方式來解釋。我盡可能簡單解釋一下，不用那些術語。一個靈魂，如果要現身，就必須利用靈媒的肉體。你也看到從靈媒嘴裡噴出來的氣流，這些氣流最後會聚結、形成那個靈魂已死去的肉體外貌。但我們相信，這些靈氣其實是靈媒身上的物質。我們希望有一天可以透過仔細的測量和實驗來證明這一點……但最大的困難，就是每當服侍靈媒、用手觸摸那些靈氣時，都會給靈媒帶來生命危險和痛苦。如果有人粗魯觸碰了靈體，就會導致靈媒的死亡。」

愛克斯夫人仔細聽著他說的話。

「這很有意思，先生，請告訴我，會不會有那麼一段時間，靈體會遠遠地游離、甚至離開它的母體，也就是離開靈媒？」

「那是永遠不可能實現的妄想，夫人。」

她還在堅持。

「但是，事實上，這不可能嗎？」

「起碼，在今天絕對不可能。」

「但是在將來，或許有可能吧？」

正當他不知道該如何回答這個難題時，西蒙娜進來了，幫他解了圍。她看起來無精打采、臉色蒼白，但顯然她已經恢復了。她走上前來和愛克斯夫人握握手，勞爾注意到，當她這樣做的時候，人微微地顫抖著。

「我感到很抱歉，夫人，聽說你身體不適。」愛克斯夫人說。

「那沒什麼，」西蒙娜非常唐突地說，「我們可以開始了嗎？」

她走進了壁櫥，坐到扶椅上。勞爾突然感到一陣恐懼。

「你沒有足夠的精力，」他叫道，「我們最好還是取消這次降靈吧，愛克斯夫人會了解的。」

「先生！」

愛克斯夫人憤怒地站了起來。

「是的，是的，最好不要做了，我可以保證。」

「西蒙娜夫人答應我要做最後一次降靈的。」

「的確，」西蒙娜平靜地同意道，「而且，我已經準備好要去履行我的諾言了。」

「我想你會遵守的，夫人。」那個女人說。

「我不想破壞自己的諾言，」西蒙娜冷靜地說，「不要害怕，勞爾。」她溫柔地補充道：「畢竟，這是最後一次了，最後一次了，感謝上帝。」

她朝勞爾做了個手勢，勞爾拉上了壁櫥外面又黑又厚的簾子。此外他還拉上窗簾，整個房間馬上陷入了昏暗之中。他指示愛克斯夫人坐到一張椅子上，而他自己坐在另一張，然而，愛克斯夫人猶豫了一下。

「請原諒我，先生，但是……你知道，我絕對相信你和西蒙娜夫人誠實無欺，我的測驗或許很無聊，恕我冒昧帶了這個。」

她從口袋裡拿出一條上好的長繩。

「夫人！」勞爾叫道，「這是一種侮辱！」

「這不過是一種預防而已。」

「我再次告訴你，這是一種侮辱。」

「我不明白，為什麼你要抗議？先生，」愛克斯夫人冷冷地說，「如果你們沒有搞什麼陰謀把戲的話，就不必擔心什麼。」

勞爾輕蔑地笑了起來。

「我可以向你保證，我沒什麼好怕的，夫人。如果你喜歡的話，可以把我的手腳都綁起來。」

他的話並沒有產生預期的效果，因為，愛克斯夫人只是毫不客氣地喃喃道：「謝謝你，先生。」

然後，她拿著繩子走到他跟前。

突然，西蒙娜在壁櫥裡面發出了一聲尖叫。

「不，不，勞爾，別讓她這麼做。」

愛克斯夫人大聲嘲笑起來。

「夫人害怕了。」她諷刺地說。

「是的，我害怕。」

「還記得你說過的話嗎，西蒙娜，」勞爾叫道，「顯然，愛克斯夫人認為我們是騙子。」

「我必須弄清楚。」愛克斯夫人冷酷地說。

她井然有序地進行測驗，把勞爾牢牢綁在椅子上。

「我應該向你的捆綁表示祝賀，夫人，」當她完成以後，他嘲弄地說，「現在，你總該滿足了吧？」

愛克斯夫人並沒有回答他，她在房間裡走來走去，仔細檢查牆壁上的嵌板。接著，她把通向大廳的門鎖上，接著拔掉鑰匙以後，她才坐回椅子上。

「現在，」她用一種難以形容的聲音說道，「我準備好了。」

幾分鐘過去了。在簾子後面傳來西蒙娜愈來愈沉重、打鼾般的呼吸聲；接著它們都消失了，隨之而來的是一連串的呻吟；緊接著是一片寂靜，不一會兒，突然，寂靜被劈啪的鈴鼓聲打斷了；桌子上的號角被抓起來，扔到了地上；這時，傳來了一陣嘲弄的笑聲；壁櫥的簾子似乎微微向後拉著，透過那道縫隙，剛好可以看到靈媒的身影，她的頭垂到胸前。愛克斯夫人的呼吸突然加速，靈媒的嘴裡吐出了一片流動的水霧，水霧濃縮以後，漸漸開始形成一個身影，一個小孩子的身影。

「阿梅莉！我的小阿梅莉！」

愛克斯夫人那嘶啞的聲音輕輕地叫喊著。那個模糊不清的身影繼續變濃。勞爾不可思議地盯著這一切，這個靈體像極了真人。如今，可以確定的是，它是個活生生的孩子，一個有血有肉的孩子就站在那裡。

「媽媽！」孩子的聲音輕輕喊道。

「我的孩子！」愛克斯夫人叫道，「我的孩子！」

她從椅子上半站了起來。

「小心，夫人！」勞爾警告地叫著。

靈體猶豫地穿過簾子，走了出來。那是一個孩子，她站在那裡，雙手向前伸著。

「媽媽！」

「啊！」愛克斯夫人喊道。

她再一次從椅子上半站了起來。

「夫人！」勞爾警告著，「注意靈媒……」

「我必須摸摸她。」愛克斯夫人嘶啞地叫喊著。

她往前走了幾步。

「看在上帝的份上，夫人，請自制。」勞爾喊道。

這一次，他真的嚇壞了。

「馬上坐下來。」

「我的小孩，我必須摸摸她。」

「夫人，我命令你，坐下來！」

他在綁得緊緊的繩子裡絕望地扭動著，但是，愛克斯夫人綁得很緊；他無助地掙扎著，一種無能為力、災難般的恐懼淹沒了他。

「我以上帝之名告訴你，夫人，坐下來！」他大聲喊著，「不要忘了靈媒。」

愛克斯夫人轉過身來，對他發出一陣無情的大笑。

「我幹嘛關心靈媒？」她叫道，「我只要我的孩子。」

「你發瘋了！」

「我的孩子，我告訴你，她是我的！我自己的！是我身上的血和肉！我的小孩從死亡裡回魂了，她回到我的身邊，活生生地不斷呼吸著。」

勞爾張著嘴，卻一句話也說不出來。真可怕，這個女人！無情，粗野，完全被自己的感情控制了。那孩子的嘴巴也張著，而且，那句話第三度在房間裡回響著。

「媽媽！」

「那麼來吧，我的小孩。」愛克斯夫人叫道。

她激烈地把孩子抱在懷裡。在簾子後面傳來一聲冗長、打從心底發出的痛苦尖叫。

「西蒙娜！」勞爾叫道，「西蒙娜！」

他隱約感覺到，愛克斯夫人從他身邊衝了出去，她打開大門的鎖，從樓梯上跑了下去。

簾子後面，那長長的可怕尖叫聲還在響著……勞爾從未聽過那麼痛苦的叫聲。漸漸地，它帶著一種可怕的咯咯聲消失了，接著，傳來身體掉落在地上的砰然聲……

勞爾像個瘋子似的想從捆綁中掙脫，他瘋狂地努力著，想從這幾乎無法解脫的捆綁中掙脫，他使盡全力拉扯那些繩子，接著繼續解開腳上的繩子，這時，伊萊絲衝了進來，大聲叫著：「夫人！」

「西蒙娜！」勞爾也大聲叫喊。

他們一起衝上前去，把簾子拉開。

勞爾搖搖晃晃地向後退著。

「我的天啊！」他喃喃道，「紅色，全是紅色……」

伊萊絲的聲音在他耳邊艱澀而顫抖地說：「這麼說，夫人死了！一切都結束了。但是告訴我，先生，到底發生了什麼事，為什麼夫人整個人都縮小了……為什麼，她只有她原來的一半大？這裡到底發生了什麼事？」

「我不知道。」勞爾說。

他的聲音變成了尖叫。

「我不知道，我不知道！但是我想……我快瘋了……西蒙娜！西蒙娜！」

12

SOS

The Hound of Death

「啊！」丹司彌先生歡欣地叫道。

他後退幾步，讚許地掃視圓桌。火光閃爍在粗糙的白桌布、刀叉和其他物品上。

「所有……所有的東西都準備好了嗎？」丹司彌夫人吞吞吐吐地問。她是一個矮小而衰弱的女人，臉上沒什麼血色，瘦弱的頭髮胡亂地向後梳著，舉止總是很緊張。

「所有東西都準備好了。」她丈夫帶著某種殘忍的神色愉快地說。

他是一個強壯的男人，背有點駝，臉又寬又紅潤，長著一雙賊瞇瞇的小眼睛，在濃密的眉毛下不停地眨動著，還有一個大大的、沒有鬍子的下巴。

「喝點檸檬水嗎？」丹司彌夫人提議道，聲音小得跟耳語似的。

她的丈夫搖搖頭。

「不管怎麼樣，茶總是好得多。看看這天氣，又是下雨又是颳風的。在這種夜晚，晚餐最需要的就是一杯熱騰騰的好茶。」

他滑稽地眨眨眼睛，然後又開始掃視桌子。

「一頓豐盛的晚餐，有雞蛋、醃牛肉冷盤，還有麵包和奶酪，這是我喜歡的晚餐菜單。所以，上桌吧。夏洛特正在廚房裡，等著你幫她忙呢。」

丹司彌夫人站了起來，小心地把她編織著的毛衣繞成一團。

「她已經長成一個非常漂亮的女孩子了，我說，」她喃喃道，「非常迷人。」

「啊！」丹司彌先生說，「她那要命的容貌！你還是趕快去吧，別再浪費時間了。」

他在房間裡走來走去，小聲地哼著，還走到窗戶前面，往外張望了一會兒。

「天氣糟透了，」他自言自語，「今天晚上，該不會有什麼客人來了吧。」

之後，他離開了房間。

大約過了十分鐘，丹司彌夫人捧著一盤煎蛋走了進來。她的兩個女兒跟在後面，手裡捧著其他飯菜，丹司彌先生和他的兒子強尼跟在最後面。丹司彌先生坐在桌子的上座。

「我們應該感謝什麼呢？」他幽默地說，「首先要感謝那個想出罐頭食物的人。我想知道我們現在應該做什麼，幾哩之內人煙罕見，如果現在我們沒有罐頭，那麼，我們是否要退化到不知肉味的時代？」

他繼續敏捷地切著醃牛肉。

「我很懷疑到底是誰建造這樣一棟房子。幾哩之內人煙罕見，」他的女兒瑪德琳生氣地說，「我們幾乎連鬼也看不到。」

「不，」她的父親說，「絕對沒有鬼。」

「爸爸，我不明白你為什麼會買下它。」夏洛特說。

「你不明白？女兒，好了，我自有道理，我自有道理。」

他偷瞄著妻子，但是她皺起了眉毛。

「而且這裡有鬼魂出沒，」夏洛特說，「在這裡，我一個人是絕對睡不著的。」

「鬼話連篇，」她父親說，「你沒有見過什麼東西吧？好了。」

「或許是沒有見過什麼東西，但是……」

「但是什麼？」

夏洛特並未回答，但她微微地顫抖了起來。一陣急雨敲打在窗戶的玻璃上，丹司彌夫人手裡的勺子咚地一聲掉到盤子裡。

「你的神經不再衰弱了吧？」丹司彌先生問。「真是個討厭的晚上。你們不要擔心，我們在這裡、在我們的火爐旁邊很安全，外面的鬼魂不會來打擾我們。為什麼？如果有，那才真叫奇蹟呢。而奇蹟是不會發生的，不會的。」他補充道，好像是在對自己說，帶著一種特別的滿足感。「奇蹟是不會發生的。」

話音未落，突然傳來一陣敲門聲。丹司彌先生嚇呆了，坐在那裡，一動也不動。

「會是什麼呢？」他喃喃道，下巴都垮了下來。

丹司彌夫人輕輕嗚咽了一聲，把披肩裹緊了些。瑪德琳的臉變紅了，她向前靠過去，對她父親說：「奇蹟發生了，不管是什麼東西，你最好還是去開門，讓它進來。」

§

二十分鐘前，馬蒂默．庫夫蘭還站在暴雨之中，大霧吞沒了他的車子。這確實非常不幸，在十分鐘內，兩個輪胎都被扎破了，而他，就一直站在這個方圓幾哩之內荒無人煙的地方。在那些光禿禿的威爾德郡丘陵中，黑夜降臨了，他沒有任何遮蔽或保護。最實際的就是去找捷徑，如果他一直堅持走大路，就不會迷路了。然而，現在他卻完全迷失在這條像是車道的小路中，如果這附近連個村莊都沒有，那他也無計可施了。

他困難地四下張望，這時，他看到半山腰上閃爍的燈光。可惜大霧又立刻把燈光吞沒了，但是，耐心地等待了一會兒，他很快又看到它了。考慮了一陣子之後，他離開了車子，開始朝山的一側走去。

很快地，他從大霧中走了出來，他還記得，燈光是從一棟小房子的窗戶裡射出來的。無論如何，那裡就是遮蔽所。馬蒂默．庫夫蘭加快了腳步，低下腦袋，抵抗著眼前那威力強大、像逼迫他退縮的狂風暴雨。

庫夫蘭多多少少還算有名，儘管他知道大眾對他的名字和成就並不熟悉。他是心理學研究界的一名專家，還寫過兩本關於潛意識研究的優秀著作。他還是精神研究協會的成員，甚至還是一個鑽研玄學的研究員，這對他的研究工作影響頗巨。

以天性而言，他對天氣非常敏感，而且，經過特意的訓練後，他更加強化自己的這種天賦。當他終於到達那棟房子並拍打著大門時，他感覺到一種莫名的興奮和油然而生的興趣，一時之間，他所有的天賦突然都變得異常敏銳。

他清清楚楚聽到了裡面傳來的喃喃聲。但是敲門後，裡面突然變得非常寂靜，然後傳來了椅子在地板上被向後拖的聲音。又過了幾分鐘，門被一個大約十五歲左右的小男孩打開了。庫夫蘭的視線穿過小男孩的肩膀，直接注視屋裡的情況。

這讓他想起一幅荷蘭家庭的景象：圓圓的桌子上面擺好了一頓晚飯，全家人環繞著，幾根閃爍的蠟燭，火光把一切都照得發紅。父親是個強壯的男人，坐在桌子的一邊，他對面坐著一個陰暗的小個子女人，她臉上滿是吃驚的神情。正對著門的，是個女孩，她盯著庫夫蘭，吃驚的眼神直直看著他，手裡正拿著一個杯子，半舉到嘴唇上。

庫夫蘭馬上看出她是個非常漂亮的女孩子。她的頭髮是金紅色的，像霧一樣籠罩在臉上，眼睛分得很開，眼珠是純灰色的，還長著那種早期義大利聖母像的嘴巴和下顎。

好一會兒，屋裡一片死寂。庫夫蘭走進去，並解釋他遇到的麻煩。當他說完之後，接著，又是一陣更難理解的寂靜。終於，那位父親像是有點吃力地站了起來。

「進來吧，先生，庫夫蘭先生，您是這麼稱呼的嗎？」

「那是我的姓。」馬蒂默微笑著說。

「啊！是嗎？進來，庫夫蘭先生。這種天氣連狗也不願意出去，對吧？進來，坐到火爐旁邊吧。關上門，可以嗎，強尼？別大半個晚上都站在那裡。」

庫夫蘭走上前去，坐在火爐旁邊的一張木頭椅子上。小男孩強尼關上門。

「我姓丹司彌，」那位父親說，現在他親切了些。「這是我太太米舒絲，這是我的兩個女兒，夏洛特和瑪德琳。」

第一次，庫夫蘭看到背對他坐的那個女孩的臉，而且發現她長得和姐姐一樣漂亮，卻是完全不同的風格。她的皮膚非常黝黑，而臉色卻異常蒼白，長著一個優雅的鷹鉤鼻，一個嚴肅的嘴巴。那是一種冰冷的美，嚴肅到幾乎是冷峻。當父親介紹她時，她點點頭打了招呼，然後便直直凝視著他，眼光中似乎充滿了某種搜索的期待，彷彿她正在運用自己年輕的判斷力來猜測他、衡量他。

「喝點什麼嗎，呃，庫夫蘭先生？」

「謝謝，」馬蒂默說，「請給我一杯茶。」

丹司彌先生猶豫了一會兒，然後從桌子上拿起五個杯子，一個接一個，把杯裡的水倒進一個裝汙水的盤子裡。

「這些茶都冷了，」他突然說，「可以給我們再弄些茶來嗎，米舒絲？」

丹司彌夫人飛快地站了起來，拿著茶壺急急忙忙走了。馬蒂默覺得，她可能很希望離開這個房間。

熱茶很快就端出來了，這位不速之客還得到了食物。

丹司彌先生一直說個不停。他是個爽朗、親切且健談的人。他把關於自己的事情都告訴這位陌生人。他才剛從建築業退休沒多久……是的，他做過許多優秀的工作。他和米舒絲認為，他們比較喜歡鄉下的空氣，雖然他們從未在鄉下住過。當然，他們浪費了很多時間——十月和十一月——找房子，但是他們不想再等待了。

「生活是不確定的，你知道，先生。」

所以他們買下了這棟房子。方圓八哩之內人煙罕見，而且，距離任何可以稱之為城鎮的地方都有十九哩。不，他們不滿足。女孩們覺得這裡的生活有點無聊，他和米舒絲卻很喜歡這裡的安靜。

他繼續說著，把馬蒂默冷落在一旁，馬蒂默差點被他侃侃而談的話語催眠。沒什麼特別的，可以確定都是些家庭瑣事。但是，第一眼看到這棟房裡的情景時，他就研判出這裡還有些別的……一些令人不安、緊張的氣氛，從這五個人之一散發出來……他不知道到底是哪一個。他覺得這種念頭真是愚蠢啊，他的神經一陣混亂！

大概他們都被他意外的出現嚇壞了，是的，應該就是這樣。

他提出晚上借宿的請求，而且得到預期中的回答。

「你應該留在我們這裡，庫夫蘭先生。幾哩之內沒有別的住家了，我們可以提供你一個房間，儘管我的睡衣可能有點大，當然，這總比什麼都沒有好，而且明天早上，你自己的衣服就乾了。」

「你真是個好人。」

「沒什麼，」對方親切地說，「就像我剛才說的，在這樣的一個晚上，即使是一隻狗來借宿，我們也不該拒絕。瑪德琳、夏洛特，上樓去整理一下房間。」

兩個女孩離開了房間，馬蒂默立刻就聽到她們在頭頂上走動。

「我很能了解，你兩個女兒這麼年輕迷人，一定覺得這裡很無聊。」庫夫蘭說。

「她們都是漂亮的孩子，對吧？」丹司彌先生帶著父親的自豪說，「不太像她們的母親或我。我們是普通夫妻，但是我們相互吸引。我可以告訴你，馬蒂默先生，呃，瑪姬，不是嗎？」

丹司彌夫人拘謹地笑了笑。她又開始編織東西了，毛衣針沙沙地忙碌著，她是個嫻熟的編織者。

房間很快就準備好了，馬蒂默再次表達感謝，並表示他馬上就進房去休息。

「你們在床上放了熱水袋了嗎？」丹司彌夫人問，突然記起了她在家中的角色。

「放了，媽媽，放了兩個。」

「那就好，」丹司彌說，「陪他一起上去吧，女孩們，看看他還需要哪些東西。」

瑪德琳走到窗戶旁邊，看看閂子有沒有閂好。夏洛特則又瞧了一眼洗臉台上的擺設，然後她們兩個在門口逗留了一會兒。

「晚安，庫夫蘭先生。你確定你所需要的東西都有了嗎？」

「都有了，謝謝你，瑪德琳小姐。給你們帶來那麼多麻煩，實在很不好意思。晚安。」

「晚安。」

她們走了出去，把身後的門關上。馬蒂默．庫夫蘭獨自一人留在房間裡，慢慢若有所思地脫下了衣服。把丹司彌先生那粉色的睡衣穿好之後，按照主人的吩咐，他把自己溼漉漉的衣服晾起來，放到門口外面。在樓梯上，他可以聽到丹司彌隆隆的說話聲。

真是個愛說話的人！總之，是個怪人。但是，這個家裡確實有些奇怪的東西……難道這是他的幻覺嗎？

他慢慢走進房間，把門關上。他站在床邊想了起來。突然，他驚呆了……

床旁邊的紅木桌子上蒙了一層灰，在灰塵上面寫著三個字：SOS。

馬蒂默盯著這三個字，簡直不敢相信自己的眼睛。這證實他模糊的推測和預感是對的。

他是正確的，在這棟房子裡，確實有些東西不大對勁。

SOS！求救的信號！然而，是誰的手指在灰塵上留下這三個字的呢？是瑪德琳還是夏洛特？她們兩個都曾在那裡站過。他回想著，在離開房間之前，她們在那裡站了一兩分鐘，是誰的手偷偷地放到桌子上，並留下這三個字？

那兩個女孩的臉浮現在他腦海中。瑪德琳的臉，黝黑冷淡；而夏洛特的臉，則像他第一眼看到的，大大的眼睛，一副吃驚的模樣，眼眸中閃爍著某些不確定……

他再次走向門口，把門打開。外面已聽不到丹司彌先生那嗡嗡的聲音，房裡一片寂靜。

他自言自語道：「看來，今天晚上我什麼也不能做。明天……好的。看著辦吧。」

§

庫夫蘭很早就起來了。他穿過客廳，下樓走進花園。雨後早上的天氣非常清新且晴朗，其他人也起得很早，在花園的角落裡，夏洛特正靠在籬笆上，看著外面起伏不平的丘陵。庫夫蘭走過去接近她的時候，心跳稍稍加速了。他私底下認為那些訊息是夏洛特寫的，當他走過去的時候，她轉過身來，朝他說早安。她的眼睛坦率得像孩子似的，其中似乎什麼祕密都沒有。

「清新的早晨，」馬蒂默微笑著說，「今天早上的天氣和昨天晚上迥然不同。」

「的確。」

馬蒂默從旁邊的樹上折下一根樹枝。他用它漫不經心地在腳下平滑的沙路上畫著。他畫下一個S，接著是O，再接著是S，邊畫邊看著旁邊的女孩。但是，在她的臉上並沒有發現任何火花。

「你知道這些字是什麼意思嗎？」他突然問道。

夏洛特皺了皺眉毛。

「它們會不會是那些船隻——客輪——遇到危險時所發出的信號？」她問道。

馬蒂默點點頭。

「昨晚有人在我床邊的桌上寫下了這些字，」他平靜地說，「我想可能是你寫的。」

她吃驚地睜大眼睛看著他。

「我？噢，不可能。」

那麼是他錯了，他感到一陣深深的失望，他一直那麼確信……他的直覺很少出錯。

「你確定？」他不死心地問道。

「噢，是的。」

他們轉過身來，一起朝屋子慢慢走去。夏洛特似乎出神地想著什麼事，她隨口回答著他蓄意的詢問。突然，她用一種低沉而急速的聲音說：「你問SOS這幾個字啊，真奇怪，當然，我沒有寫過它們，但或許早些時候我會這麼做。」

他停了下來，看著她。她繼續急促地說：「這聽起來很傻，我知道，但是，我一直很害怕，非常害怕。昨天晚上當你進來的時候，你好像……回答了某些事情。」

「你害怕什麼呢？」他飛快地問。

「我不知道。」

「你不知道？」

「我想……是這棟房子。自從我們來到這裡以後，它就一直在不斷地加強。所有人看起來都有點不大對勁。父親，媽媽，還有瑪德琳，他們看起來，似乎都不一樣了。」

馬蒂默並沒有馬上做出回答，沒等他回答，夏洛特又繼續說：「你知道，這棟房子被認為是一棟鬼屋嗎？」

「什麼？」他的興趣更加強烈了。

「是的，好幾年前，一個男人曾在這裡殺死了他的妻子。我們是在搬進來之後才知道的。父親說鬼魂什麼的都是胡扯，但是，我……我不知道。」

馬蒂默飛快地思索著。

「告訴我，」他用一種專業的口吻說，「發生謀殺的房間是不是我昨天晚上睡覺的那個房間？」

「我什麼也不知道。」夏洛特說。

「現在我懷疑，」馬蒂默半是對自己說，「是的，可能就是那樣。」

夏洛特不理解地望著他。

「丹司彌小姐，」馬蒂默溫柔地說，「你認為自己會不會是個靈媒？」

她瞪著他。

「我想，你知道昨天晚上你確實寫了SOS，」他平靜地說，「噢！當然是出於下意識的。也就是說，犯罪玷汙了空氣，像你那樣具有敏感意識的人，可能會受到影響。你會重演受害者的感覺和印象。許多年前，她可能在那張桌子上寫過SOS，而昨天晚上，你在下意識中再次重演她當時的行為。」

夏洛特的臉脹紅了。

「我明白了，」她說道，「你認為事情就是這樣？」

房子裡有個聲音在召喚她，她站起身走了，只留下馬蒂默在花園裡的小路上走來走去。他對自己的這種答案滿意了嗎？這種答案，是不是把他知道的事實給掩蓋起來了？而且，這種答案能否解釋昨晚當他走進這棟房子時所感到的不安？

或許，但是至今他仍有那種奇怪的感覺，他覺得自己的突然到來，給這家人造成一種類似驚惶失措的局面。他自言自語道：「我一定是被這些感應沖昏了頭，這只能解釋夏洛特的行為，不能解釋其他人。我的到來，加深了他們的不安和恐懼……只有強尼除外。不管那是什麼，都是關鍵，強尼沒有那種感覺。」

他非常確定這一點，而且很奇怪，他是如此確信，事情就是這樣。

就在這時，強尼從房子裡走出來，朝著這位客人走去。

「早餐已經準備好了，」他侷促不安地說，「你進來好嗎？」

馬蒂默注意到這個小孩的手指非常髒，強尼感覺到他的眼光，他發愁地笑了笑。

「我一直在玩一些化學藥劑，你知道吧，」他說，「有時候，爸爸會很生氣。他希望我將來從事建築業，我卻希望可以從事化學和研究工作。」

丹司彌先生出現在前面的窗戶裡，寬大的身軀，快活地微笑著，一看到他，馬蒂默所有懷疑和敵對情緒又被喚醒了。丹司彌夫人已經坐到桌子旁邊了，她用毫無生氣的聲音對他說早安，他再次覺得因為某些理由或其他事情，她怕他。

瑪德琳最後才進來，她朝他簡單地點點頭，然後坐到他對面。

「你睡得好嗎？」她突然問道，「你的床舒不舒服？」

她非常熱切地看著他，當他禮貌地回答睡得很安穩時，他注意到，某些類似失望的神情閃過她的臉龐。他很想知道，她希望他回答什麼呢？

他轉向房子的主人。

「你的兒子非常喜歡化學，對吧？」他愉快地問道。

突然間，嘩啦一聲，丹司彌夫人手裡的杯子掉了下來。

「怎麼了！瑪姬，怎麼了！」她的丈夫說。

在馬蒂默看來，他的聲音裡似乎有一種忠告、一種警戒。他轉向客人，開始用流利的話語暢談起建築業的種種好處、那些年輕小夥子還差得遠哩等等。

早飯之後，他獨自一人到花園抽菸去了。顯然，這時他應該馬上離開這棟房子。借宿一個晚上是一回事，但要繼續借宿，既沒有理由，也很難找到藉口，他可以用什麼藉口呢？他非常不願意離去。

他的腦子一直思索著，一面來到通往房子另一側的小路上。他的鞋底是那種皺紋橡膠做的，因此，走起路來幾乎沒發出什麼聲音。經過廚房窗戶時，他聽到裡面傳來丹司彌的聲音，那些話語馬上引起他的注意。

「這是一大筆錢，是的。」

丹司彌夫人回答著，但是她的聲音非常微弱，因此，馬蒂默無法聽到她說些什麼，只聽到丹司彌又說：「差不多是六萬英鎊，那個律師說的。」

馬蒂默並沒有故意偷聽，但他還是非常小心地繞了回去。有關金錢的說法讓事情明朗了起來，這裡頭牽涉一筆六萬英鎊的金錢，這讓事情變得更清楚，但也更醜陋。

瑪德琳從房子裡走了出來，但是，她父親幾乎立刻喊住她，她再次走了回去。很快地，丹司彌來到這位客人面前。

「難得的美好早晨，」他親切地說，「希望你的車子還能動。」

馬蒂默心想，你只不過是想知道我什麼時候滾蛋吧。

他再次大聲感謝丹司彌先生及時而殷勤的款待。

「沒什麼，沒什麼。」對方說。

瑪德琳和夏洛特一起從房間出來，並且手挽著手走到不遠處的一張木頭椅子去，那黝黑和金黃的腦袋形成顯眼的對比。馬蒂默突然心生一念，說道：「你的女兒們彼此長得真不像，丹司彌先生。」

丹司彌正在點菸，手腕猛地抖動了一下，火柴掉到了地上。

「你真的這麼覺得？」他問，「是的，嗯，我也覺得她們是這樣。」

馬蒂默的直覺又冒了出來。

「但是，她們不都是你的女兒。」他流利地說。

他看到丹司彌先生直直盯著他，猶豫了一會兒，丹司彌終於下定決心說道：「你非常聰明，先生，」他說道，「對，她們中有一個是棄嬰，當她還是幼童的時候，我們就收養了她，而且像對待自己的孩子一樣，把她撫養成人。她自己對這個真相還一無所知，但是，她很快就會知道了。」他嘆了口氣。

「是關於繼承遺產的問題？」馬蒂默平靜地暗示。

對方用猜疑的眼光掃視了他一眼。

然後，他似乎決定了坦白是最好的對策；他的態度開始變了，幾乎像是攻擊似的坦率和開門見山。

「真奇怪，你竟會這麼說，先生。」

「算是一種心電感應，呃？」馬蒂默說，並且微笑著。

「有點像是那樣，先生。我們收養她，是為了報答她母親的金援……那時我剛步入建築業。幾個月前，我在報紙上看到了一則廣告，在我看來，報上提到的那個孩子正是我們的瑪德琳。我去見了律師，我們談了許多。一開始，他們當然有所懷疑……就像你一樣，但是現在，所有的問題都解釋清楚了，下個禮拜，我打算把孩子帶到倫敦去，她還不知道那麼多事。看起來，她的父親是個相當有錢的猶太人。他也是在死前的幾個月，才得知這個孩子的存在。他要代理人努力去尋找這個孩子，並且要在找到她之後把他所有的錢都留給她。」

馬蒂默仔細聽著，他沒有什麼理由懷疑丹司彌先生講的話。這解釋了瑪德琳那黝黑的美麗，或許也解釋了她那冷淡的態度。不管怎樣，儘管故事本身可能是真的，它背後都還隱藏著某些東西。

但是，馬蒂默不打算引起對方的懷疑。相反地，他必須離開，好讓他們放鬆心防。

「一個非常有意思的故事，丹司彌先生，」他說，「我要祝賀瑪德琳小姐，她將成為一個漂亮的女繼承人，她的未來是大好的前途啊。」

「的確，」她父親熱心地附和。「而且她還是個少見的好女孩，庫夫蘭先生。」

他的態度裡滿是明顯的誠摯和熱心。

「好了，」馬蒂默說，「我想，現在我必須告辭了。我不得不再次感謝你，丹司彌先生，感謝你及時的熱情款待。」

在主人陪同下，他走進房子向丹司彌夫人道別。她正站在窗戶旁邊背對著他們，沒聽到他們走進來。她丈夫快活地喊道：「看，庫夫蘭先生來跟你道別了。」

她緊張得整個人都跳了起來，轉過身時，手裡拿著的東西掉了下來。馬蒂默撿起來遞給她，那是夏洛特的小畫像，卻是用一種大約二十五年前的風格畫成的。馬蒂默向她重複那些他業已向她丈夫說過的感謝。他再次注意到她害怕的神情，以及偷偷瞟著他的模樣。

他沒見到兩個女孩，但馬蒂默並不急，而且他自有別的想法，這個想法很快就會證明是正確的。

他離開那棟房子往下走，朝他前天晚上把車子留下的地方走去。大約走了半哩，路邊的灌木叢突然分開了，瑪德琳跑到他的前面。

「我必須見你。」她說。

「我正等著你，」馬蒂默說，「昨晚就是你在我桌子上寫下SOS，是嗎？」

瑪德琳點點頭。

「為什麼？」馬蒂默溫和地問。
這位女孩走到路旁，開始拔著灌木上的葉子。
「我不知道，」她說道，「說真的，我不知道。」
「告訴我。」馬蒂默說道。
瑪德琳深深地吸了口氣。
「我一向很實際，」她說道，「不是那種愛幻想的人。我知道你很相信鬼魂和幽靈，雖然我不信，但我要告訴你，在這棟房子裡有些很不對勁的東西，」她朝山上指去。「我是說真的。它不僅僅是過去的往事，而是在我們到來之後才出現的。它一天比一天更壞，父親變得不一樣了，媽媽不一樣了，夏洛特也不一樣了。」
「強尼也不一樣嗎？」他問道。
瑪德琳看著他，眼睛裡閃爍著恍然大悟的神色。
「不，」她說道，「現在我開始明白了。強尼並沒有不一樣，他是唯……唯一不受影響的人。昨天晚上，他沒碰桌子上的茶。」
「你呢？」馬蒂默問道。
「我害怕，非常害怕，就像孩子那樣，我不知道我怕什麼，而且父親……變得很奇怪，沒有別的詞語可以表示，就是奇怪。他談論著奇蹟，那時我正在祈禱，祈禱著奇蹟發生，接著，你就敲門了。」

她突然停了下來，盯著他。
「我想，在你看來，我是不是瘋了？」她挑戰似地說。
「不，」馬蒂默說，「正好相反，你看起來非常正常。只要是正常人，當他面臨危險的時候都會產生預感。」
「那麼你是為誰害怕？」
「你不懂，」瑪德琳說，「我不害怕，我自己不害怕。」
但是，瑪德琳再次困惑地搖搖頭。
「我不知道。」她繼續說，「我是一時衝動寫下了SOS。我有個想法……很荒謬的想法，無庸置疑，他們一定不會允許我對你說……我的意思是，我不知道我打算要你去做什麼。現在我也不知道。」
「沒關係，」馬蒂默說，「我知道該怎麼做了。」
「你能做什麼？」
馬蒂默笑一下。
「我想一想。」
她疑惑地看了看他。
「是的，」馬蒂默說道，「思考可以做許多事情，比你相信的更多。告訴我，昨天晚上在吃飯之前，有沒有什麼偶爾出現的言詞或話語引起你的注意？」

「我想不出來，」瑪德琳皺起眉頭說，「至少，我聽到父親在對媽媽說，夏洛特長得像她，而他還非常奇怪地笑著，但是……這沒有什麼好奇怪的，對吧？」

「不，」馬蒂默慢慢地說，「除非夏洛特長得不像你媽。」

他沉思了好一會兒，然後抬起頭來，發現瑪德琳正迷離地看著他。

「回家去吧，孩子，」他說道，「別擔心，把它留給我來處理。」

她順從地走上通往房子的小路。馬蒂默繼續漫步了一會兒，然後躺在綠色的草皮上，閉上眼睛，努力拋開自覺的思考，讓一系列的畫面在腦海裡隨意掠過。

強尼！他一直在想著強尼。只有強尼完全被忽略，完全從懷疑和陰謀的網絡中遺漏了，但是，雖然如此，所有東西還是圍著這個圓軸轉動。他記得，那天早上在吃早餐的時候，丹司彌夫人的茶杯掉到了碟子上，是什麼讓她覺得震驚？難道是他偶爾提到那小男孩對化學感興趣？那時，他一直沒注意到丹司彌先生，但是現在，他清楚地回想起來了，他坐在那裡，端著茶杯，半舉到嘴邊。

他又想到了夏洛特，昨天晚上，在門一打開時他看到她的樣子。透過茶杯的上方，可以看到她對著他直直坐著。緊接著，丹司彌先生把茶杯一個接一個地倒空，並說著：「這些茶已經冷了。」

他記得那些冒出來的蒸氣，難道……那些茶並不像他說的那樣已經冷了？

他的腦海裡有些東西開始活動起來。在不久前，他讀過一些東西，大概一個月前，有個家庭被一個小孩無意中殺死，他們的食物儲藏室裡留下一包砒霜，但是已經全部滴落到下方的麵包上。他在報紙上看到了這個故事，或許，丹司彌先生也看到了。事情變得愈來愈清楚了……

半小時後，馬蒂默．庫夫蘭精神煥發地站起來。

§

夜幕又降臨了，今天晚上這家人做了荷包蛋，還有罐頭肉凍。很快地，丹司彌夫人就捧著大茶壺從廚房裡走出來。一家人圍著桌子坐了下來。

「今天和昨天晚上的天氣很不一樣。」丹司彌夫人說，並朝窗戶望去。

「是的，」丹司彌先生說，「今天晚上好安靜，你甚至可以聽見針掉到地上的聲音。現在，瑪姬，倒茶吧，好嗎？」

丹司彌夫人往杯子裡倒滿了茶，把它們沿著桌子傳了過去。接著，放下茶壺，她突然發出了一聲尖叫，把手放到了心臟上。丹司彌先生轉過椅子，順著她恐懼的眼光，看到馬蒂默．庫夫蘭正站在門口。

他走上前來，態度非常愉快，並滿是歉意。

「我很抱歉，我又嚇著了你，」他說道，「為了某些事，我不得不再回來一趟。」

丹司彌先生的臉色發紫，聲音也提高了。

「我很想知道，你為了什麼事回來！」

「看看那些茶。」馬蒂默說。

他以迅速的手法，從口袋裡掏出一些東西，並且從桌上拿起一個杯子，把裡面的茶全倒到他左手的試管裡。

丹司彌先生喘著氣，他的臉色已經變得跟粉筆一樣蒼白，原先的紫紅色好像變魔術似的消失了。丹司彌夫人發出了一聲無力、尖銳又充滿恐懼的尖叫。

「你……你要幹什麼？」

「丹司彌先生，我想，你讀過那張報紙吧？我敢說你讀過。有好一陣子，報上一直在報導一家人被毒死的故事，其中有的被救了過來，有的沒有。但只要像你們目前的這種做法，就必死無疑。第一種做法就是在罐頭肉凍裡下毒，但萬一醫生是個多疑的人，他會不會輕易接受罐頭食物中毒呢？我相信，在你們的食物儲藏室裡有一包砒霜。而在架子的下面，就是裝茶葉的口袋。顯然，架子上裝砒霜的口袋會有一個破洞，那麼還有什麼比砒霜不小心掉在茶葉裡更自然的？你的兒子強尼，只會因為不小心而受到輕微的譴責，如此而已。」

「我……我不知道你在說些什麼。」丹司彌喘著氣。

「我想你是知道的。」

馬蒂默拿起第二個杯子，把茶倒進第二個試管。他在一個試管上貼了紅標籤，在另一個試管上則貼了藍標籤。

「紅標籤的這個，」他說道，「裝著從你女兒夏洛特的杯子裡倒出來的茶，而另一個，裝著從瑪德琳的杯子裡倒出來的茶。我可以發誓，在前一個試管裡能找到砒霜的含量會比後一個高出四到五倍。」

「你瘋了。」丹司彌說。

「噢！親愛的，不，我不是瘋子。丹司彌先生，這些都是今天你告訴我的。其實瑪德琳才是親生女兒，而夏洛特則是收養的，這個孩子和她的母親非常相像，今天當我拿到她母親的畫像時，我差點以為那就是夏洛特了。你想讓自己的女兒去繼承財產，但要是你的另一個女兒夏洛特還在，認識她親生母親的人會看出頂替的陰謀，所以你決定……嗯，茶杯的底部有一撮白色的砒霜。」

丹司彌夫人突然尖聲傻笑起來，歇斯底里地搖晃著身體。

「茶，」她咯咯地說，「他說的是茶，可不是檸檬水。」

「閉上你的嘴，行不行？」她丈夫憤怒地咆哮。

馬蒂默看到夏洛特坐在桌子的對面望著他，大大的眼睛，帶著疑惑的神情。然後他感覺有一隻手放在他的手臂上，瑪德琳把他拖到他們的聲音範圍之外。

「那些東西，」她指著那些小藥瓶，「我爸爸……你該不會……」

馬蒂默把手放到她的肩膀上。

「好孩子，」他說，「你不相信過去，但是我相信，我相信這棟房子裡的氣氛。如果你爸爸沒搬到這裡的話，或許……我說，或許，你的父親就不會想出這個奪命計畫。無論現在或未來，我都要保留這兩個試管，用它來保護夏洛特。除此之外，我什麼都不會做，如果你要感謝的話，就感謝那隻寫了SOS的手吧。」

專文推薦

藏在日常細節中的冒險

楊照（作家）

一開始，就都在那裡了。

一九二〇年，阿嘉莎．克莉絲蒂出版了《史岱爾莊謀殺案》，神探白羅就已經退休了。而且在這個案子裡，藉由敘述者海斯汀的轉述，就鋪陳出克莉絲蒂小說最基本的偵探原則：

「那些看來或許無關緊要的小細節……它們才是重要的關鍵，它們才是偉大的線索！」

「豐富的想像力就像洪水一樣，既能載舟亦能覆舟，而且，最簡單直接的解釋，往往就是最可能的答案。」

「沒有任何謀殺行為是沒有動機的。」

還有，一個不討人喜歡的死者，一群各有理由不喜歡死者、因而也就都有殺人動機的人，這些人彼此之間構成複雜的關係，有的互相仇視，有的互相愛戀，麻煩的是，有些愛人其實貌合神離，有些仇人其實私下愛慕；更麻煩的是，不論是愛或是仇，都有可能是扮演出來的。

一個外來的偵探必須周旋在這些嫌疑者之間，從他們口中獲取對於案情的了解，換句話說，他必須在很短的時間內，搞清楚誰是誰、誰跟誰吵架、誰跟誰偷情，然後判斷誰說的哪一句是實話、哪一句是謊言。常常謊言比實話對於破案更有幫助。

再偷偷透露一下，如果要和小說裡的凶手及小說背後的作者鬥智，就像克莉絲蒂對英國社會的了解，祕訣就在於要去追究小說裡的人物背景，尤其是他們的階級地位。基本上，階級地位愈高、權力愈大、愈有錢者，說的話就愈不要相信。例如在《史岱爾莊謀殺案》中，僕人、園丁說的話遠比有頭有臉的人說的要可信多了。就算要說謊，他們的謊言也比較天真，而且往往出於善良動機。當你歸納線索時，就會知道他們並非故意說謊，那是因為他們的認知受到蒙蔽或誤導，而你慢慢就從這蒙蔽或誤導中被引導到真相。

《史岱爾莊謀殺案》出版那年，克莉絲蒂三十歲，但書稿其實早在五年前就寫好了，畢竟要找到有人願意出版一個看來再平凡不過的家庭主婦寫的小說，並不是那麼容易。

所有和克莉絲蒂接觸過的人，都對於她的「正常」留下深刻印象。她看起來就和她那個年紀的典型英國家庭主婦一樣，害羞、靦腆，只能在社交場合勉強跟人聊些瑣事話題，完全無法演講，甚至連只是站起來對眾賓客說幾句客套話，請大家一起舉杯，她都做不到。她不演講，也很少答應接受採訪，就算採訪到她也很難從她口中得到有趣的內容。她會講的，幾乎都是記者本來就知道、或者自己就可以想得出來的。

例如說白羅這個神探的來歷。克莉絲蒂回答：他應該是個外國人，這樣就能在英國日常生活中看出英國人自己看不出的線索。她自己碰過的外國人，只有第一次大戰剛爆發時到英國避難的比利時人。比利時警察怎麼能跑到英國來？那一定是因為他已經退休了。他有潔癖，所以對於現場會有特殊的直覺，馬上感受到不對勁的地方。一個有潔癖的人，好像應該長得矮小些才相稱，一個矮小有潔癖的人最適當的名字，就是希臘神話裡的大力士「赫丘勒斯（Hercules）」，製造出荒唐的對比趣味。那白羅這個姓是怎麼來的呢？克莉絲蒂很誠實地說：「我不記得了。」

一切都如此順理成章，一切都如此合邏輯，不是嗎？有記者問她怎麼看自己的舞台劇〈捕鼠器〉，創下了英國劇場、甚至全世界劇場連演最多場紀錄的名劇？克莉絲蒂的回答也還是中規中矩，合理合節：那是一齣小戲，在一個小劇院演出，成本很低，任何人想到了都可以帶家人或朋友去看，老少咸宜，並不恐怖，也不特別荒謬打鬧，可是又什麼都有一點，包括恐怖和荒謬打鬧的成分。

她的身上找不出一點傳奇、怪誕色彩，那她為什麼能在五十年間持續寫偵探小說，創造了那麼多謀殺，還創造了那麼多詭計？

首先因為她是女性，以及她的身世，包括她的階級身分，使得她在描寫故事場景時比一般男性作者來得敏感。因為在她之前的偵探推理小說男性作家的階級身分都是高高在上，基本上他們會從較高的角度看社會，比較看不到底層的感受。

而她的婚變以及婚變中遭逢的痛苦，都使她更能體會與觀察，將英國社會的複雜細節融入小說的核心情節，讓探案與線索分析結合在一起。

克莉絲蒂一生結過兩次婚，第一次在一九一四年，婚後不久，丈夫就參加了歐戰，是英國皇家空軍最早一批飛行員。一九二六年，這個丈夫有了外遇，直率地向克莉絲蒂要求離婚，在那之前，克莉絲蒂的媽媽才剛過世，雙重打擊之下，又遇到車子無法發動，克莉絲蒂崩潰了，她棄車而走，忘記了自己究竟是誰，躲進一家鄉間旅館，登記時寫了她心裡唯一有印象的名字─她丈夫情婦的名字。

離婚後，一次在晚宴中，有人提起近東烏爾考古的最新收穫，克莉絲蒂就取消了原定要去西印度群島的計畫，改訂了跨越歐洲到君士坦丁堡的「東方快車」，是的，就是這趟旅程給了她寫《東方快車謀殺案》的靈感。不過更重要的是，在烏爾，她認識了一位年輕的考古學家，比她小十四歲，這個人後來成了她的第二任丈夫。

這位考古學家陪她去參觀在沙漠中的烏克海迪爾城，卻在沙漠中迷路困陷了。幾小時中克莉絲蒂卻沒有一點驚慌不安，當下考古學家就決定要向她求婚。

原來，克莉絲蒂的內心是有這種冒險成分的。要不然她不會兩次選到的，都是喜愛冒險的丈夫，而她本身大概也不會吸引一個在各種危險情境下挖掘古代寶藏的人，讓他願意向一個大他十四歲的女人求婚。

這樣說吧，維多利亞時代後期的英國環境，壓抑限制了克莉絲蒂冒險、追求傳奇的內在衝動，她只好將這樣的衝動寄託在丈夫和寫作上。她一邊陪著第二任丈夫在近東漫走，一邊在小說中寫各式各樣的謀殺與探案。謀殺和探案都是冒險，還有，偵探偵查中做的事──蒐集線索，還原命案過程──其實和考古學家的考掘，如此相似！

克莉絲蒂寫得最好的，正是「藏在日常中的冒險」。她個性中的雙面成分，造就了特殊的偵探魅力。既嚮往非常傳奇，卻又有根深柢固的日常邏輯信念，兩者都在克莉絲蒂的小說中扮演了重要角色。她的謀殺案幾乎都和日常習慣緊密編織在一起，日常環境成了凶手最重要的掩護。有些日常規律明顯地被破壞了，讓我們很自然以為那會是謀殺的線索，沿著這些線索形成了閱讀中的推理猜測，然而白羅早就提醒了，真正重要的反而是那些「細節」，也就是看來像是依隨日常邏輯進行的事，或說藏在日常邏輯中因而不被看重的事，那裡要嘛藏著凶手的核心詭計、煙幕，要嘛藏著凶手致命的破綻。

凶案的構想，就是如何讓異常蓋上日常、正常的面貌，又如何故意將日常、正常予以扭曲，製造假象；那麼偵探要做的，就是如何準確地在日常中分辨出真正的異常，將假的、明顯的異常撥開來，找出細節堆疊起來的異常真相。

此外，克莉絲蒂的小說裡隱藏著極其曖昧的情感價值觀，最典型、最有名的就是《東方快車謀殺案》。透過追查過程，讓讀者知道為什麼凶手要訴諸於這種手段，其動機具有可同情之處，再加上克莉絲蒂對身分階級的觀察，她比較相信或讓讀者相信那些沒有權力、地位的人，隨著偵查節奏去認識可能或必須懷疑的人。克莉絲蒂最擅長營造「多重嫌疑犯」的小說特質，因為讀者在閱讀時必須被迫去認識很多不一樣的人。在她最受歡迎的作品，大概都具備這樣的特質。

當然，她的作品中還有兩個最突出的神探，即白羅和瑪波。白羅是比利時人，但為什麼必須是外國人？這是因為英國人具有高度階級意識，這種觀念一路滲透到所有互動細節，包括人與人之間如何說話。而白羅因為不是英國人，他會發現一般英國人不太看得出來的東西，以及兩個人互動的方法哪裡不正常。至於瑪波為什麼得是老太太？她一如那個年代的老人家，總是靜靜坐著打毛線，因為不起眼，自然讓人放鬆防備，所以瑪波探案的線索都是來自於這樣的互動模式。

然而，白羅有很明顯的優勢，瑪波的身分使她基本上只能進行「靜態」的辦案，案子的空間受到侷限，白羅卻可以跨越各種空間，恣意揮灑。而且白羅擁有警官身分，可以合理出現在各種犯罪現場，瑪波能出現的地方，相形之下就勉強、不自然多了。白羅是明白的outsider，在英國，只要他出現，就會覺得有外人在而感到緊張，於是很容易露出平常不會表現的行為；瑪波則看起來是insider，但實質上是outsider，因為總是沒人發現她、當她空氣人。這兩人的探案，是兩個極端。雖然讀者最愛白羅，但克莉絲蒂自己偏愛瑪波勝於白羅。

不管後來的偵探、推理小說發展了多少巧妙詭計，克莉絲蒂卻不會過時，因為她的推理如此密切地和日常纏繞在一起；活在日常中，我們就無可避免被克莉絲蒂的「日常細節推理」吸引，隨時讀來都充滿驚奇趣味。

名家盛讚克莉絲蒂（依推薦時間排序）

金庸（作家）

克莉絲蒂的寫作功力一流，內容寫實，邏輯性順暢，也很會運用語言的趣味。閱讀她的小說，在謎底沒有揭露之前，我會與作者鬥智，這種過程非常令人享受。其作品的高明之處在於：布局的巧妙完全意想不到，而謎底揭穿時又十分合理，讓人不得不信服。

詹宏志（作家、PChome網路家庭董事長）

推理小說在從先輩柯南．道爾等人的發明中出現力量時，誕生了一位《天方夜譚》故事中每天說故事說個不停的王妃薛斐拉．柴德，也就是「謀殺天后」克莉絲蒂，整個世界對聽這些故事才有如此的熱情。他們捨不得睡覺，每天問後來還有嗎、還有嗎，永遠不肯離去，這就是克莉絲蒂對推理小說的最大貢獻。

可樂王（藝術家）

所謂「克莉絲蒂式」的推理小說，就是一場和一個天才的寫作者或高明的恐怖份子在紙上捕掠捉殺的戰事。即便是一列火車、一處飯店或一間酒吧，在克莉絲蒂寫來皆充滿神祕和猜謎。在人生適合的下午裡，我總是一面嚼著口香糖，一面跟著矮子偵探白羅穿梭謀殺現場，克莉絲蒂的推理作品無疑是推理世界中最充滿「魔術性」的小說。

吳若權（作家、節目主持人）

我從小就對推理小說情有獨鍾，克莉絲蒂一系列的作品尤其令我愛不釋手。多年來，閱讀推理小說的經驗讓我覺悟：讀者在文字情節中推展開來的驚嘆，不只是因緣於故事的本身，而是自我性格的投射。從這個觀點來看克莉絲蒂一系列的作品，她簡直就是洞徹人性的算命師。而讀者，在她的文字中，發現了自己無可奉告的命運。

藍祖蔚（國家電影及視聽文化中心董事長）

做過藥劑師，難免懂得毒藥；嫁給考古學家，難免也就嫻熟文明的神祕；再加上曾經失蹤九天，一切不復記憶的離奇經驗，的確提供了寫作靈感，但若少了想像力，那些片羽靈光縱使辛辣如辣椒，卻不足以成菜。

推理小說重布局、重人物描寫，克莉絲蒂最厲害的卻是犀利的人性觀察，她一手創造的白羅探長，潔癖個性完全和她相反，更將她所憎厭的人格特質集於一身，殊不知，唯有不對著鏡子寫作，才能夠跳出框架與制式反應，開闢無限寬廣的新世界，建構多面向的詭異迷宮。

看完她的小說，你只會更加訝異，到底是什麼樣的心靈才能成就這般視野？

李家同（作家、前暨南大學校長）

克莉絲蒂的整體布局十分細膩，最後案情也都講解得非常詳細，回頭去看，在書中都找得到線索。故事的情節與內容也很好看，不是像一個流氓在街上被殺掉那麼單調。……看小說應該要花腦筋、要思考，從小就要養成思辨的能力，看她的小說，就是對邏輯思考能力極佳的訓練。

袁瓊瓊（作家）

雖然被公認是冷靜理性的謀殺天后，但是在理性之下，克莉絲蒂的底色依舊是感情。克莉絲蒂很明白，所有的慾望之後，都無非是某種愛情。在以性命相搏的犯罪世界裡，凶手以終結他人的性命來遂私欲，不過是為了成全自己的愛，或者是成全自己的恨。

鄧惠文（精神科醫師）

以推理小說作家而言，克莉絲蒂的風格相當獨樹一格。她的偵探在辦案時，靠的不光是科學證據的搜集，而是大量運用犯罪心理學，及對人性的深刻了解。例如在《五隻小豬之歌》中，白羅便是藉由聽取嫌疑犯訴說案情時所不自覺顯露的主觀意識及中心思想，而看出其中破綻，找出真凶。白羅是靠腦袋辦案，以心理層面去剖析案情，即使人們敘述的是同一件事，他可以聽出不同角色因出發點及看待角度不同所透露的情緒觀感，從而抽絲剝繭，還原事實真相。

克莉絲蒂所塑造的人物也生動且各具特色，不同個性所出現的情緒反應描寫，皆細膩而準確，讓讀者產生豐富的想像空間，一展卷便欲罷而不能。

吳曉樂（作家）

克莉絲蒂使用的語言平易近人，主要是以角色與情節的對應來斧鑿出故事的深度，堆疊出讓讀者回味的迂迴空間。而她筆下的角色往往性別、階級、性格、族群各異，塑造出多元又豐富的人物群像。

文學作品不問類型，若要流傳於世，最終仍得上溯至「人性」的理解與反思。而阿嘉莎・克莉絲蒂的作品中，我們可以看到人類屢屢得和自己的人生討價還價，或千方百計讓主觀意識與客觀條件達成某種程度的整合，讀者在重建人物的心理軌跡時，也見識到自身的是非成敗，我認為，這也是克莉絲蒂的作品能夠璀璨經年、暢銷不衰的主因。

許皓宜（心理學作家）

克莉絲蒂筆下的故事看似在談人性的醜惡，實則像一位披著小說家靈魂的心靈引導者，用她的文字訴說著人們得不到「愛」時的痛苦。於是在故事終了的剎那，你不得不對人生多了幾分「看透感」：原來，我們心裡的那些痛苦、報復與自我折磨的慾望，不是因為「憤恨」，而是起於對「愛的失落」。這或許是我們在情感世界中最珍貴且深刻的一種覺察了。

推理小說荒謬驚悚嗎？不，它其實很寫實。它幫我們說出心裡的苦、怨、醜陋的慾望，於是，我們可以重新學習愛了。

一頁華爾滋 Kristin（影評人）

從有記憶以來，閱讀克莉絲蒂最迷人之處往往不在真正的凶手是誰，而是在於「Why」（為什麼）與「How」（如何進行），在於人性與心理描摹的故事肌理。依循其書寫脈絡，會發覺不只是邏輯清晰、布局縝密、著重細節，她總能完美掌握敘事節奏，書中人物彷彿真實存在般鮮明躍然紙上，讀者情緒會隨精準文字保持流轉、跳動、收放，掩卷時並無太多真相水落石出的暢快，反倒淡淡的惆悵化為餘韻襲上心頭，原來還是種種意料之外，卻屬情理之中的人性盲目使然。私以為，那成就了克莉絲蒂的推理故事之所以無比迷人的主因之一。

冬陽（推理評論人）

雖然阿嘉莎．克莉絲蒂的作品並非我的推理閱讀啟蒙，卻是養成閱讀不輟的重要推手。首先，她無庸置疑是個說故事能手，打開我名為好奇的開關；其次是設計犯罪事件的巧妙多元，既日常又異常，凶手更是叫人意想不到。沒錯，我相信每個當讀者的都忍不住想破案，想早偵探一步識破詭計，或者像考試結束鈴響前一秒，瞎猜都要指著某個角色大喊「你就是犯人」！然後會忍不住作弊——不是翻到最後幾頁窺探真凶身分，而是往前翻查讓人起疑的段落、偵探顯然掌握重要線索的時刻，直到忍不住豎白旗投降，看神探（我知道啦，真正把我要得團團轉的聰明人是作者）頭頭是道地分析我遺漏錯置的片片拼圖，終於看清真相全貌。這，就是偵探推理，我因此熟悉遊戲規則、沉醉在每一場迷人故事裡，成為這個類型書寫的俘虜，享受至今不疲的美好滋味。

石芳瑜（作家、永樂座書店店主）

布局細膩、處處留下線索，破案解說詳細，說明了這位安靜、害羞的推理小說女王心思縝密，且充滿想像力。密室殺人，完美犯罪，《東方快車謀殺案》不愧為古典推理小說的經典。再加上神祕的東方色彩，隨著火車抵達的迫切時間感，連非推理小說迷都會神經拉緊，讀完大呼過癮。

家庭主婦缺少人生經驗？處女座的阿嘉莎．克莉絲蒂充分展現她過人的寫作天分，靠得是從小開始的閱讀，以及對偵探小說的著迷。三十歲寫下第一本偵探小說《史岱爾莊謀殺案》的克莉絲蒂，在那個時代並不能說是「早慧」，但寫作生涯五十五年中，共創作了八十部偵探小說，卻令人難以企及。這位害羞靦腆的小說女神，大概是相信只要有足夠的理由，每個人都有殺人的可能！

余小芳（暨南大學推理研究社指導老師、台灣推理作家協會常務理事）

學生時代加入推理社團，社課指定讀物便是經典作品《一個都不留》，成為我對克莉絲蒂的初步印象，自此沉浸於推理小說的世界。隔年寒假陪同學參與轉學考，在斜風細雨的走廊中，滿足讀完《東方快車謀殺案》。隨著歲月遠走，已昇華成趣味回憶。

踏入推理文學領域需要認識的作家，阿嘉莎．克莉絲蒂絕對名列其中，她的作品常有英國小鎮風光、莊園式的謀殺、設備豪華的交通工具等，還有特色鮮明的偵探活躍其中。書中少有血腥、暴力的橋段，布局巧妙且結構嚴密，手法純粹、知性，故事內容與人物性格融為一體，以高超的想像力結合說好故事的能耐，為推理小說開創新局面。克莉絲蒂推理全集重編改版，值得新舊讀者一起探索。

林怡辰（國小教師、教育部閱讀推手）

多年後，還是難忘第一次閱讀阿嘉莎．克莉絲蒂作品的感動和激動。這套將近一世紀的作品，文筆流暢，邏輯縝密，過程中不斷與作者較量、猜出凶手，直到最後解答不禁佩服，蛛絲馬跡處處展現作者的精妙手法，於是又拿起另一部作品，再次沉溺在謀殺天后所編織的日常世界中的奇幻，無可自拔。犯罪動機和手法穿越時空限制，如今讀來合理且依舊令人感動，閱讀中趣味橫生，難怪成為後來諸多偵探小說的原型。

克莉絲蒂創作生涯中產出的八十部推理作品，至今多部躍上大銀幕，無怪乎被稱之為「經典」，喜愛推理偵探作品的人不可不讀，你會驚異於她在文字中施展的魔法！

張東君（推理評論家、科普作家）

我愛克莉絲蒂！這位在台灣有時會被稱為克奶奶的超級暢銷推理小說家，即使是自認沒讀過她的書的人，也都會在各種書籍或影視作品中看到對她致敬的片段。由於她喜歡旅行和冒險，那些經驗與體驗都成為書中的場景，因此閱讀她的作品時，不只是雀躍地跟著偵探推理，也有了虛擬的旅行體驗。或者當成旅遊導覽書，在出發去尼羅河、去英國鄉間、去搭船搭火車時，就塞一本克奶奶的作品到隨身背包中。

我還是大學新生時，就聽學姐說她哥哥經常看克奶奶的小說，而且邊看邊狂笑。於是我跟著效仿，在某次搭飛機之前買了第一本小說當旅伴，不只看得超開心，看完後還到處找尋書中出現的那種有兜帽的斗篷，當成出門時的必備用品。克奶奶的作品是跨越文字、國界的。只要看過一本，就會不停地追下去。還好，真的是還好只有八十本。何況這次是全新校訂的紀念珍藏版，當然不能錯過！

發光小魚（呂湘瑜）（文史作家、助理教授）

一部好的偵探小說，除了情節設計巧妙之外，還需要洞悉人性，如此方能合理地交代人物的言行舉止與動機。阿嘉莎・克莉絲蒂便是其中翹楚，她的作品不管是偵探、愛情小說或戲劇，必要元素都是謎題與人性。在寧靜無波的場景下暗潮洶湧，永遠都有意料之外，讀者的情緒也會隨著劇情的進行起伏糾結。克莉絲蒂觀察到時代的變化，將犯罪心理融入作品中，於是，看她的小說不只能得到解謎的快樂，同時對人性也能夠有所省思。

此外，克莉絲蒂豐富的人生歷練及旅行經歷，例如一九二二年的環球之旅、居住過也旅行過的巴黎和埃及，甚至是追隨考古學家丈夫前往的中東，都讓她的小說讀來更加充滿異國情調。如果你也愛旅行，不如就讓我們一同搭上那一班南法的藍色列車，或由伊斯坦堡出發的東方快車，跟著白羅鑽進一樁奇案，一嘗旅程中破解謎題的快感吧。

盧郁佳（作家）

國小時，家裡買了一套阿嘉莎．克莉絲蒂全集，從此成了我的毒品，在白癡課本將我的腦袋啃嚙成海綿般空洞時，撫慰受創的心靈，那時我仍對人心險惡一無所知。

數學課教你列算式，樂趣遠不如克莉絲蒂教你住宅平面圖、偷換時序的密室魔術，你從庭園長窗進房間，我從房門直通鄰房，他從走廊進房……從而學會故事是建構邏輯。她文風多變，時而《四大天王》中讓神探白羅向助手海斯汀大賣關子，眉頭緊皺，山雨欲來，預示天翻地覆，只能靠他拯救世界；時而用維吉尼亞．吳爾芙《自己的房間》中俏皮的語言，讓貧苦村姑安妮在《褐衣男子》中回憶南非出生入死的冒險，竟源於她耽讀村裡圖書館爛舊的冒險愛情小說，還有戲院每週末放映〈帕米拉歷險記〉，帕米拉每集從飛機跳落高空、搭潛艇、爬上摩天大樓，每次被黑幫老大抓到總不一刀斃命，卻老要用瓦斯毒死她，暗示續集又會逃出生天。

長大才發現，克莉絲蒂小說就是我的〈帕米拉歷險記〉：它以歌劇般輝煌龐大的天真陰謀、精細的人際觀察（一句話重音放在哪個字、從膝蓋鑑定女人的年齡等），召喚年輕讀者抱持浪漫精神投入未知的壯遊，瘋魔、衝撞、冒犯，傷痕累累毫無懼色。正如瓦斯在冒險片中太多、現實中卻太少；陰謀在現實中沒有克莉絲蒂寫得那麼複雜，但她刻畫的心理卻是現實中解謎的試金石。

賴以威（臺灣師範大學電機系副教授）

或許可以為經典下幾個定義：該領域的愛好者更都讀過；不是這個領域的愛好者，許多人也都聽過；影響後續的作品，在很多著作中都可以看到它的影子；值得反覆再三閱讀，每隔一陣子再讀都可以獲得閱讀的樂趣，有更多的體悟。我永遠記得第一次讀《東方快車謀殺案》時，被那宛如嚴謹設計數學謎題的鋪陳、推進給深深吸引、震撼。從這幾個角度來說，克莉絲蒂的推理小說被稱之為「經典」，可說是當之無愧。

謝哲青（作家、旅行家、知名節目主持人）

克莉絲蒂小說的魅力在於透過每個角色的對白，藉由不斷的說話來表現人物的個性，以彰顯其人格特質中一些無法被忽略的事實。我們從他們的言語、講話的過程和字裡行間，竟然就能知道誰是凶手。

我從克莉絲蒂的小說學到很多，除了推理小說有趣的事實之外，最重要的是，我在工作的職場跟人應對的時候，如何從語言和對話裡去捕捉某些隱而不顯的事實。許多人們欲蓋彌彰的東西，無論心事也好、祕密也好，克莉絲蒂都會用文學的手法，讓你理解語言的奧妙和魅力。

克莉絲蒂的書寫會讓你覺得彷彿自己也在現場，你可以從聽到的對話當中，學會如何理解人心的一些小技巧，這是小說家最出色、最偉大的地方。我們必須學習傾聽別人說話——這些人講話是真誠的嗎？他想要跟你分享什麼資訊？這些資訊可靠嗎？——這是我在閱讀推理小說時，最大的收穫和理解。

阿嘉莎·克莉絲蒂大事記

1890		• 九月十五日出生於英格蘭德文郡托基鎮。
1894	4 歲	• 開始在家自學，父母親、姐姐教導閱讀、寫作、算術和彈鋼琴。
1895	5 歲	• 家中經濟走下坡，舉家搬至法國，學會流利的法語。
1905	15 歲	• 在巴黎寄宿學校學鋼琴和聲樂，但生性極度害羞，未成為職業鋼琴家，最終回到英國。
1907	17 歲	• 陪同母親前往埃及調養身體，對社交活動充滿興趣，但尚未對日後感興趣的埃及古物點燃熱情。 • 回英國後繼續寫作、參與業餘戲劇表演。
1908	18 歲	• 寫出第一篇短篇小說〈麗人之屋〉，同時也寫出第一部愛情小說《白雪黃漠》，以筆名向出版社投稿，但屢遭退稿。
1912	22 歲	• 與英國皇家軍官亞契·克莉絲蒂（Archibald Christie）熱戀。 • 八月爆發第一次世界大戰，亞契奉派到法國作戰。
1914	24 歲	• 耶誕夜結婚，亞契隨即返回戰場。克莉絲蒂參與紅十字會工作，在醫院擔任護士和藥劑師，因此對藥理和毒物非常熟悉，造就後來多部推理小說情節都以毒藥殺人。
1916	26 歲	• 開始嘗試寫推理小說，寫出第一部小說《史岱爾莊謀殺案》，主角偵探赫丘勒·白羅的靈感，來自於大戰期間英國鄉間的比利時難民營。本書歷經數家出版社退稿後，終獲柏德雷·海德（The Bodley Head）圖書公司的出版機會，之後並簽下另五本小說的合約。
1919	29 歲	• 前一年亞契返回英國，八月生下女兒露莎琳。

1920	**30 歲**	• 出版《史岱爾莊謀殺案》。
1922	**32 歲**	• 出版第二部小說《隱身魔鬼》，主角是夫妻檔偵探湯米和陶品絲。 • 與亞契至南非、澳洲、紐西蘭、夏威夷和加拿大等國旅行十個月，在南非得到《褐衣男子》的靈感。
1923	**33 歲**	• 三月出版第三部小說《高爾夫球場命案》，白羅再度登場。
1926	**36 歲**	• 四月母親過世，克莉絲蒂陷入憂鬱。 • 六月在「威廉・柯林斯父子出版社」出版《羅傑艾克洛命案》。 • 八月亞契因外遇提出離婚，十二月初一次爭吵後，克莉絲蒂離家棄車失蹤，消息登上全國新聞。
1927	**37 歲**	• 一月在悲痛心情中寫出《藍色列車之謎》，第一次創造出聖瑪莉米德村，即後來瑪波小姐居住的村子。 • 分居期間在雜誌刊登以白羅為主角的短篇小說，後來集結出版《四大天王》。 • 十二月在雜誌刊登短篇小說〈週二夜間俱樂部〉，瑪波小姐初登場，後來收錄在一九三二年出版的短篇小說集《十三個難題》。
1928	**38 歲**	• 十月正式離婚，仍保留「克莉絲蒂」姓氏。 • 秋天搭乘「東方快車」前往土耳其的伊斯坦堡，再轉往伊拉克首都巴格達，參觀考古現場烏爾，認識考古學家伍利夫婦（Leonard and Katharine Woolley）。
1930	**40 歲**	• 二月應伍利夫婦之邀再訪烏爾，認識考古學家麥克斯・馬龍（Max Mallowan），九月於英國愛丁堡結婚。這段婚姻開啟克莉絲蒂旺盛的創作生涯，兩人到中東考古現場的旅行為許多作品帶來靈感。

• 婚後克莉絲蒂開始維持固定的寫作行程。十月出版《牧師公館謀殺案》，是第一部以瑪波小姐為主角的小說。
• 出版第一部以「瑪麗·魏斯麥珂特」（Mary Westmacott）為筆名的《撒旦的情歌》，並陸續發表了五部非犯罪小說。

1932 42歲 • 出版《危機四伏》。

1934 44歲 • 出版《東方快車謀殺案》，是白羅海外辦案三部曲之一，故事靈感來自中東的旅行經歷。一九七四年第一次改編成電影大獲好評。

1936 46歲 • 出版《美索不達米亞驚魂》，白羅海外辦案三部曲之二。

1937 47歲 • 出版《尼羅河謀殺案》，白羅海外辦案三部曲之三，故事背景是年輕時與母親同遊的埃及。一九七八年第一次改編成電影大受歡迎。

1939 49歲 • 二次大戰期間，克莉絲蒂在大學學院醫院擔任義務藥師，學習到最新的毒藥知識，對於推理小說寫作大有助益。
• 出版《一個都不留》，是克莉絲蒂最著名作品之一。

1941 51歲 • 出版《密碼》，呈現出克莉絲蒂對戰爭的看法。
• 出版《豔陽下的謀殺案》。

1942 52歲 • 出版《藏書室的陌生人》、《五隻小豬之歌》等名作。

1944 54歲 • 以「瑪麗·魏斯麥珂特」為筆名出版第三部作品《幸福假面》，被美國書評人發現是克莉絲蒂的作品，讓她從此失去匿名創作的自在樂趣。

1950	60 歲	• 獲選為皇家文學學會的會員。
1953	63 歲	• 出版《葬禮變奏曲》。
1956	66 歲	• 一月獲頒大英帝國爵級大十字勳章（GBE）。 • 十一月以「瑪麗．魏斯麥珂特」為筆名出版《愛的重量》，是這個筆名的最後一部作品。
1958	68 歲	• 成為「偵探作家俱樂部」主席。
1960	70 歲	• 馬龍獲頒大英帝國爵級大十字勳章。
1961	71 歲	• 獲得艾克塞特大學頒發榮譽文學博士學位。
1968	78 歲	• 馬龍獲封為爵士，克莉絲蒂亦被稱為馬龍爵士夫人。
1971	81 歲	• 獲頒大英帝國爵級司令勳章（DBE），獲封為女爵士。
1973	83 歲	• 出版最後一部創作《死亡暗道》，亦為湯米和陶品絲最後一次辦案。
1974	84 歲	• 最後一次公開露面，出席電影《東方快車謀殺案》首映會。
1975	85 歲	• 八月六日，白羅成為有史以來第一次在《紐約時報》頭版刊出訃聞的小說主角，宣傳九月即將出版的《謝幕》，這也是白羅最後一次辦案。
1976	86 歲	• 一月十二日去世。 • 十月出版《死亡不長眠》，瑪波小姐的最後一次辦案。

克莉絲蒂推理原著出版年表

1920　史岱爾莊謀殺案 The Mysterious Affair at Styles（神探白羅系列）
1922　隱身魔鬼 The Secret Adversary（神探湯米＆陶品絲系列）
1923　高爾夫球場命案 The Murder on the Links（神探白羅系列）
1924　白羅出擊 Poirot Investigates（神探白羅系列）
1924　褐衣男子 The Man in the Brown Suit（神探雷斯上校系列）
1925　煙囪的祕密 The Secret of Chimneys（神探巴鬥主任系列）
1926　羅傑艾克洛命案 The Murder of Roger Ackroyd（神探白羅系列）
1927　四大天王 The Big Four（神探白羅系列）
1928　藍色列車之謎 The Mystery of the Blue Train（神探白羅系列）
1929　七鐘面 The Seven Dials Mystery（神探巴鬥主任系列）
1929　鴛鴦神探 Partners in Crime（神探湯米＆陶品絲系列）
1930　牧師公館謀殺案 The Murder at the Vicarage（神探瑪波系列）
1930　謎樣的鬼豔先生 The Mysterious Mr. Quin（神探鬼豔先生系列）
1931　西塔佛祕案 The Sittaford Mystery
1932　十三個難題 The Thirteen Problems（神探瑪波系列）
1932　危機四伏 Peril at End House（神探白羅系列）
1933　十三人的晚宴 Lord Edgware Dies（神探白羅系列）
1933　死亡之犬 The Hound of Death
1934　三幕悲劇 Three Act Tragedy（神探白羅系列）
1934　李斯特岱奇案 The Listerdale Mystery
1934　帕克潘調查簿 Parker Pyne Investigates（神探帕克潘系列）
1934　東方快車謀殺案 Murder on the Orient Express（神探白羅系列）
1934　為什麼不找伊文斯？ Why Didn't They Ask Evans?
1935　謀殺在雲端 Death in the Clouds（神探白羅系列）
1936　ABC 謀殺案 The A.B.C. Murders（神探白羅系列）
1936　底牌 Cards on the Table（神探白羅系列）
1936　美索不達米亞驚魂 Murder in Mesopotamia（神探白羅系列）

1937　巴石立花園街謀殺案 Murder in the Mews（神探白羅系列）
1937　尼羅河謀殺案 Death on the Nile（神探白羅系列）
1937　死無對證 Dumb Witness（神探白羅系列）
1938　白羅的聖誕假期 Hercule Poirot's Christmas（神探白羅系列）
1938　死亡約會 Appointment with Death（神探白羅系列）
1939　一個都不留 And Then There Were None
1939　殺人不難 Murder Is Easy（神探巴鬥主任系列）
1940　一，二，縫好鞋釦 One, Two, Buckle My Shoe（神探白羅系列）
1940　絲柏的哀歌 Sad Cypress（神探白羅系列）
1941　密碼 N Or M?（神探湯米＆陶品絲系列）
1941　豔陽下的謀殺案 Evil Under the Sun（神探白羅系列）
1942　五隻小豬之歌 Five Little Pigs（神探白羅系列）
1942　藏書室的陌生人 The Body in the Library（神探瑪波系列）
1942　幕後黑手 The Moving Finger（神探瑪波系列）
1944　本末倒置 Towards Zero（神探巴鬥主任系列）
1944　死亡終有時 Death Comes as the End
1945　魂縈舊恨 Sparkling Cyanide（神探雷斯上校系列）
1946　池邊的幻影 The Hollow（神探白羅系列）
1947　赫丘勒的十二道任務 The Labours of Hercules（神探白羅系列）
1948　順水推舟 Taken at the Flood（神探白羅系列）
1949　畸屋 Crooked House
1950　謀殺啟事 A Murder Is Announced（神探瑪波系列）
1951　巴格達風雲 They Came to Baghdad
1952　殺手魔術 They Do It with Mirrors（神探瑪波系列）
1952　麥金堤太太之死 Mrs. McGinty's Dead（神探白羅系列）
1953　黑麥滿口袋 A Pocket Full of Rye（神探瑪波系列）
1953　葬禮變奏曲 After the Funeral（神探白羅系列）

1954　未知的旅途 Destination Unknown
1955　國際學舍謀殺案 Hickory, Dickory, Dock（神探白羅系列）
1956　弄假成真 Dead Man's Folly（神探白羅系列）
1957　殺人一瞬間 4:50 from Paddington（神探瑪波系列）
1958　無辜者的試煉 Ordeal by Innocence
1959　鴿群裡的貓 Cat Among the Pigeons（神探白羅系列）
1960　哪個聖誕布丁？ The Adventure of the Christmas Pudding（神探白羅系列）
1961　白馬酒館 The Pale Horse
1962　破鏡謀殺案 The Mirror Crack'd from Side to Side（神探瑪波系列）
1963　怪鐘 The Clocks（神探白羅系列）
1964　加勒比海疑雲 A Caribbean Mystery（神探瑪波系列）
1965　柏翠門旅館 At Bertram's Hotel（神探瑪波系列）
1966　第三個單身女郎 Third Girl（神探白羅系列）
1967　無盡的夜 Endless Night
1968　顫刺的預兆 By the Pricking of My Thumbs（神探湯米＆陶品絲系列）
1969　萬聖節派對 Hallowe'en Party（神探白羅系列）
1970　法蘭克福機場怪客 Passenger to Frankfurt
1971　復仇女神 Nemesis（神探瑪波系列）
1972　問大象去吧 Elephants Can Remember（神探白羅系列）
1973　死亡暗道 Postern of Fate（神探湯米＆陶品絲系列）
1974　白羅的初期探案 Poirot's Early Cases（神探白羅系列）
1975　謝幕 Curtain: Hercule Poirot's Last Case（神探白羅系列）
1976　死亡不長眠 Sleeping Murder（神探瑪波系列）
1979　瑪波小姐的完結篇 Miss Marple's Final Cases（神探瑪波系列）
1991　情牽波倫沙 Problem at Pollensa Bay
1997　殘光夜影 While the Light Lasts

國家圖書館出版品預行編目（CIP）資料

死亡之犬 / 阿嘉莎・克莉絲蒂（Agatha Christie）
著 ; 梁源譯. -- 二版.-- 臺北市 : 遠流出版事業股份
有限公司, 2024.10
面； 公分. -- (克莉絲蒂繁體中文版20週年紀
念珍藏 ; 69)
譯自 : The Hound of Death
ISBN 978-626-361-893-0(平裝)

873.57　　113012894

克莉絲蒂繁體中文版 20 週年紀念珍藏 69

死亡之犬

作者 / 阿嘉莎・克莉絲蒂
譯者 / 梁源

主編 / 陳懿文、余式恕　校對 / 呂佳眞
封面、內頁設計 / 謝佳穎　排版 / 連紫吟、曹任華
行銷企劃 / 舒意雯　出版一部總編輯暨總監 / 王明雪

發行人 / 王榮文
出版發行 / 遠流出版事業股份有限公司
地址 / 104005臺北市中山北路一段11號13樓
電話 / (02)2571-0297　傳眞 / (02)2571-0197　郵撥 / 0189456-1
著作權顧問 / 蕭雄淋律師

2004年1月1日 初版一刷
2024年10月1日 二版一刷
定價 / 新臺幣380元 (缺頁或破損的書，請寄回更換)

ISBN 978-626-361-893-0

遠流博識網 http://www.ylib.com E-mail: ylib@ylib.com
遠流粉絲團 https://www.facebook.com/ylibfans